非比寻常

原 陈忠实

封面题字/陈忠实

中文系 II

我心里有一座神秘的城堡，非比寻常的所在，只是不知何时能够抵达。

李师江

著

非比寻常

人民文学出版社

图书在版编目(CIP)数据

非比寻常:中文系2/李师江著.—北京:人民文学出版社,2016
ISBN 978-7-02-011615-7

Ⅰ.①非… Ⅱ.①李… Ⅲ.①长篇小说—中国—当代 Ⅳ.①I247.5

中国版本图书馆CIP数据核字(2016)第096368号

责任编辑	刘　稚　石一枫
装帧设计	刘　静
责任校对	罗翠华
责任印制	王景林

出版发行	人民文学出版社
社　　址	北京市朝内大街166号
邮政编码	100705
网　　址	http://www.rw-cn.com
印　　刷	三河市鑫金马印装有限公司
经　　销	全国新华书店等
字　　数	252千字
开　　本	890毫米×1290毫米　1/32
印　　张	10.125　插页3
印　　数	1—10000
版　　次	2017年1月北京第1版
印　　次	2017年1月第1次印刷
书　　号	978-7-02-011615-7
定　　价	33.00元

如有印装质量问题,请与本社图书销售中心调换。电话:010-65233595

·题　记·

　　世界上只有一种英雄,认清生活的真相后,依然热爱生活。

——罗曼·罗兰

1.

在我年少的时候,自有一种非凡的认识:这世界就是为我而生的。降临之初,星辰为我流转,大地自有异象;父母为我而结合,姐姐们为我而铺垫,伙伴们是我的陪衬。甚至,所有窘迫、恐惧乃至磨难,乃至一切的跌跌撞撞,都是神安排好的,为非比寻常的人生做好一切准备。踌躇满志从大学里出来,之后的一切,神为我安排得井井有条,像模像样的生活、适得其所的婚姻,乃至出其不意的惊喜,造物主在为我下一盘很大的棋。想到在世间有这样的待遇,不禁沾沾自喜。

是的,执念如魔咒般笼罩我的身心,使我如一颗莲子,被重重包裹。

有一天,这颗莲子掉落泥尘。

下了火车,我提着箱子提着自己的躯干,艰难爬上一辆公交车。南方的太阳酷热,车厢里都是人肉味,我昏昏沉沉,先是颇觉得恶心,后来想到这气味也有我的一份,又何必嫌弃,这么一来,竟然瞬间适应了,恍然觉得全世界的空气都是人肉包子的味儿,呼之吸之又有何妨。给自己洗脑完毕之后,从胃里涌到喉咙的食物被我重新吞了下去。公交车到达一个叫"凤凰池"的站牌。售票员用土语熟练叫道:"壶共地妾斩倒楼,重备啊耶。"我虎躯一震,刀锋般扁平的身板从人群中滑落到车下。环顾四周,没有见到一个池塘,更没有见到一只凤凰。

几步就进了省文联大院,在挂有金字牌匾"散文世界"的门口,我推开门,眼前一黑——外面强烈的阳光与幽暗的空间形成的对比,使我看不清屋内的情况,只有几个影影绰绰的人影,像黑社会的。

一个音色十分绵脆的女中音问道:"你找谁?"

我想应该是我的主编领导了,便道:"哦,我是来报到的。"

"你是李师江,咦,你怎么变样了?"

"哦。"我苦笑着抱歉道,"不是故意的。"

沉默了片刻,女中音严肃道:"回去养一养,半个月后再来报到,不着急。"

我的身子像一片风筝从二楼飘下来,往我的家乡飘去。

一百四十多公里的国道,盘山公路,十分颠簸,一路上不是在吐就是想吐。那些年我被舟车之劳折腾得够苦,尝尽了孕妇们的妊娠反应。我尝试过各种晕车药,以及避免晕车的办法,没有根本的作用,直到有一天,我自己会开车以后,晕车的症状消失了。我瞬间明白,主宰,太重要了。

回到家里,没有什么心气儿,默默地过日子,吃了饭就是看看书或者思考人生。父亲还在不停地咳嗽,支气管扩张的老病就像他养的一只老狗,忠诚地陪伴着。

"怎么像从监狱里出来似的,年轻人不该你这神气呀!"他在一阵剧烈的咳嗽后,朝院子的沙地上吐出一口黄绿色的浓痰。也许他实在不能忍受一个瘦得像狗的儿子又如吃饱的猪一样沉默。

"监狱出来的人该多高兴,我怎么能跟人家比呢。"我反驳道。

"哎,总该不是这个样子,这样闷下去,就剩把骨头了。"父亲以他一生的经验,看出我的心里有事。

我有一种错位的无奈。难道我告诉他,多日以来,有一个姑娘的身影在我脑袋中盘旋不去,像一个幽灵,摄去我的心魄?

"没什么,要进入社会了,也不知道社会是个什么玩意儿,有点茫然而已。"

"哦,离开学校了?"

"对呀,我已经毕业了,过几天就要参加工作了。"

"哦,那挺好。"父亲听我没什么事,就放心地咳嗽去了。

父亲比我大四十一岁,也就是他四十一岁时我才出生,算是中年得子。他的支气管扩张已经有十几年了,在我的潜意识中,每个人的父亲都应该是一副病恹恹的样子。当我看到跟我同龄的同学有一个强壮的、年轻的父亲时,我都会感到莫名的震惊。从我懂得生老病死的人生常理之后,我总觉得父亲快要行将就木了,每每有一种恐惧感。一个人没有了父亲,这确实让我恐惧。他好像是我生命中连着的那一端,虽然我跟他交流不多,甚至根本没有话题可以沟通。

"我就要赚钱了,到时候你可以到医院好好治一治。"我突然有点兴奋地说道。

"我死不了——你先把自己养得像个人,别让风吹跑了。"

他已经习惯于与疾病抗衡的生活,实在扛不住就让乡村医生来吊瓶。

母亲一天到晚在忙碌,父亲因病失去劳动力后,里外的事儿全由她包揽。我跟她的对话非常言简意赅。

"吃饭了。"

"嗯。"

"再来一碗?"

"够了。"

如此反复。半个月时间就过去了,晕车的感觉褪尽了,再开始准备新一轮的晕车。

他们送我到路口,我提着重重的行李,不免有点伤感。父亲看我吃力的样子,道:"行李太多了,其实可以随时回来拿的。"

"福州那么远,怎么能随时回来?"

"哦,不是在宁德呀。"

在父亲的观念中,全世界的人都应该在老家宁德县城上班。或者,宁德人就应该在宁德上班。这让父亲有点失望。对他而言,读书的目的就是找一份工作,可以不晒太阳,国家能给你发工资,如此而已,你又何必跑大老远去呢。

"跟领导说说能不能调回宁德,家里也可以照顾到你,外面总是吃不好的。"母亲突然冒出奇思妙想。不知道为什么,这句话突然使我恼怒起来,我咆哮道:"你们能不能别管我的事。"

他们诧异地看着我像一头豹子咆哮而去。

情绪不稳定是我身上最突出的特点。

我开始上班,应该是整二十三周岁,当然不是非常精确。小时候在家里,妈妈给我过过几个农历生日,后来长大就几乎没有怎么过生日,便也忘记了自己的生日的准确时间。究其原因,第一是我很懒,能省略的事儿尽量省去,以便多一点点时间睡觉、幻想与自艾自怜。这种懒也导致我厌恶生活的诸多仪式,生日仪式、结婚仪式、死亡仪式,于我看来,简直多余,这一点将贯穿在我生命中。第二是在我二十三年的生命里,我也不觉得有过可以庆祝的时刻,有过内心真正的喜悦,可以用鲜花与蜡烛来铭记。上初中的时候,我去镇上的派出所办理一个证明,应该是学籍证明之类,办事员问我的生日,那时我记得我的生日应该是农历六月,按照常理阳历应该是七月,但是我脑子紧张短路,居然再减去一个月,随口报了一个五月二十二日。后来我身份证上都是这个日期,与我的真实生日相去甚远——连身份证上的生日都是一个无辜的谎言。

二十三周岁,对有的人来说,已经是阅历颇丰的成熟季节,但对我来说,依旧是懵懂的时期,在我内心中,我确实没有明白长大成人是怎么回事。

我所得到的并非心仪的工作,甚至,在潜意识中,这个工作只是权宜之计,因此我没有喜悦之感,更无踌躇满志。唯一让我有点兴奋的是,我以后可以不在闹哄哄的充满脚臭与鼾声的集体宿舍里过日子了,我面对的将是全新的个人生活,一种未知与不确定的因素,让我有点儿憧憬。

生活中未知的部分才是我的兴奋点。

按照惯例,得到人事处去办理入职手续。这个手续让我有点担心,因为我没有大学英语四级证书,不知道会不会卡在这里——正常入职的大学生必须带着毕业证、学位证、大学英语四级证书乃至学校推荐信。如果他们发现我只是一个名牌大学里最烂的、连大学英语四级都过不了的劣质品,会不会打发我去回炉?我就是那种悲观的性格,能把事情想到最坏。当然,如果出现这个问题,我倒是还有一招——说谎。

比如谎称大学英语四级证书在路上丢了或者忘记在家里之类。虽然我很讨厌说谎的人,但是对我自己倒不是特别严苛,何况为了反抗罪恶的英语考级制度,我的谎言颇有正义成分。说谎可以把这件事拖一拖,如果他们最终非要我拿出证件,我也是有办法的。我刚到这个城市,对于办假证的渠道还不是很熟,但一定可以办到。

假证遍布每个城市,是刺向烦琐手续的一把利刃。

人事处的马处长很严肃地看过我的证件之后,已经确定我是名牌大学的高才生,也完全失去了警惕。他用最具文化涵养的语调与我寒暄片刻,问清我的来路,并且欢迎我成为这个单位的生力军。我在言谈之间也无意中将自己打扮成品学兼优之士,之前的担忧都太多余,在办理完手续一阵窃喜之后,深深的绝望几乎令我想哭出声来——从某种意义上说,体面的人都是一种金玉其外败絮其中的动物。

谈谈我所在的单位吧。省文联,全名叫省文学艺术界联合会,属于民间文艺组织,本来是自生自灭的单位,但是由于我们国家特殊的体制——是由国家拨款来养着,作为本单位的员工,我有一种国家的私生子的感觉——万一哪一天国家不想养你了,我们就要被抛进社会,作为体制改革的炮灰。作为一个悲观主义者,我确实有这个担忧。文联辖下有各个协会,比如说作家协会、音乐家协会、书法家协会、美术家协会等等,以及几家杂志社。我所在的,就是一家叫《散文世界》的杂志月刊,我做编辑。这是一份专门编发散文的杂志,发行量在一万册左右,靠发行是不能自给自足的,每年需要申请二十万元的办刊资金。

编发这样一份薄薄的杂志,审稿、发稿的工作量不太大,因此整个办公室就四个人——一个执行主编,一个编辑部主任,一个我这样的新编辑,一个出纳兼编务。会计,是作协的会计兼着,在作协办公室上班。

主编是一个三十来岁的少妇,叫淡墨,这是笔名,所有的人都这么叫她,以至于真名叫什么,少有人知。我想她的真名一定很难听,像她这种气质优雅、举手投足之间总有一点装饰韵味的女人,决不能容忍一个粗俗的名字如影随形。淡墨化着不淡的妆,浑身上下弥漫着香气,喜欢穿青花瓷图案的民族风服饰,可以当这个杂志的代言人。第一次进入办公室的时候,淡墨握了握我的手,轻轻的,把我介绍给编辑部主任。主任老余是个四十五岁的中年人,他非常专注地在桌子上看稿,对办公室里人来人往浑然不觉。直到淡墨把我推到他面前,他才站起身来,把老花镜摘下来,惺忪的眼神仔细地看了我两眼,过分热情地叫道"欢迎欢迎"。会计是一个平胸的女孩,叫萧容,我们叫她小萧,瘦高个,上班与走路都低着头,无声无息,平凡得好像不存在。可以说,这一份工作目前唯一令人宽慰的,是有一个风韵犹存的女上司,使得坐班的时光稍显愉悦,不至于度日如年。

我的工作就是看稿子,把自由来稿拆开,摆在案头上几尺高,挑选质量不错的散文,再让主任和主编进行二审三审,通过的稿子就可以发表。这一项工作看起来很繁重,从浩如烟海的稿子里寻找有价值的,譬如海中取贝,是个苦力活。实际上,掌握一些诀窍之后,工作量就特别有限了,你看个开头与结尾,便知道是不是值得斟酌与推荐的,这样就能淘汰掉大部分稿子。散文本来就是一种很水的文体,中国的文人比较钟情虚伪,极少能够崭露自己真心的,因此写起散文来虚头巴脑。一方面想要掩饰自己真实的欲念,一方面要拔高自己的格调,自然力不从心。在我的编辑生涯中,没有见到几篇说实话的文章,把实话说得漂亮的,更是难觅。但矬子里头也得找将军,因此不外乎把一些抒情抒得漂亮的、掉书袋掉得颇有文化含量的、文笔比较娴熟的、在主流价值里算是有才气的,挑出来送审。对我而言,工作倒是不辛苦,但是没有什么成就感。我很难想象自己一辈子在故纸堆里挑选这些苍白的文章,换句话来说,我颇不敬业。

上班也不严格。早上九点多,大家晃晃悠悠地来,烧开水,泡茶,打招呼,翻看散发油墨香味的报纸,闲聊些昨日的见闻。我到门口买些馒头之类的早点,到办公室咀嚼完毕,就开始拆看从收发室拿上来的信件,大多是读者来稿,还有一些是赠送的杂志报纸。等到我把两杯开水喝完,也就是十一点半了,门口便有同是单身的同僚吆喝着出去找饭辙。下午没什么事,主编和主任就不来上班了,但是小萧必须来值班,还有我作为一个新来的年轻人,也要来坐班的。主编有时候会打个电话过来,交代我一些事情,其实是盯梢一下我有没有逃班。

只上了几天班后,我就觉得从青年进入老年了。学会了喝茶,越来越浓,茶里应该有一种抑制兴奋的元素,可以让你笃定再笃定。学会了没事在办公室里溜达,从门口溜达到窗户,思维介于若有所思与一片空白之间。在走廊上呆望,跟过往的同事搭讪毫无营养的话。单位围墙外是一片民居,傍晚的时候,经常有妇女吵架的声音传来,尖锐刺耳,我在办公室外的走廊侧耳倾听,良久之后,内心发出感叹:啊,生活!

文联的门口朝东,一条水泥甬道进来,绕着一棵巨大的榕树盘旋而上,转了半个圈子,就来到大门朝南的办公楼。这条甬道被戏称为"歪门邪道"。早上,领导的车子沿着歪门邪道进来,在两个石狮门前下车。领导们穿着笔挺的衣服,拿着锃亮的公文包,一脸严肃地进入办公室。对我而言,他们是一群陌生的人。我不知道他们整天在办公室里煞有介事地办什么公。可以说,这个单位基本没有创收。唯有一点能肯定的是,我将来肯定不会混成他们这么光鲜。总而言之,在这个熙熙攘攘的单位里,我觉得颇为荒凉。

刚刚上班没有几天,我就有退休养老的感觉。想到退休生涯从二十来岁就开始了,有时候不免一阵恐慌。

有一天上班之后,我们各自泡好了茶,又准备慢悠悠地混上一天。

淡墨把桌子上的信件与刊物都熟练收拾齐整,可以看出她是一个特别爱干净、整洁的女子,且特别能收拾,于我而言这是极有素养且令人倾慕的举止。与之相反,我的案头上永远堆满稿件、文具等杂物,我仅能收拾出屁股大的一块地方供自己使用。言下之意,此时我是极渴望有一个女人的,特别是能使我生活状态焕然一新的女人。

当然,在俗世生活中,这种渴望于我而言不啻一场幻梦。

淡墨收拾完毕,把不及手腕的蓝白袖子往上轻轻一捋,露出紧致葱白的手臂,在门玻璃上反射的阳光下,细细的汗毛有着迷蒙的金黄。这些细节对我而言,是个隐秘的梦境。她用小小的金属汤匙搅动了宽口瓷杯里的咖啡,用脆生生的嗓子轻声道:"我们来开个小会吧。"

像一块小小的石子在池子里荡起涟漪,打破我们一成不变的上班状态。我和老余把凳子往淡墨方向移动,呈三足鼎立分布。在这个距离,淡墨身上的香气就很自然地进入鼻息,你分不清是体香还是香水,不免有一种犯忌的不安与快感。

"我们杂志现在销量在一万册上下徘徊,最低的时候跌到八千册,不能保本,领导对这个业绩不是很满意。小李,你刚刚到,看看有什么新的点子能让销量上去?"

淡墨期望的眼神盯着我,这是我来上班后第一次被重视,内心如小鹿乱撞,脑袋一下子就蒙了。我支支吾吾道:"哦,这个问题嘛,我觉得应该是这样……我一时还真想不起来……"

我能看到淡墨的眼神黯淡下去,这也让我心情低落。淡墨转而问老余:"余主任,你有什么看法?"

老余低着头,不知沉浸在哪个遐想的世界里,被淡墨一唤,魂儿回来,浑身一抖,头抬起来,道:"哦,刚才说到哪儿了?"

"说到怎么提高发行量。"淡墨似乎习惯了老余的心不在焉。

老余眼底的光又黯淡下去,对这个问题很不感兴趣,闷声道:"这个问题是,是老生常谈了,也是时代所趋……小李是新人,应该有点新的想法。"

老余把皮球踢给我,又陷入了沉思状态,似乎这个杂志跟他一点关系都没有。淡墨知道这个会已经可以结束,再开下去已无裨益,但是就这么结束,又有点不像话,便颇为关心地问老余道:"你那个发明怎么样了?"

老余的眼里精光有一闪,道:"你说边角码吗?非常好,用的人越来越多了。"

老余是一个发明家,他时常发明一些新奇的玩意儿,给自己和邻居的生活带来便利。美中不足的是,这些发明不能给他带来一毛钱的收入,对此他颇为幽怨。他近年最新的发明是一种叫边角码的汉字输入法。其时,个人电脑刚刚开始普及,五笔输入法成为汉字录入的主流,所有的打字员都备着一张五笔输入表,背诵字根。老余认为五笔字根过于烦琐,自己发明的边角码是更省力的。但是他这套软件没有人推广,跟其他发明一样,获得的利润为零。有个别网友从网络上得知这种输入法,问询他能不能购买,他便引为知遇之恩,把软件无偿赠送——来办公室找他的人多半是来无偿拷贝软件的人。他相信,用的人多了,有一天厂家一定会找上门来。

"我是说,有公司买你的发明了吗?"淡墨颇为关心地问道。

"有,有个公司出价一万元。"

"那你卖还是不卖?"

"哎,别人卖个软件上百万元,我这一万元,咽不下这口气呀,还是不卖。"

"要是不卖,以后可能连一万元都卖不出去哟。"

"嗯,这我也想过。不过既然是千里马,就得遇上伯乐,不遇宁死。"老余流露出悲壮的表情。

淡墨略显失望地笑了笑。老余如果不把这件事了断,是会永远沉浸在梦游状态的,这一点淡墨非常清楚。但她相当有分寸,不会为此去责怪老余。

我入职以来的第一次会议一无所获。但可以散会了。

办公楼的六层,是文联的招待所。因员工宿舍不够,好几间都被当成宿舍,我被安排在604。房间里留下一张单人弹簧床、一张陈旧的桌子和一排黄色油漆立柜。这些对我来说足够,立柜正好挡住外面的视线,使得走廊上来来往往的人不至于一眼就看到我的床。床对面墙上有一张颇为陈旧的明星画,忘了是叶子楣还是叶玉卿,反而是这两个妙人儿之一,拍得艳俗但颇为实用,我在收拾房间时想撕掉,但一闪念,又停下手。果然,到了夜深人静的时候,这张画就变得栩栩如生,聊以遣怀,有时我口中会喃喃道:走下来,走下来。并在自言自语中入睡。

隔壁603住的也是刚分配来的毕业生,是厦门大学作曲专业的,分在音乐家协会,叫马一鸣。小马是学艺术的,我是学文学的,照理来说应该有话题。但他似乎不怎么喜欢聊天,我有时问一些音乐的问题,他三言两语就打发了,而且说起话来,舌头也挺费劲。住了些时日,我们还是不太了解,也没有深交的意愿,只能是在走廊上有时候不咸不淡地聊几句家常。

小马人高马大,皮肤白皙,有一头茂盛的黑发,且对发型颇为讲究,每日在走廊上揽镜自照,将额前头发整理得丝丝入扣。他说不上英俊潇洒,但也是一表人才。有时候我想,我要是长到他这个份儿上,感情生活就不会如此清苦了——矮小瘦弱的男人,总会不自觉地对高大英俊的男人羡慕有加,在对女性的追求上后者有不可比拟的先天优势。

这样的日子过了没多久,一个提着行李箱子胡子拉碴的壮实男子走上来,他看到603已经住人了,暴跳如雷,叫嚣着让小马赶紧搬出去。我和小马都不知道发生了什么事,十分震惊。这个中年人终于带着怒气解释道,他姓方,是刚分配到本单位的司机,属于转业军人,领导之前已经承诺过603是给他一个人住了,我们两个大学生应该住在一个房间。个子高一头的小马被方司机一吼,就蔫了,默默把自己行李搬出来,搬到我的房间里。

次日我们向部门领导反映,部门领导让我们找分管的副书记,副书记再把问题交给专管后勤的行政,行政看我们是新来的,再转给团工委。经过数次踢皮球之后,来负责做我们思想工作的是团工委书记,姓郑,一个因为没法考上公务员而从省宣调过来的中年女性。她有一头精练的短发,声音中性,工作极为细致,特别像我们在照片上看到的江青。郑书记认真听取了情况,并在笔记本上做了记录,用坚毅的眼神盯着我们道:"你们的情况我一定会仔细研究,尽快给你们答复,你们年轻人的问题,就是组织的问题,一定要相信组织。"她的语气虽然是套路的官话,我们却倍感信任,我们相信这种事情只有依靠组织的力量,才能得到公平。

次日,郑书记就来宿舍找我们了,这使我肃然起敬,因为在我的印象中,政府机构的效率是极低的,这也证明郑书记有信心在新的单位里开辟崭新的面貌。书记手里拿着文件,让我们坐在对面,非常严肃地说道:"我连夜调查了文件,省里对于给年轻人福利住宿是这样规定的:每个员工的住宿面积不得低于七平方米。听清楚了吗,是七平方米,你这个房间有二十平方米,应该是超过了文件规定的面积,符合各项规定的,你们就安心住下吧。"

我们都震惊了。但书记不容置疑的口气让我们无可辩驳,况且我们俩都是口齿拙笨之徒,想要反驳却也说不出理由,只是互相看了一眼。

我和小马就住在一起了。

其他倒没什么,对于墙上的明星画,我和小马有点分歧。小马皱着眉头道:"把它撕掉吧,太露骨了。"

我吃惊地看着他,想不到他与我的趣味如此迥异,坚决道:"你不觉得这个方头方脑的房间因为有了这张画而生动起来吗?"

"生动?"他摇了摇头,"我倒是没看出来,我只是怕人觉得我们俩特别低级趣味。"

"低级趣味?"我忍住愤怒,用同样的语气道,"我倒是没看出来,我只看到艺术。"

"这分明是色情!"

"色情只是它外在的部分,它内在是艺术的,一般人看不出来。"

"噢,愿闻其详。"小马的好奇心战胜了羞耻心。

我用手抚摸着各个部位,道:"这两个乳房,多么浑圆,分别代表生命与欲望;薄薄的胸衣,代表人类的道德,不管道德怎么包裹住生命与欲望,但它们还是像两个太阳喷薄而出。而她的表情,是淫荡而略带嘲讽,那是对不敢正视生命和欲望的人的讽刺。"

"果真如此?"

"信不信由你。"

"我觉得你说得有一定道理。但是欲望必定是低级的,我们作为有文化的一代,更需要的是修养……"

"天哪。"我抱住自己的头道,"我真不知道以后跟你如何相处下去。"

"不,我们刚才只是进行学术上的讨论,这并不影响相处。"

"小马,我一听到学术就头疼,你知道我毕业论文是费了多大的劲才抄得看不出痕迹。我们回到这张图上,不管如何,我是不愿意撕下来的。"

"李师江,恕我直言,我对你的品格感到十分失望,对色情如此狂热,这恐怕不是我们一个大学生所为。"

"不,你不能理解,我只是因为寂寞。"

"我们住在一起,你还会寂寞?"

"跟你在一起,我只会更寂寞。"

我的执着让小马让了步。在最后几个回合交锋之后,小马答应我留下那幅画,但是当别人问起时,必须承认那是我的意思,与他无关。

小马喜欢抽烟,饭后烟、睡前烟、起床烟、无事烟,特别频繁,他给我的印象一直是吸着烟一副心醉神迷的样子。我问他什么时候沾上这么大的烟瘾,他说:"我们搞艺术的,特别是作曲的,特别需要灵感,烟这玩意儿能制造灵感。"对这话我置之一笑,每个人对自己的瘾总能找到最冠冕堂皇的理由。我不抽烟,二手烟让我颇为反感,特别是他的起床烟,也就是每天早上醒来时就开始吞云吐雾,我是被呛醒的。我的抗议使得他一时收敛,但无效,我又不是他的心上人,他不可能因为我而戒掉。我严重抗议他就掐掉火,过了几分钟又点上,如果我继续抗议,连我自己都不好意思。好在我习惯逆来顺受,默默地去适应二手烟的香味,如果你不把它当成可恶的玩意儿,二手烟其实蛮香的,比一手烟还香。问题的根源,在于你接受不接受。

虽然跟小马共处一室,两张床仅隔着八十公分的距离,但朝夕相处,真的只能停留在肤浅之交。

"你有女朋友吗?"这种问题肯定是会谈到的。

停了一会儿,小马漫不经心道:"先立业后成家,大丈夫何患无妻。"

"我是说,你恋爱过吗?"

"嗨,恋爱这东西,你说有嘛,其实……"他吐出一口烟,后面的话就随着烟飘走了。

"你就说你有没有做爱过?"

"哎,这种话题最好不要在公共场所聊。"他慢条斯理,根本就不想正面回答。

"我们现在是在自己宿舍呀。"

"这是我们两个人的宿舍,是可以叫公共场所的。"

"那你能不能不要在公共场所抽烟?"

"这个我明白,香港是禁止公共场所抽烟,内地还没有规定,我的行为是符合法律的。"

跟小马的聊天我常常感到无奈,我不知道他在意的事情是什么。不过既然在一起,总是要有话说的,我们能反复聊的话题相当有限。

"熄灯睡吧。"他喜欢早睡,总是这么催我。

"我再看会儿书。"我睡眠浅,很难入睡,需要看书为前戏。

"躺着看书眼睛会坏的。"

"我躺了十几年了,坏也坏到底了。"

"早睡早起对身体有好处。"

"身体整那么好不知道拿来干什么用。"

……

"哎,工资这么低,真不够用。"他感叹道。

"不要再提工资了,提了憋气。"

"当初求职的时候你有没有问工资的事?"这是他感兴趣的话

题,不依不饶。

"没有呀。"

"我也没有,我们真是傻瓜。你为什么不问呢?"

"我没好意思提钱呀。再说了,我想这是国家正式单位,也不可能亏待一个大学生呀。"

"我也是,我们对国家高估了。"

"睡吧睡呀,越聊越后悔了。"我熄灯,打住他的话题。

院子里的百年榕树,高过这座六层的楼宇。站在六层,你会感觉到与榕树具有匹配的高度,可以如挚友般凝视。左边被雷劈掉一个枝干,现在只剩下黑乎乎的一个疤痕,应该不会再疼痛了,只是愈显沧桑。树上栖息着上百只白鹭,傍晚时分,它们在枝叶上扑腾,叫声连连,我视为一日劳作之后的拥抱与亲热,它们是相亲相爱的一家子。它们觅食的方向是往西南,西禅寺那边,再往西就是洪山桥郊外,有湖泊鱼塘。我在六楼无所事事地看着白鹭,想想它们一大家子觅食、劳作、秀恩爱,不时会有温馨涌上心头。

"嘿,看什么呢?"

一个长得颇为老气的年轻人一边用湿毛巾擦拭身上各个部位,一边走过来搭讪,一副自来熟的样子。他是招待所新来的房客,好像已经把这儿当成家了。

"看白鹭呢。"

"哦,白鹭有什么好看呢?"

"我在观察它们是一夫一妻还是乱婚。"

"看出来了吗?"

"应该是乱婚。"

"何以见得?"

"纯洁的事物往往有混乱不堪的内在,你看它们多么洁白!"

他停住了擦拭,指着我道:"你是诗人?"

我不好意思地点了点头。

"我也是诗人。"他兴奋道,跟我握手。

他叫符绝响,是我在这个城市认识的第一个诗人。不过这也不算稀奇事,住在文联招待所的,不是诗人,就是作家、艺术家。

"你是哪个城市的?"我问道。

"我就住福州。"

"你怎么还来住招待所?"

"呵呵,被女朋友赶出来了。"他略显憨厚地笑道。

我很喜欢这样有故事的人。

像符绝响这样的人,跟任何人都会很快打成一片,更何况我们都是诗人,他也是我们杂志的作者,我们的共同语言非常多,而且很愿意奉献给对方。

"为什么被赶出来?"

"原因很复杂,总而言之是我出差回来,她就把门锁换了,不让我进去。"

"我说的重点是,她为什么生气?"

"那肯定是吃醋嘛。"

"我说的重点是,她吃的哪门子醋?"

"哎,吃醋是女人的属性,她几天不吃醋就上房揭瓦,怎么说得清呢。"

"天哪,跟你沟通怎么也这么困难!"我颓然叹道,简直想拂袖而去。

"别别别,逗你玩呢。"符绝响穿着白背心,把毛巾搭在生猪肉一样白晃晃的胳膊上,攀住我的肩膀道,"实话告诉你,但是你不要告诉别人。"

"你放心,我在这里没有一个朋友。"

"告诉别人也没关系,但是不要告诉女人,知道吗,女人嘴碎,又爱钻牛角尖,是世界上最难纠缠的物种。"

"你到底想不想说?"

"我的女朋友,我们是中学同学呢,我们交往恋爱了五个年头,我指定要跟她结婚的。她有个闺蜜,经常来我们家玩,结果也喜欢上我了,总而言之,成为我秘密的女朋友。我出差期间呢,我送给秘密女朋友的手镯被我女朋友发现了,她们就这样闹翻了,还不让我回家,你说女人烦不烦?"

"啊。"我被他震惊了,挣脱他的怀抱,"你是说你同时拥有两个女朋友?你不觉得奢侈吗?"

"奢侈?不,不不不,像我们这样的诗人,有几个女朋友是很正常的事。难道你没有?"

我脸红了,避开他的话题,急切争辩道:"不,我不觉得你的观点是正确的,这是亵渎爱情。"

符绝响摇了摇头,道:"作为一个诗人,你这种观念是很危险的,它可能使你在艺术上一无所获。要知道,中国五千年历史中,只有一九四九年以后才实行一夫一妻制,不到五十年,而我们恰恰生在这个不幸的时代,只有靠思想的自觉,才能摆脱时代的束缚,才能继承传统——我的思想不是凭欲望产生的,而是有历史依据的——你不觉得三妻四妾这种传统文化需要继承下去吗?"

"恕我的教育不能接受你的观念。但老实说,我挺羡慕你的……请问你是怎么做到的?"我把持住脑海中的地震,渴切地提出问题。

"这个嘛,你只要摒弃教科书上学到的理论,并且按照相反的方向前进,很快你就能找到非凡的思想,那才是生活的真谛。"符绝响抖动着白花花的胸脯,颇为自得,看来他也有好为人师的癖好。

"我问的重点是,你长得这么丑,是怎么让那么多姑娘喜欢上你的?"

"这个嘛!"符绝响狂笑一声,豪气干云,爽道,"我也不是一朝一夕就练成的神功,说来话长,有机会慢慢交流吧。"

既然符绝响留了一手,我也不便相逼。

符绝响提议看看我的诗歌,我便把箱子里的笔记本拿出来,符绝响看后赞叹道:"写得比我好,不过我建议你可以抒情一些,我的诗完全是抒情诗。"

"可是你不觉得抒情是一种拙劣的手段?"我反问道。

其时我刚刚对诗歌的语言琢磨出自己的看法,抒情诗歌的水分太大,诗骨很容易被情绪淹没,是一种不诚实的写作。

"但是,抒情很讨女读者的喜欢,你知道吗,抒情才能感动她们。"

"哦。"我一下子蒙了,不知道诗歌需要这一层实用功能。

符绝响看我不置可否,继续说服我道:"我们所做的一切都是为了女人,这一点你认同吗?"

我略一思索,点了点头。

"所以,诗歌也一样,女人就喜欢抒情,你一定要抒情。"他郑重宣布道。

"这就是你的秘诀吗?"

"不,我的秘诀在很多方面,这只是冰山一角而已。"

"好吧。"我犹豫道,"等有女人看我的诗歌时我考虑你的观点。"

我和符绝响在房间里相谈许久。小马进来后,闷闷不乐,一个劲儿抽烟,符绝响是个活络人,想把小马也拉进我们的聊天阵营中,但小马对此话题根本不感兴趣,或者插不上嘴。于是我送符绝响去招待所房间,里面一共有三张床,符绝响让我睡在空床上。因为符绝响是我到达福州后第一个有共同语言的人,我也舍不得离他而去,于是我们隔床而卧,继续聊得热火朝天。主要是他讲,我听,当然碰到我感兴趣的话题,或者有异议的地方,我也会激动地说上半天。时间过得很快,窗外很安静了,夜鸟偶尔会发出一两声怪叫。当然,有时候楼下有摩托车开进车棚,轰鸣声会盖过我们的谈话声,我们会打住话题,等熄火之后继续。

有一瞬间,我会觉得和符绝响是已经过了半辈子的两口子。

窗外突然出现一个人,用指关节敲打着玻璃,由于隔着浅色窗帘,我能看清模糊的影子,并不能确认是谁。我慌张起来,问:"谁?"

"师江,你晚上就在这里睡吗?"

是小马的声音,我松了一口气,但不知道为何他关心此事。

"哦,对,怎么啦?"我问。

"你不说一声我怎么睡得着。"小马满腹怨气,嘟哝着走了。

沉默了一会儿,我和符绝响大笑起来,我笑得很夸张。

"去买点酒喝吧。"符绝响提议道。

"我不会喝酒。"

"男人说不会吃喝嫖赌,都是骗自己的。"符绝响斩钉截铁道。

"哦。"我被符绝响说服了,起身穿鞋,一起往楼下走。到了一层的时候,发现大门紧锁,这里是办公大楼,保安通常会在十一点左右锁上大门。

"从二楼爬下去?"符绝响对这里的地形相当熟悉,快速返回二楼,指了指走廊外的水管。

我是不愿意冒风险干这种可有可无的事,但符绝响满怀期望地看着我,我这人是最不忍拂了朋友的兴致的。符绝响的五短身材异常敏捷,从栏杆翻出去,手抓住栏杆底部,脚沿着水管往下溜,然后一跳,安然下地,动作如行云流水。我也依法而行,但也许是高估自己的身手,也许是技不如人,在落地的一瞬间,脚踝还是崴了。这点疼对于活得很贱的我来说,算不上什么事。我们像贼一样,觉得到了一个被别人遗弃的世界,自然生出别样的喜悦,我一瘸一拐地跟在符绝响后面。在一家快关门的小卖部买了两瓶绿玻璃瓶的啤酒,几袋凤爪,想爬上楼似乎不太可能,符绝响指了指榕树下的石桌,我们就在那里喝起来。

"淡墨很不错。"符绝响把话题转移到我的同事上。

我心中一动,问道:"什么不错?"

"对我还不错,每次我散文给她,基本上都会给我发。"符绝响道。

"哦。"

"其实她本人也不错,风韵犹存。"

"哦,是吗?"

"你没看出来?"

"没怎么看。"

"她对你怎样?"

"应该印象不太好吧。"我犹疑道。

"怎么啦?"

"今天开会让我想想主意,怎么把杂志销量提上去,我一个字也答不出来。"

"开会嘛,你随便说点什么都行,走走形式嘛。"

"不过脑子随便说? 那可是很难的事。"

"你还没混成那种老油条,开一百个会议可以讲同一套话,不过你这么聪明,混上几天就会了。"

"我可不想,我在寻思有没有创新的路子,让杂志改头换面。"

"这个嘛,也不会没有,但是很难。比方说,好多领导的关系稿,千篇一律的旅游散文,这样的东西,哪会有读者看呢。"

"对,应该从内容上革新,我好像有思路了。"

符绝响的提议给了我很大的启发。

夜已经很深了,空气变得凉丝丝的。野猫用两只幽冷的眼睛从黑暗中注视。符绝响丝毫没有在意,津津有味地享受着凤爪,可以看出,他是个很善于享受生活的人,特别是生活的细节。而我每时每刻,总是忧心忡忡。

一滴雨从树上掉了下来,我摸了摸头发,伸手抓住最后一个凤爪,边咬边道:"下雨了,吃完就上去吧。"

"没有呀。"符绝响道,"你看,月亮还在呢。"

月亮只是弯弯的一抹,颇为写意。

"我感觉雨滴掉在我头上了。"

"啊,那是鸟屎。"符绝响站了起来,幸灾乐祸道,"你摸的是鸟屎。"

借着路灯斜射过来的光,我一看,手上果然有淡白的玩意儿。

"今晚太有意义了,我第一次看见有人吃屎。"符绝响开心道。

"应该没吃进去。"

"不,肯定吃了,我看见你就着鸡爪吃了,难道没有屎味?"

"真的没吃,屎味我还是能尝出来的。"

一道手电筒的光照过来,是我们的喧嚣声吸引了门房的保安。我们叫保安给我们开了办公楼的大门,提着瓶子上去,一路上,符绝响一口咬定我是吃过屎了。

"好吧,如果明天我变聪明了,就算我吃过了。"

"能告诉我屎是什么味道吗?"

"甜蜜的苦涩吧。"

2.

次日我的脚才肿起来,就如在脚窝处嵌上一颗剥壳的青色的鸡蛋,松松软软,总算让我瘦巴巴的身上有一个丰满之处了。如果不是疼得厉害,还算是一个可爱的凸起物。买早餐的时候,我顺便去药店买点药水。取药的护士看了我的伤势,建议道:"去医院看看吧,看看骨头有没有问题。"

"不,对自己没必要那么讲究。"我说。

"哦,这是什么道理?"

"我不是很爱自己。"

她给我一瓶治疗跌打的红花油。

我回到办公室,在肿起的地方细细涂抹,以便皮肤充分吸收。淡墨进来的时候,眉头一皱,道:"什么味道这么刺鼻?"

我指了指自己手中的活计,停止了涂抹,开始把剩下一半的早餐包吃掉。

"怎么啦?"她停顿一下。

"没什么,不小心崴了。"

我突然想起昨夜符绝响评价她"风韵犹存",不由得多看了她两眼。她把布质的手提袋放在桌子上,浑圆的臀部落到椅子上,整个房间就有了一种柔软的气息。

我的心像被一团温湿的棉花蘸了一下。

"有事吗?"她微笑着问道。

我这才发觉我看她看得太专注了。

"关于杂志如何提高销量的问题,我有一点新的想法。"

"是吗?"她的声音是极为迷人的,与之交谈是一件赏心悦目的事,"对了,你来这么久,是不是从来没去书记办公室坐一下?"

"嗯,那倒是,为什么要坐一下?"

"你是新来的,去拜访一下,以示尊重。"

"好的。我现在想谈谈我对杂志革新方面的看法。"我觉得自己对杂志毫无贡献,是一件很丢人的事,时刻都想找补。

"不,你先去书记办公室问候。"淡墨道,"这个很重要。"

既然如此,我也无法推辞,虽然对我而言,这是一件尴尬的事,我不知道能跟领导聊些什么。

书记的办公室在三楼,有宽大的办公桌和黑色厚重的皮椅,以及深色的书柜,书柜里有特别厚重的书,气氛颇为凝重。我一进来,有一种被震慑的紧张感。

"林书记,我们主编叫我来向您汇报,哦不,是来看看。"

林书记是一个斯文的长者,嘴角边有很深的纹路,这是他五官给人印象最深之处。他的反应比一般人迟钝一点,也许是需要揣度完来人的意思之后才能做出反应。

他露出微笑,请我在对面坐下,问了我毕业院校、籍贯等常规问题,鼓励我在这里安心工作,挑起担子,成为未来的接班人。我不停地点头,直到颈椎骨节发出咕咕的声音才发觉点头过于频繁。

一阵沁人的体香飘来,紧接着才是银铃般的笑声,一个女子像风一样飘进来,是的,她带来一团旋转的香气把我团团包围,让我头晕目眩。看样子她是林书记办公室的常客。

"这是新来的小李,是你的老乡。"林书记向她介绍道。

我疑惑地看她,觉得面熟但不知道是谁。看样子她与淡默年龄相当,也有着精心的妆容与丰腴的体态,如果说淡默属于优雅的气质的话,她则有一种童稚与奔放并存的热辣。

林书记热心地介绍,她是冰心理论研究室的陈丽娜。去年刚从宁德,也就是我的老家调上来,所以和我是老乡。这里说明一点,其他省份的文联并没有冰心理论研究室,但因为冰心是我省的作家,所以有个单独的处级部门叫冰心理论研究室。

"我是个童话作家。"陈丽娜热情洋溢地自我介绍。我猛然感觉到她确实有一种童心未泯的直接。

我跟她握了握手。像这样女人的手都给我温暖如玉的感觉。

顺着有点刻意的热情劲儿,我们又聊了几句关于家乡的话题。这样一来,书记倒成了旁听者,他的修养倒是不错,微笑着倾听。但我能感觉到这颇为不妥,我料想他们必定有更重要的事情要交谈,于是我生硬地中止了讲话,告别出来。

我回到办公室,淡墨有点惊奇道:"这么快?"

我不好意思道:"跟领导有什么话可说的。"

淡墨道:"学会跟领导沟通,这一点必须掌握。"

我点了点头,因为心里揣着一肚子杂志改革的主意,一直想把话题转移过来。我向她提出了将作者年轻化的建议,直言不讳地提出少用老生常谈的关系稿。淡墨若有所思,道:"关系稿倒是没有,我们用的稿子都是有质量标准的,不过你说的年轻化的建议,倒是不错。有什么具体措施吗?"

我提出一个新栏目的构思,淡墨颇为认可,让我马上便可以实施。我欣然应允。

我终于觉得自己有用武之地,这才不会有待在这里吃白饭的感觉。

淡墨对于我与书记的交流始终不放心,我们谈话结束后,各自工作了片刻,她突然问起:"书记有没有问起我们编辑部的工作状况?"

"这倒是没有。"

"那书记有问什么吗?"

"无关紧要的家常话题吧。"

"其实我是想让你去汇报你的工作的。"

"我也是想聊的,只是后来冰心研究室的陈丽娜来了,我想他们应该有更重要的事。"

"噢。"淡墨张大了嘴巴,颇为惊愕。她的表情在瞬间僵硬了,随之中止了我们的谈话。

单位门口出来,就是西洪路,这是一条老旧的水泥路。路边很多地方破损严重,露出泥土,车辆过往,就会扬起尘埃。虽然不像大土路那样尘埃漫天,但空气确实有颗粒的气息。路两边是各种小饭馆、摩托车修理店等各种便民商铺,完全是城郊的景观。不饿的时候,我觉得路上的小饭馆实在是脏乱差,但是饿的时候,闭着眼睛几乎把这条街的饭馆都吃遍了,本来是想比一比哪家快餐更好吃些,最后只能得出哪家快餐最难吃的结论。

尽管如此,这条路依然是我活动最为频繁的地方。特别是到了晚上,在电影院周边有一个夜市,不知从哪里冒出来的小贩,变戏法般地摆出各种廉价的玩意儿,从服装鞋帽丝袜胸罩到煤气灶工具箱变形金刚,应有尽有。对于这些我不太感兴趣。我来这里逛逛,是看到一些老人家带着孩子出来逛夜市,颇觉得温暖。当然还有情侣,女孩们洗得干干净净打扮得花枝招展,挽着男朋友,那些男朋友通常也是把最好的衣服穿出来但仍然是一身土气,精神抖擞,足以令我艳羡。在这勃勃生机的市井间生活,却找不到融入市井的入口,这让我颇为惆怅。夜市再往西,有录像厅,因为这里靠近福州大学,又是郊区市民聚集区,市场还是有的。无聊的夜晚,混迹在各色人群之中,也如大多数人一样东张西望,我恍然在梦中。

录像厅的门口就在路边,一个中年瘦子在门边朝我眨着眼睛道:"进去吗?有刺激的。"我被他神秘的表情吸引,觉得他的表情是个魔力的漩涡,把一个游荡的孤零零的我吸了进去。我给了他五块钱,他一拉门帘,我忐忑地走进幽暗的录像厅。时间还早,里面稀稀拉拉地坐着一些社会青年和中年,几乎每个人都有猥琐的表情和饥渴的眼光,我坐到他们之间时,心马上就踏实了。我觉得自己堕落到底部了,拥有了千千万万的伙伴,再也不用害怕什么了。

眼睛适应了短暂的昏暗之后,我终于看清屏幕上是一个女优在自慰,发出哼哼唧唧的声音。这是我第一次看到毛片。之前在大学宿舍里,他们不知道哪里弄了台录像机,接在电视上看过一次,我去家教了,没赶上,只听见有几个家伙事后津津乐道。现在我的脑子血涌,眼睛一眨不眨地看着屏幕,女优真实的动作,似真似假的呻吟,痛并快乐的表情,坦荡而毫无羞耻感的展示,以一种全新的美学冲击我的大脑。于我而言,这是我懂得学习以来上过的最惊心动魄的一课。

由于我专注于观察、感受与揣摩,并没有注意到周围的人越来越多,并且后面有一些人在叫喊:换片,换片。原来他们对这种自慰看了无感,希望有更大的动作。老板的心理承受能力很强,根本无所谓,因为这种播过多次的自慰片已经能与他的宣传相匹配了。我在混乱的现场专注于画面,脑海完全被性控制,当性的神秘被公开展开,它的魅力也被无限放大。虽然我在大学也曾有过短暂的性经历,但显然过于潦草与紧张,只是一两次不成熟的冒险,像猪八戒吃人参果。而现在,这个无名的自慰的女优,显然是一个耐心的老师,不但展示了肉体的经验,而且告诉我,性的世界美好而专业,是一门技艺,有诸多可讲究的奥妙,可供我一生慢慢揣摩。我原先那猥琐而羞涩的冲动,因这大胆的美学课的浸润,变得如春雨桃花般氤氲,我神游其中而不能自拔。

一阵骚动中夹杂着严厉的叫声,我发现周围的人纷纷起身。几秒之中,我就知道最不想看到的事情发生了。我在慌乱的人群中像泥鳅一样乱钻,还是懂得往门口方向跑,门口的人很挤,而且似乎被人堵住,但是我身子如刀片一般,薄而锋利,我相信世界上没有我钻不过去的缝隙。确实如此,这片瘦弱的刀锋在拥挤中依然游刃有余,在一阵伸缩腾挪之后,我在一片脚林中钻了出去,我忍着脚踝的疼痛,一个箭步就要飞出去,但是我的后领子被人抓住了,像一只轻飘飘的鸡被拎起。一个炸雷般的声音喝道:"都别跑,再跑就开枪了。"

我瞬间脚软了,失去了逃跑的勇气。但另一种勇气在我心中响起:我何罪之有。

几分钟之后,被控制的一队人稀稀拉拉被拉到派出所。那个场景,与后来我看过的二战片里俘虏的队伍极为神似。这些人被关在一个大房间里,然后一个个出去被问询。我心中升起一种愤怒,接着又是恐惧,然后又是丧气,各种情绪此起彼伏,像任意调制的鸡尾酒,让人翻江倒海。

一个警察把我带了出去,带到审讯室,由另一个长得威严的三角眼警察审讯。他的三角眼给我印象特别深刻,因为他不开口,就用三角眼盯着我,眼里有一种无缘无故的狠。我瞬间就明白了,他想用这种眼神先让对方崩溃,然后就稀里哗啦地招供。

"叫什么名字?工作单位在哪里?"他觉得时机已到,开始审问,手里拿着一支笔。

我不吭声。虽然我很害怕,我不知道这件事严重到什么地步,但是如果让单位知道的话,那就是很严重了。我会把自己和单位的脸都丢干净。我自己可以不要这个脸,可是我的工作不允许我不要这个脸,这是我当时的逻辑。

"哑巴?"三角眼厉声叫道,"把他身份证搜出来!"

"我没带身份证。"上帝保佑,我没有带身份证的习惯。我主动把裤兜翻出来,避免身后那个年轻警察来搜身,我非常怕痒。

"你是不想配合我们工作了?"三角眼急攻不下,口气缓和下来。

那一瞬间,我对自己和世界都很失望,不,是绝望,不知抽了哪根筋,突然间压抑了很久的情绪一下子涌上脑门,化作一滴热泪从眼角溢了出来。

"你把我弄死算了,我的人生很失败,活着也是行尸走肉。"我突然哽咽道。

这确是我当时的肺腑之言。自从离校之日,左堤不辞而别后,失败感就弥漫在我脑海,使我对任何事情都不可能投入。爱情失败的人生于我而言,虚空如蝉蜕,这也是懦弱的我偶尔不惧现实的原因。

两个警察面面相觑。年轻警察在我身后和颜悦色道:"现在全国扫黄的形势很紧,你的问题比较严重,但是你只要配合做好笔录,交完罚款,我们就会放你走——你看,那些配合的人不都走了嘛!"

我目前的工资一千块左右,每个月寄五百给父亲——由于他一直处于老病的状态,我觉得他苟延残喘不了多久,我的收入与之平分,避免我日后愧疚。平时我的口袋里不会超过两百块钱,这些钱肯定不够交罚款的。

"不,我觉得很屈辱,我只想死。"我哀求道。

"你知道你犯了什么罪吗?"

"我没有罪,我只不过去看一场录像而已。"

三角眼不太耐烦,吩咐道:"铐起来吧,可能是个油子。"

年轻警察把我右手铐到二楼的栏杆上。我前面还铐着另外一个十几岁的孩子,据说是个小偷,略长的头发掩盖他的额际,我没看清他的面部,他也不想让任何人看见。我们像两个犯了同一罪行的孪生兄弟,依次坐在水泥台阶上。整整一个晚上,我们没有交流片言只语,甚至一个眼神也没有,我们各自拥有一个巨大的空旷的世界。

我抵达我最恐惧的生活,然而它并不恐惧。那一晚我获得非凡的勇气。我想这是神安排我饱尝最耻辱最卑微的生活,上帝会把甜蜜的部分放在未来。我可以心安理得地接受。夜里有点冷,我得时不时用手抚摸膝盖和屁股,睡着以后,经常被自己的咳嗽声惊醒,然后继续睡去,我感觉睡在神的怀抱里,没有体温,但依然有母亲一样的安详气息。

早晨上班后有人在上上下下,羞耻感再一次袭击而来,我也像少年小偷一样把头伏在膝盖上,埋在自己的世界里。后来年轻警察来了,我抬起头,问道:"我可以把大便拉在台阶上吗?"

他年纪跟我差不多,应该也是没毕业多久,我们的眼神交流自有一种同龄人的默契。他对我没有什么恶意,帮我打开手铐,我扑进二楼的洗手间。这是我人生中难得的饥肠辘辘且便急如焚的状态,此后我再也没有机会体会了。大便喷出肛门的那一瞬间,我几乎爽出高潮,并且看到了一个澄明的世界:没有贫穷、饥饿,没有贪赃枉法,没有欺男霸女,这个澄明的世界在我体内。在我爽了几次之后,我的身体空空如也,并且等到一个好心的拉屎的同道,匀给我一小片卫生纸。我走出卫生间,发现根本没有一个人等我,或者在乎我,我看了一眼低头的少年小偷,带着没擦干净的屁股,若无其事地走出派出所。

大街上的橘色阳光刺得我眼睛生疼。

我策划的新栏目叫"大学生散文擂台赛",也就是每一期展示一个大学的散文小辑。基于每个大学都有文学社,可以委托每个文学社的社长来组稿。

我把轻飘飘的身子放在硬邦邦的椅子上,在办公桌上默默地写信。屁股肉不够多,髋骨老想冲破皮肉,与椅子面亲吻,这使得我过一会儿就得挪动屁股的位置。虽然经历惊心动魄的一夜,警察那虚张声势的犀利眼神,少年被头发遮住的面容,女优痛苦而坦然的表情,一张张面孔依次浮现上来,但我还是尽量专注。

亲爱的沈博天师弟:

此刻我无比地怀念你和大学的生活。

社会是个让我恶心的地方,一些人像大便一样讨厌,这样的人还不少,占据了社会各个重要的部门。我真后悔当初迫不及待地进入社会。如果再让我选择一次的话,哦,我真的不知道该怎么办,我也不能一直在学校待下去呀。

我不时有想死的冲动,这并非我有多么厌世,只是我不想与大便一样的人共存在世上。这实在令人讨厌。当然,我也就说说而已,你大可不必担心。

总体而言,迷惘得不得了。在学校的时候,我就想早点毕业,现在在这里,不知道想干什么。我所能见到的、预知的,都并非我所想要的。总之,往日的激情不知躲到何处。

我所在杂志的主编,是一个风韵犹存的少妇,刚来时,觉得她十分严肃,后来每日相处,对她颇为好感,有时不禁有非分之想。我想说的是,不知是什么,造化让我成为一个邪恶之徒。我想,克服邪恶的办法,就是让自己坦白。

以上所言,皆非正事。正事乃是,我想在刊物上开一个"大学生擂台赛"的散文栏目,详情见策划书。请你将所能联系到的各个高校的文学社社长的名单给我,并且本校的由你负责组稿,实在感谢。主编一直苦恼刊物的改革方向与销量,我想这个方案的实施能够帮上大忙。

匆匆,致谢。

沈博天是中文系的师弟,因是五四文学社的社长,也是诗人,与我有不少通信往来,大概是交流些诗歌创作以及文学事宜。我们在学校只见过几面,并没有太多往来,但是人不亲艺亲,书信的交流,使我们心灵达到默契的程度,因而无话不谈。

信写得不太流畅,我的思维并不能集中,只能断断续续,才能手写我心。淡墨经过我身边时,问我在干什么,我说是联系大学生散文擂台赛的。她停下瞄了一眼我的信笺,伸出手来,我看见她藕一样的手腕,以及闻到她身上淡淡的直通心肺的幽香,大惊失色。

我很想挡住她的手,但是没敢,只能呆若木鸡。她的手并没有落到信笺上,轻轻地抓住我的手腕,仔细瞅了瞅:"这是什么?"

我手腕上留着手铐留下的瘀血,颜色在蓝、紫与红之间渐变,像重彩涂抹出来的一圈彩虹,当然比彩虹沉重、压抑。

"这……如果在这里做个文身,我想可能不错。"我急中生智。

"你确定你没事?"淡墨毕竟是领导,领导自有领导的敏感方向。

"真的没什么,我很好。"我故意绽开一个笑容,似乎都能看见自己瘦巴巴的脸上褶皱丛生。

淡墨不好再问了。但她的关照足以让我怦然心动。

中午的时候,我还是没有什么胃口,但我知道再不往肚子里填东西,我会倒在地上。马路对面的快餐简单实惠,饭菜不太热,温温的,我胃不好,冷食会引起胃痛,不太热的饭菜,会有微微的恶心。我大部分时间都在吃恶心的东西,从来没有把一份快餐吃得干干净净过。这种处境我都能心平气和地接受,至少目前我必须活在一个微微恶心的世界,只能对未来抱有期待。

"昨晚……有生活?"

我回到宿舍,把自己扔到弹簧床上,犹如回到一个结结实实的怀抱,发出一声爽得不得了的叹息。小马见我昨夜不归宿,又如此惬意,马上对我肃然起敬。

"嗯。"我点了点头,回以他满足的神情。

这完全激起了他的好奇心。

"哦,见谁了?"

"一个女人,日本的。"

"天哪,怎么样?"

"折腾了一个晚上,困死了。"

小萧任编务兼出纳,在忙完自己的活之后,她就安安静静地坐在自己的位置上,看各种杂志,从不多说一句话。有时候你也可以当她是办公室的一件摆设,只有在接电话的时候,才能听见她的动静。她每天要对付脸上冒出来的青春痘,身旁弥漫着酸酸的气息,有时候我能看见一些个破掉的青春痘溢出亮晶晶的油汁,本来就毫无女人味的脸越发显得脏乱差,这时候我不得不感叹造物主的残忍:你制造了一个女人,为什么一丁点儿美感都没有捎带!只能认为,这是造物主失手的作品。就如我也曾经这样抱怨过造物主,你当我是个男子,却为何制造得如此瘦小,难道是材料不够？材料不够你就打住呀！抱怨归抱怨,我们最终相信造物主自有道理。

由于小萧是如此不引人注目甚至算得上丑,因而我和她的交流自然流畅,没有性别的矜持,大多时候中午我们结伴出去吃饭。

"昨天有一个找你的电话,你出去了。"小萧突然记起来说。

"哦？"我很好奇,至少到目前为止,没有外面的人打电话找我,"是什么人知道吗？"

"没说,我说你不在,对方就嗯了一声,挂了。"

"我意思是说,到底是男的还是女的,年老的还是年轻的？"

"听声音,应该是个和你差不多大的女生吧。"

小萧的消息让我欲罢不能,又颇为后悔。

"你应该问清楚是什么人,并留下对方的电话。"我向小萧抱怨道。

"我说了,她一听说你不在就挂了。"小萧无辜地再次强调。

"你应该先问是谁,然后再说我不在。"我强词夺理。

"这个,你的逻辑有点问题。"小萧笑吟吟的,略带歉意,这个表情让她有一点点女人的感觉,"看你这么着急,是不是你女朋友？"

我抬头朝天花板看了看,沉吟道:"准确地说,我目前没有女朋友。"

"那着急干吗？"

"你知道吗,我不但没有女朋友,就连一两个女性朋友也没有。你说有个年轻的女生找我,这就像……一个在沙漠中跋涉的人听到了附近有水的消息,可是又不知道水到底在哪个方向。"

"说得太严重了,也许是你姐姐的电话呢。"

"我倒是有四个姐姐,不过我们绝少有联系,不是我们关系不好,而是,她们的生活与我是两个世界,没有沟通的。"

"你妈真是能生。"

"没有办法,我父母是农民,对他们来说,没有一个儿子,活得太不像话了,于是我妈妈不停地生,终于生出个带把儿的。"

"那你是最小的?"

"不,还有一个妹妹。"

"还不够?"

"我小时候身体不好,性格又孤僻,我爸觉得不太靠得住,想再生个男孩,结果未遂。"

"这个,生得好随便呀。"

"嗯,生得不金贵,活得很粗糙,所以,基本上我也不怎么把自己当人看。"

"为什么?"

"我感受不到快乐,或者说,我没有快乐的能力,只不过习惯性地活着,如果死了,也不觉得惋惜。"

"不能呀,我觉得你是个人才,将来指定了不起的。"

小萧这句话夸得我又悲又喜。

"如果有个漂亮姑娘这么说我,那日子就妥了。"

"你是说我不漂亮?"小萧面有愠色。

"如果夸你很漂亮,只能说明我人品有问题。"我坦然道,"小萧,我这人就爱说实话。"

"哎,你这么爱说实话,只怕以后不会讨女人喜欢的。"这么中肯的话,已经算是小萧的反击了。

"也许你说对了,这就是这么多年来没有女人喜欢我的原因。"

"不过我知道有一个人还是蛮喜欢你的。"

"谁?"

"淡墨。"

"何以见得?"

"她很关注你,老跟我打听你的动向,我从没见过她那么关注一个人的细节。"

33

"那倒不见得,也许她只是监听我。"

我们办公室,下午时间主编不用坐班,但是我和编务必须在。老余呢,见过他来几次,后来没人约束,他就消失了。淡墨打听我的动向,完全有可能是观察我的工作态度。

"那又能怎样。"我感叹道,"她是个已婚的女人。"

"那也是,你为什么不找女朋友呢?"

"哎,从何找起!对了,下次有人电话找我,你一定要问清楚是谁,特别是女的。"

我们去马路对面的"凤凰"快餐店吃饭,一个月至少在这里吃个近二十天,抱着个孩子的老板娘跟我们特熟。老板娘也很关心我的对象问题,现在见我和小萧聊得特别愉快,她脸上露出神秘的窃笑。

我心中还是窃喜。世界之大,无人在乎你,但是有一个人喜欢,就如找到缝隙中的一缕阳光,暖意无以言表。

有几天,睡觉前,我的脑子里会浮现那个自慰的女优。夜越是安静,越是深沉,她就越清晰,比录像里还清晰,那种哼哼唧唧的声音也出现在耳膜。此刻,世上的女人我觉得都是假的,只有她是真的。甚至,她像自由女神,我觉得她的动作是在引领一场革命。

有时候淡墨的面孔也会浮现,代替了女优的面孔。这时有一种罪恶感,我不能容忍自己这么无耻。可悲的是,我已经这么无耻了。

我从床上翻起,到水房去给脑袋浇水,把可耻的画面洗掉。

我这脑袋不能要了。

沈博天来信了,给我带来了很好的消息。他非但能够陆续把我所需要的人联系上,而且还帮我尽快组了一辑本校的稿子,放在明年的第一期,也是新栏目的第一期。这件事让我和淡墨亲近许多,也可以说,我们的关系进展迅速。如果之前我们的交往一直有上下级那种疏离感,那么通过共同话题,我们已然默契。有时候,她的一个眼神令我心旌摇荡。我相信有些不该发生的情感悄悄地发生了，令我胆怯，又十分向往，像钢丝上行走的刺激，打破一望无际的沉闷。当然，这得益于小萧给我的信息，让我这悲观的人生开始有乐观的期许。

不可否认，我对成熟的女人情有独钟，即便是我在小学时候，也是对女教师满心幻想，对女生熟视无睹。哪怕女老师对我一两句的表扬，也会让我浮想联翩，感受到比其他学生更多的内涵。具体而言，小学的一个辫子很长很黑、眼睛很大、个子很高的女数学老师，中学时一个面容像圣母一样闪着亲切的光辉的女实习老师，都是我的幻想对象。她们如惊鸿掠过我的年少时光，但在我脑海中刻下"女人"二字，如石刻不腐不灭。

但是世俗中，有谁会在乎这命若游丝的企望，有谁会停下脚步看一看蛛丝上的光芒。

3.

林书记仅仅有那么一次，似乎上二楼办什么事，顺便走进我们的办公室。我们像同时触动弹簧，不约而同站了起来。即便像老余这样心无旁骛的人，动作也比平时快了许多，让人不禁怀疑他平时的反应迟钝是故意为之。那一瞬间，是我进单位以来第一次意识到"机关"二字的含义。

淡墨的动作也失去往日的优雅，蓝白相间的青花旗袍裹着她浑圆的屁股，快步移到门口。她眼睛盯着书记的眼睛，生怕漏掉一个指示，说话的时候，嘴上如芙蓉绽放，总之，在我看来，诸般举动失去分寸，让我心里有一点点失望。我认为她的矜持，她的美，不应该在此丢分。

林书记眼睛扫了一周,好像无话可说,很温和地拍了拍我肩膀,微笑道:"你这桌子,乱了点。"

我桌上主要堆满稿件,一摞是没拆开的自由来稿,也就是信封,一摞是拆开的自由来稿,一摞是阅后不用的稿子,一摞是可用的稿子,一摞是不能确定用不用,过几天再审一遍看看的稿子。除此之外,还有文具、茶杯、随手涂写的办公用纸,总之,像一座丛林,相当缭乱。我有一种本事,就是一张整洁的桌子,在我工作之后,马上就凌乱了。也许,这跟我以乱为美的美学思想有关,我从不认为整齐是美的。

"编辑的案头如果不乱的话,估计不会是个称职的编辑吧。"我故作聪明道。

"嘿,你这个想法,也有道理。"林书记用他威严而温柔的嗓门回应,脸上依然带着微笑。区别领导职务高不高,就看他批评人时的脸上有没有微笑。

"书记说得有理。"淡墨附和道。

"有理有理。"老余咂巴着嘴皮,声音只有他自己能听得见。

书记又随口聊了几句不咸不淡的话,便跟我们握手道别。淡墨送出很远,回来时脸上兴冲冲的。

我不忍多看淡墨一眼,我真怕看见她此时的表情。

于我而言,我不排斥各种不合常理的情感,相反,这种情感幽暗、神秘,于世不容,是我所渴望的。究其原因,并无奥妙,主要是我得不到合理的情感。

这种情感很多是生活赐予你的,你不可拒绝。就这件事而言,一个风韵十足的女人,一举一动都别有味道,嗓音富于磁性,令人浮想联翩,朝夕相处,她的魅力如细细的风,一点点往你脑子里渗透,往你血液里渗透,融进你的荷尔蒙,融进你的愁绪,融进你的孤独。恰巧她也对你有好感,你无法拒绝在夜里闭上眼睛浮现出她的面容,你无法拒绝早上晨勃之际想起她的气息,你甚至无法在走神的一刻,她的体香扑鼻而来。

对于这一点,我不能不感谢小萧。感谢她以女人特有的敏感,让我解读出淡墨的一颦一笑的深意。我脑海中尽量屏蔽去她世故的一块,屏蔽去她有一个看上去挺美满的家庭,她变成一个孤立的自由的女人,和我一样,可以到生活的海底去创造隐秘的情感世界。她从我身边走过,我们的眼神在有意和无意之间碰撞,火花四溅,我沉浸于这隐晦的表达,掠过的香气,我都能感到那是为我特别喷洒的香水,幽香是我们表达爱意的审美的渠道。

淡墨观察到老余正在专注地看稿子,小萧背对着我,在经过我身边时,把一个小纸条快速放在我桌上。我心中一跳,这是期待已久的时刻,生活终于对我的忍耐给予回报了。

小纸条上写:下班后留下来聊聊。

我心醉目眩。那一瞬间,一股极度的亲密感冲进我的脑海,随之而来的期待已久的刺激,使我极度敏感的神经突破时空。她的臀部转出门外的瞬间,我几乎射精。

确实如此,我们虽然日日在一间办公室,但是难得独处,没有说私话的空间。下班时间一到,呆若木鸡的老余便会提着眼镜快速走出办公室,小萧也会准时出去吃饭,这个时间即便我们在办公室说点私密的话,人家也会认为是在商讨工作事宜,是可以避嫌的。

我到走廊尽头的洗手间解了一泡小便,身体的肿胀得以缓解。和我一起并肩而尿的是肖主编,《东南文学》的主编,他是一个面相清奇、做事有板有眼的中年男人,就连撒尿这种事,也是一丝不苟,用时在我的两倍以上,每个动作十分充分。我们同时拉上裤子拉链,他对我赞许道:"年轻人,好好干,二十年后,我这个位子就是你的了。"

我吓了一跳。

但是我心情大好,也觉得他和颜悦色,没有往日的严肃刻板,便附和道:"这个,有很长的路要走。"

肖主编关怀道:"多学习,多揣摩,就能进步,二十年没多少时间。"

他五十岁出头,确实只比我大了二十岁上下。想到在这座半新不旧规规整整的楼里待二十年,我有点傻眼,不过我怀揣喜悦,情绪并没有被打压下去,点头道:"要达到你这种成就,必须有很大的耐心。"

"我相信你的才华。"

他莫名其妙的一顿夸奖,绝不是因为这点同厕之谊,必定是他今天跟我一样也有很开心的事,平时他总是保持主编的威严和矜持的。是的,如果你心中充满爱意,一次小便都能解得有滋有味的。

我哼着小曲儿回到办公室的时候,办公室坐着一位客人。他叫安东尼,是我们杂志的一位资深散文作者,也是我们省城晚报社的某负责人,当然,也是主编的老朋友。安东尼是他的笔名,真名无从所知。对于一个喜欢用笔名的人,我们委实不知道也没有必要知道他的真名,即便知道了也记不住。

安东尼路过这里,进来坐坐,顺带问问他一篇投稿的下落。这样一位高大的汉子,会为一篇稿子能否录用而焦心,也是个讲究人儿。安东尼喝了一杯绿茶,就到了下班时间,他要请我们吃饭。淡墨则要请他吃饭,我们编辑部虽然入不敷出,但接待费的预算还是有的。一番拉锯战后,安东尼道:"比起你们杂志社来说,我们报社算是财大气粗,我又可以签单,你就不必为我省钱了。"既然这么说,那就从了吧。老余不喜欢应酬,自然不去,按照惯例,小萧也不会参加这种应酬,于是我们三人就一起去了。

三人坐安东尼报社的车到达附近一家挺优雅的饭馆,安东尼极为严谨,并没让他的司机参加饭局,只有我们三人,甚为寥落。好在安东尼口风极健,谈笑风生,荤素相宜,淡墨有时都笑得花枝乱颤,成熟与性感的韵味呼之欲出。由于安东尼的意外到访打破了我和淡墨的约会,我有些闷闷不乐,笑得有点僵硬,甚至有时候魂不守舍,根本就没有进入谈话的世界。安东尼并不在意,他的眼里只有淡墨。淡墨偶尔看我两眼,似乎对我的不快颇为担忧,这让我觉得有一点补偿。

淡墨中间出去一趟,偷偷把单给买了。安东尼大为不满,说太不给他面子了,叫嚣着一定要请我们出去旅游一趟。我想他主要指的是淡墨,并不太理会。饭毕,他们的车送淡墨回家,我距此不远,走路回家。临行淡墨把发票给我,交由小萧那里去做账,并且悄声对我说:"我们明天再聊。"我点了点头,心情转而雀跃。

晚饭后我跟小马又躺在床上抽饭后烟,他摸着自己越来越圆的肚子,惬意极了。他是如此地爱惜和伺候自己,这一点我很难做到。

"抽得这么凶,你不怕肺癌什么的?"我心情不错,就想找个人说话,随便聊什么都行。

"爽了再说。"他舒舒服服地享受烟雾弥漫在肺部的感觉,道,"都说吸烟有害健康,可是那么多人熟视无睹,不知道听谁的。"

"我觉得应该有自己的主意,毕竟抽烟于人于己都无益处。"

我真的不想抽二手烟,希望他能戒掉,我们过上清清爽爽的生活。

"我有自己的主意。"他说,"烟就是我最好的朋友,我不会离开它。"

"这样呀,那你就当我没说。"我理解他的爱,并不苛求他,道,"不过你如果哪一天戒烟了,我一定会请客。"

我的传呼机响了。我用头一个月的工资买了个传呼机,三百来块,但是几乎没有人联系我,它一直默默地挂在我的腰间。

我兴致盎然快步跑到办公室去回电话,楼梯震得咚咚响。

很遗憾,电话那头是符绝响。

"哎,什么事?"

"没什么,就是无聊,随手打个传呼,再说了,也想知道你是不是还活着。"符绝响在那边懒洋洋道,他有种泰山崩于前而不动的气质。

"托你的福,还没死。"我被他语气感染,也懒洋洋道。

"感觉上当了?"

"还好,至少在通话之前心情激动,以为是哪个姑娘找我了。"

"噢,在谈恋爱?"

"还没,至少不能确定。"

"什么意思?"

"也许明天这个时候就可以告诉你。"

"看来差不离了,改天带出来我请吃饭。"

"那可不成。"

"为什么?"

"因为……她太有魅力了,不想其他男人看见。"

"好吧,那就祝你好运。对了,我周末想去金山沙洲野炊,你去吗?"

"看情况吧,不一定有时间。"

"嗯,我还是希望你能去,你是我的好哥们。"

放下电话,我徘徊片刻,沿着杨桥路往东走。入冬的福州并不冷,日暮后寒意从天而降,添了些萧索而已。这一带不太热闹,路灯也不很亮,走在其间,你会有思乡或者怀念某段岁月的情绪。不过两边的榕树和白玉兰还是郁郁葱葱,不黄不枯,能给人一些安慰。在二环路附近,两棵长在路中间的老榕树交错一起,马路往两边展开,而树洞之间也形成一条东西方向的通道,车辆穿行其中,是笔直的马路中唯一的可爱之处。走个三四公里,渐渐靠近东街口,各色的灯光亮堂耀眼,红男绿女也多了。特别是那些养眼的女人,你不知道她们来自何处,也不知道她们幸福与否,更不知道与她们同行的男人是正当还是不正当关系,总之,她们高挑的身材,优雅的穿着,因美丽而自矜的表情,拒人于千里之外的傲气,使我感到自己的卑微乃至绝望,亦使我感到还有值得追求的生活。

"往东街口怎么走?"我拦住一位穿着灰色呢子大衣但是面容俏丽的大姐问道。

她伸出修长的手往东指了指,并不肯为我多费一句话。

这条路我走了几十遍,一草一木都似曾熟悉。我只不过是想跟人说说话而已。

如此往返十公里,终于把自己弄得疲惫不堪,睡起觉来有种软软地躺在云端的感觉。

果然,次日我很早就醒了,而且脑子里特别轻松,像把垃圾清理得很干净的垃圾桶。这说明昨晚的睡眠质量达到最高值,这种觉一个顶仨。

我起身洗漱,在走廊上尽情呼吸早上清凉的空气,看婀娜多姿的朝阳冉冉上升并洒遍山川大地,以及榕树上叽叽喳喳的鸟鸣。真的,如果你不是这么清早起来,真的听不到这么庞大嘈杂的鸟鸣,如一曲盛大反复的交响乐。不久之后,它们就四散觅食了。它们起床之后为什么会群起兴奋呢,我想不明白。

小马被我的声响惊醒,他看了看手表,问道:"怎么起那么早?"

"从今天开始要严谨、敬业地工作。"我回道,"以往过于懒散。"

"啊!"小马被吓了一跳,完全醒了,"又能怎么样,难道这个单位会因你的努力而改变?"

"主要是态度。当我们早起一个小时,听听窗外的鸟鸣,整个生活都会变得美丽。"

他抬头看了看我,确定我是否有不正常之处。

"你知道鸟为什么早上都要叫一阵子吗?"我问。

"练嗓子吧。"

他把头缩进被子里,准备补一小觉,再起来抽根起床烟。我们的工作很适合这种节奏。

我出去吃了早餐,很清爽的稀饭、咸蛋和肉松,比起吃肉包,这些在胃里更妥帖。这时的阳光还是橘色,色彩温暖但是热量并不匹配,榕树的影子斑驳投射地上,就像一个巨人躺在地上,使我觉得这个清晨如此陌生、新奇。我第一个在办公室坐着,这么说吧,这是我仅有的一两次头一个到达办公室。如果下一个是淡墨进来的话,我们就有短暂的私密谈话的时间。

关于她会对我说什么,我已经揣测过多次。或者她会含蓄表达对我的喜欢,或者会热烈地表达,如果是前者,我就必须明确地答应,如果是后者,我就必须矜持一点。总而言之,必须让她知道,我是如此地着迷于她的少妇的魅力,我能接受此种看起来违背常理的情感。是的,越是违背常理,越值得追求。

先进来的是小萧,她向我打了声热情的招呼,我的心就凉了下去。小萧算是应聘人员,不属于编制内,也就是所谓的临时工,她爱惜自己的工作,在守时上做得相当不错。

那么,这个上午并无神奇之处,我只是沉默而躁动地看稿、喝茶,希望下班时间快点来临。十一点的时候,小萧接到一个我的电话,我去接听,是我的大学校友小潘。小潘问我有没有空,要来看看我。

小潘是我同级,物理系的,又是老乡,我们关系一直比较好,偶尔有联系。他毕业时他爸爸给他联系了国税局的职务,一直等他去上班,但他不乐意,那不是他自己想要的。他是个军事迷,一直想进部队,但身为上校的他爸爸不愿意儿子再从军。父子僵持了几个月后,他还是进入他爸爸所在的武警部队,当了军官,整天研究电子作战等内容。我们没有什么共同语言,但是他好奇我的职业,我好奇他的职业,总算是互为人师,见面的话题一般是彼此了解对方的情况。

今天他也是在附近办事,想顺带过来看我。如果我接待他,情势又是跟昨天一样。在一阵慌乱之后,我果断回道:"今天比较忙,恐怕没有时间,改天吧。"

说这话的时候,我脸热乎乎的,又因为紧张,有点结巴。小潘是个明白又爽快的人,很快挂了电话。

我觉得自己越来越猥琐了。额头上出现四个字:重色轻友。我确实不能容忍自己品质越来越差,但是,没有办法,人生起点太低,每一点获得都需要付出人品的代价。这种纠结让我脑子里一阵眩晕,我伏在办公桌上,早上起得太早,一阵睡意袭来,我就这样迷迷糊糊睡过去了。

4.

醒来的时候,小萧和老余已经走了,淡墨敲了敲我的桌面,我睁开眼睛。这正是我想要的情形。

我的嘴角浮起一丝暧昧的微笑。

淡墨坐回她的位置。她的桌前有两把会客藤椅,当然不会面对着她,而是对着墙,这样与客人交谈时,既可以看见对方的脸,又避免了面对面的接近。我坐在离她较近的藤椅上。

"我本来觉得不想说,又觉得不说不行。想了想,还是单独说一下。"淡墨压低声音,因此声线更加迷人,她的声音是立体的,模糊的音色裹着一条实打实的轴线。

"嗯。"我热切地迎接她的眼神,希望她说出赤诚的爱的呓语。

"你的桌子从来不收拾干净,书记都对你提醒了,你还没有在意。"她换了一副严肃的面孔,似乎有点难以出口但坚定说道,"还有呢,我已经观察你很久了,你头发从来不剪整齐,往纸篓里吐痰、擤鼻涕发出很大的声音,鼻毛也没剪,看得人心慌。还抠鼻屎,你知道,那动作多恶心。衣服呢,虽然说不一定要穿贵的,但也要整洁嘛,我看这件衣服穿了有十来天了吧。下午有时候你还没在班,这不对,万一领导下来检查呢,总得有一个编辑在。这些都是小节,但是你知道你现在是一个国家干部,以身作则很重要。而且到了年终总结的时候,各个部门的变数很大,领导很在意部门的整体作风……"

我的脑袋像掉进冰窟窿里,一阵发冷之后就麻木了,听不清她后面在讲什么,只看见她性感的嘴巴一张一合,在机械运动。我的喉咙像是刚喝了一勺蜜,然后又被灌进去一勺粪,一种揪心的想呕吐的感觉。

"都听见了吗?"在陈述之后,她最后看着我的眼睛,因此这句话我能听得清楚。

我脸上肌肉僵硬,无力地点了点头,最后带着一丁点希望问道:"还有其他要说的吗?"

"就这些。"她收拾她的包,并把桌上的台历、文具和文件归置齐整,道,"我觉得不说也不行,但是考虑到你的面子,也不能当着他们的面说——你可以走了。"

"我坐会儿。"我瘫软在椅子上,不想动弹。

"那我走了,拜拜。"她挎上布包,给我一个羞涩的微笑,又恢复了她往常的状态。

即便是此刻,她的微笑和富于磁性的告别,依然令我心中一动。

不知过了多久,小萧进来了。她吃完饭了,嘴唇带着运动之后的血色,看见我木然坐在藤椅上,问道:"吃饭了吗?"

我没有回应,神游天外。

"你没吃过饭吧,你怎么啦?"她发觉我不对劲,关切问道。

"哦,麻烦你扶我起来。"

这种昏昏沉沉的疲软状态一直持续到次日早晨。小马起床,洗漱完毕后,在镜子前打理他黑油油的颇有弹性的头发,以便与光洁的额头互为映照。他用心打理完毕,猛然看见我还在被窝里,惊愕问道:"你不是要改变懒散的作风吗?"

我迷糊中没有理他。他掀开我的被子,好奇地探了探我的鼻息。

"嘿,真的没呼吸了吗?"他摇了摇我的头。

我睁开眼睛,呼出一口气,对我而言,被窝外的世界我一点都不想理会。

"活着就好,你要死了我可得负责。"小马道。

"帮我请个病假吧。"我重新钻进被窝里。

全世界最温暖的只有这一个地儿了。

不知过了多久,我再次醒来,是小萧敲门。她受淡墨的委托,上来看看情况。

我开门之后,又缩回床上。

"怎么样了?"

"不怎么样。"

"什么病?"

"不知道,心痛吧。"

"有药吃吗?"

"时间就是药,过两天就好——我常这样。"

小萧坐在小马的床上,一副关切的样子。我真想把她抱过来,如果她有点女人味的话。

既然是常见病,小萧就放松下来。她饶有兴致地审视一下男生宿舍,在一个简陋的书架上瞄了一眼,精准地抽出一本淡绿色的书。小萧眼睛发亮道:"你也有这种书,借我看看?"

我接过来,这是一本席绢的言情小说,是这个房间的前任主人留下来的。

我把它从窗口扔了出去,它大概会掉在楼下的篱笆丛中。

小萧看呆了,两只眼睛简直要跳出来。

"你怎么啦?"

"看这种书,只会害死人的。"我突然愤怒喊道。

我的声音把小萧吓了一跳,连我自己也吓了一跳。

周五晚上符绝响突然不请自来,穿着一身极为妥帖的运动服,显得特别精神,好像要去参加运动会。他直接扑我房间,看见我,兴奋道:"我就知道你会在这儿。"

"为什么?"

"你没什么乐子。"

"这倒也是。不过我刚想出去。"

"出去干什么?"

"没什么,就是出去。"

除了情绪有点绝望之外,我的身体已无大碍。小马去他哥哥家里吃饭了,我在走廊上看了一个小时百无聊赖的景致,其间听了西禅寺的钟声,之后决定出去走走。但没有想好往哪个方向走,纠结其间,突然想起一件事,我向管理招待所的女孩小孟借了一把小剪刀,对着镜子剪鼻毛。

"明天你能跟我们去野炊吧。"符绝响就是为这事来的。

"可去可不去。"我兴致索然,觉得可生可死。

"那就去了。对了,能带一女孩去吧。"

以符绝响的口气,跟带件衣服一样轻描淡写。

"这个,恐怕做不到。"我实话实说。

符绝响一来就在我书架上乱翻,好像这里是他家一样。书架上大多是我带回来的大学课本,还有一些当下小说集、诗歌等等。

"看来你的恋爱不太顺利。不过不一定要女朋友,你叫一个就行了,要不然你会显得孤单。"符绝响边翻看一本诗集,边喃喃道,他有一心二用的能力。

"没有就是没有。"我突然提高嗓门,连我自己都吓了一跳。

符绝响一愣,摇了摇头,一副高度怀疑的样子,走到我身边,道:"拿出来?"

"什么拿出来?"

"电话簿,你把电话簿拿出来。"

我确实有一本蓝色的电话号码簿,塑料皮,小巴掌大,这几年我积累的交际都在里面,不过我极少用,我没有主动联系别人的习惯,也没有煲电话粥的爱好。即便如此,号码簿还是几乎散架。有一次放在要洗的裤袋里,浸过水,有些名字与号码都模糊了。

我皱着眉头冷笑,把号码簿递给符绝响。他能从里面揪出一个女孩出来? 笑话。

他熟练地快速翻转,眼睛滴溜溜地转,好像他是专业干这一行的。不多时,他指着一个名字道:"就这个名字,肯定是个不错的女孩,号码应该是鼓楼区一带。"

他指的名字是薛婷婷。如果不是符绝响挑出来,我几乎忘记了这个女孩。

"你真是天才。"我夸赞道。

"那是——怎么说?"符绝响惊喜道。

"这个女孩长得真不错。"

"是嘛,我就直觉不错,赶紧打电话去。"

"别自讨没趣,可能她都忘记我了。"

大学毕业之前我在省电视台实习,刚好省里开两会,我随着一批记者入驻西湖酒店,进行直播。晚上他们有家有室的都回去睡觉了,我住在宾馆里看器材,且百无聊赖。那时候工作没有着落,也就是说,在电视台里实习之后,电视台未必会录用你,但不实习又没有一点希望。而时间花在这儿,学校里在催促着报论文选题,又耽误了北京的人才交流会,各种不安交杂一起,使我夜里难眠。偶然看见三楼的服务员,有一张十分俏丽生动的面孔,一点点未褪去的婴儿肥,一双乌溜溜的有神的眼睛,使其看起来纯真而有味道,我便上前搭讪。看到此处,诸君以为,我是一个熟练的登徒子,其实不然,这可能是我绝无仅有的大胆举动。因为在这样一个躁动不安、希望与失望并存的夜晚,一个人孤零零地在外面寻找生存的机会,譬如人在旅途,性格中某一部分会被无限放大,干出匪夷所思的事。那姑娘倒也没有世故的戒心,她守着柜台没什么事,也是无聊,乐意与我相谈。她就是薛婷婷,是一个旅游学校的学生,正在这里实习。这一点倒是与我的预料不谋而合。

我跟她约好下班后一块儿出去走走。夜里十点钟她下班了,打了我房间的电话,我们便到西湖酒店的草坪上散步。我对她的相貌发出由衷的感叹,她很高兴,看得出她是纯真得没有心机甚至没有什么社会经验的女孩。由于我们都是实习生,彼此多了一分好感。

"毕业以后你会在西湖酒店吗?"我问。

"不,我不喜欢当服务员。"

"导游或者文秘?"

"也不喜欢。"

"喜欢什么?"

"不知道,也许家里会替我安排。"

我们沿着草地慢慢行走,然后找了一块舒适的地方坐下来,虽然夜里很凉了,依然有虫鸣。

"你会在电视台吗?"

"希望如此,希望上帝会替我安排。"

"你这么好的学校,电视台没有什么理由不收你的。"她说。

她是中专生,对我的大学颇为推崇,这使我在无依的日子收获了一点难得的优越感。

我们聊了近一个小时,她说该回家了。于是她给我留了家里的电话,我送她到酒店门口。此后各种忙乱,我几乎把薛婷婷完全从记忆中抹去了。

符绝响听了,就要拉我到办公室打她电话。他似乎如获至宝。

"不,我不会自取其辱的。"我边走边拒绝道。

"你打一下,约不到也没什么损失,是不是。"

"自作多情这种事,我就是死也不会干了。"

"你要是这样子的话,多好的女孩子都会从你手里溜走的。"

我开了办公室的门,但还是不愿意,我根本没有勇气。符绝响最后决定他替我打,或者说,他冒充我打。

"我们的声音差别不大吧?"他问。

"不算大,听起来都是男的。"

符绝响深吸一口气,按免提键,拨了薛婷婷家里的电话。电话拨通的瞬间,我的心提了起来。

"谁?"对方是一个妇女的声音,用福州话问道,有可能是薛婷婷的妈妈。

"找薛婷婷。"符绝响不慌不忙道。

妇人倒是利索,叫了一声婷婷,就听见薛婷婷呼应着跑过来的声响。

"哪位?"我能听出是薛婷婷清脆又有点懒洋洋的口气。

"你猜。"符绝响压低嗓子,用神秘的口气,这样的嗓音具有共性。

"我猜不出来。"

"我提示一下。我们见过面,在西湖酒店,那时候你在实习,有一天夜里,我们在静谧的草地上聊天,湖面黑漆漆的,你是那么可爱……"符绝响闭上眼睛,嘴上充满诗意地唠叨,想来这是他对女孩一贯的说话方式。

"我想起来了。"薛婷婷猜到谜底,口气雀跃起来。

"想起我叫什么名字吗？"

"哧……忘了,但记得你。"她不好意思地笑着说。

"名字不算什么,人记得就好。你现在在哪里工作？"

"有些选择,还没确定呢,烦死了,我跟爸妈的意见不一致。"

"大人的意见也是有参考价值的,毕竟是过来人嘛,不过尊重自己的兴趣更重要,工作还是要让自己开心的……"

符绝响跟她没边没际地聊开去。我没耐心听他闲扯,出去撒了泡尿。

撒尿时,我突然想起,上次那个找我的电话有没有可能是薛婷婷？又想不是,我认识薛婷婷的时候还没进杂志社的意愿,她自然不会有这个号码。那么这个女孩是谁？在走神的瞬间,手指一热,小便解到手上了。

等我回来的时候,符绝响已经挂了电话。

"怎么样？"

"怎么样？你等着看结果呗。"

符绝响颇为得意,哼着小曲儿翻我们杂志社的书刊,挑了几本自己喜欢的,揣在怀里。

"你这门本事是生来就有还是后天练就？"

"什么本事？"

"比如说你看到一个女孩子的名字,就能猜到她挺漂亮,而且还能聊得来……总之,就是那种对异性敏锐的嗅觉。"

"天赋异禀吧。"

第二天早晨,我步行十分钟到达福州大学门口,买了些面包饼干方便面。我们约定十点在这里集合。片刻,符绝响便到了,提了野炊的用具,带了一个女孩,叫陈雪冰,又白又瘦,脸上也瘦削,个子倒是不矮,像从水里刚捞出来的豆芽,与符绝响壮实的身板倒是相映成趣。

"是你女朋友还是你女朋友的闺蜜?"我不敢肯定,悄悄问道。

"你猜猜。"符绝响饶有兴致。

对于别人的女朋友,我没有多大兴趣打听究竟,也免得看符绝响一副得意的表情。马路对面一辆公交车开走,我一眼就看到刚下车人群中的薛婷婷。她个子不高,但是长得俊俏,穿着一件紧身皮裤,高跟鞋,淡绿色的宽松毛衣外套着一件小皮夹克,一对晃悠悠的银质圆耳环,穿出小潮范儿,从人群中气质脱颖而出,很容易辨认出来。我天生有这个能力,在一群人当中一眼就能把最漂亮的姑娘辨别出来,不知道这算不算一门本事。

她过马路的时候,很快看见了我,朝我走过来。

"怎么把嘴唇涂那么红?"我淡淡地问。

"就喜欢。"她倒是不认生,抿着嘴有些害羞且调皮。

符绝响自来熟地凑过来自我介绍,并且把薛婷婷狠狠地夸了一顿。薛婷婷低眉笑,没怎么说话,她是个话少的女孩,一直站在我身边。后来偷偷问我:"符绝响的声音很熟,有可能在哪里见过。"

"是吗?"我说,"我第一次见他也有似曾相识的感觉。"

人很快就来齐了,我们登上公交车,过了洪山桥、金山寺,不多时就到了。这是闽江流往福州的开阔处,枯水期的时候,沙洲就露出来,倒是一个很洁净的野趣之处。周末有三三两两过来野游的人,江面上有运输船开过,船上的工人有时候朝游人用最过瘾的土话骂一句。没有什么原因,只是发泄而已。能面对面地骂人而不受惩罚并且扬长而去,何乐而不为,况且生活是够压抑的。沙洲的树上则缠挂着布条和各种带子,那是洪水的杰作。在沙洲看到这样的垃圾,总感觉世上没有尽善尽美,将就着吧。倒是头顶上的白鹭或者贼鸥,觊觎着你的美食,盘旋着,或又失望而飞远,带来人与自然的乐趣。

几个人兴致勃勃地架锅做灶,被流水冲留在各处的枯木倒是不少,柴火充足,火苗蹿得老高,像要把锅烧熔化了。我和薛婷婷在下风处瞧动静,猛不丁被烟扑了一脸,走到一旁去抹眼泪。

"你还没上班?"我递给她一张餐巾纸,问道。

"没有,大概下个月有消息。你在电视台吗?"

"没有,电视台没要我,去了文联。"

"文联是干什么的?"

"我也不太清楚,具体而言,我是在文联下面的一家杂志社,编辑一本杂志。"

"哦,那很有文化。"

"文化倒不是没有,就是工作轻松得让人慌。"

"这倒是奇怪,谁不想工作轻松点?"

"你想想,你满腔热血地走出校门,突然碰上一个近乎退休的工作,不觉得很可怕吗?"

"不知道。"她歉意地笑着,"如果工作轻松又有钱赚,我倒是很乐意。"

"有钱的话,那就另当别论了。"

我们聊了些零零散散的话题,这些话一出口就被风吹到江里去了,因此聊得不知道时间,符绝响叫来:"都过来,开饭了。"

其实就是一锅汤里各种东西,火锅料,火腿肠,茭白,萝卜,东北乱炖似的。看上去极其丰富,吃起来怪怪的,有种甲壳虫的怪味。我从包里拿出准备好的面包等干粮。

"说是野炊的,你怎么带了干粮?"符绝响责怪道。

"我只是害怕。"我说。

"害怕什么?"

"生活呀。"

"说具体点。"

"比如说,我知道可以煮东西吃,但是万一一阵风把锅掀翻呢,或者煮出来的东西难以下咽呢,总是有备无患。"

"你多心了,我这厨艺,不错吧大家?"

"还行!""挺好的。""出乎意料。"大伙儿礼貌地附和。

"你觉得呢,李师江?"

"虽然我没吃过猪食,但我相信比猪食会好那么一丁点。"

"这家伙贬低我,故作高深,我想是为了博得在座某一位女生的青睐。"符绝响反击我道。

大家开始有了欢乐的气氛,边吃边聊,并纷纷过来把我的干粮瓜分完毕。那锅猪食也被吃得比猪吃的还干净。年轻的肠胃,你争我抢的饭局,就是石头都能吃下去。

天气真不错,冬日暖暖的太阳虽然有些热,但是江面的风稀释了热量,对于不怕晒的男人来说,在沙子上睡一觉是美妙不过的事。怕晒的女孩们撑着伞,躲到婆婆的树影下玩儿去了。我们几个人就在灶具旁边聊天。

符绝响叫来的都是诗人,话题不免就聚拢到诗歌了。不过也是老生常谈,又是西川、海子、骆一禾几个北大诗人的事儿。海子卧轨的近十年,也是他被神话的十年,在诗歌界影响深远,让各地诗人津津乐道。

"应该来说,他的自杀是时代的必然,也是时代之殇。"符绝响谈起诗歌比较严肃,有点像课堂上的教授。此人如果能当上教授,绝对口吐莲花,学生为之倾倒。

"此话怎讲?"

发问的是陈平,他三十来岁,长相质朴老实。符绝响原来叫他也带一个女孩来,结果他一个人来,他说自己老了,能跟大伙玩玩都不错了,不能指望还能叫到女孩。

"他的陨落,是这个时代堕落的象征,他以自己的牺牲呼应了时代。"符绝响振振有词,谈话陷入严肃状态,再深入下去,马上就变成海子的追思会。

巴山是一个老夫子一样的诗人,近三十岁,他写的诗深邃悠远,不露锋芒。至于说话,也是慎之又慎。他眨着星星一样的眼睛,问道:"师江是什么看法?"

他们因我来自于有点虚名的大学,不免多了一分敬重,至少想探探底细。

"如果要这么说的话,那李白之死也算那个时代的衰败,杜甫之死也算是时代的没落,总之,这句话放在哪个时代都管用。"

关于海子之死的话题,我们在学校里也谈论了无数次,当然,我也是抱着与符绝响类似的观点,把死亡的意义放大许多。再附和他,不免索然无味,不得不讲点新意。

"这并没有什么错呀,不是时代的堕落,这些天才怎会死于非命。"符绝响坚持他的观点。

"那你认为他的自杀原因何在?"巴山继续问道。

"找不到女人吧。"

"哦?"他们张大了嘴巴。

"好像是她女朋友不要他了。"我想起一个细节。

"胡扯。"符绝响愤怒了,"你会为一个女人去死吗?"

"不知道,但至少我现在是为女人而活着。"我辩解道。

"哪个女人?"

"不是具体哪个女人。我觉得支撑我活下去的,就是预期在未来有一场甜蜜的爱情,有一个如痴如醉的女人。"

"如果不是对时代绝望,如果仅仅是为了一个女人,他有勇气去卧轨吗?"

我不以为然,轻描淡写道:"有两个条件满足就可以。第一,附近有铁轨;第二,有抑郁症。"

"我简直没法跟你谈,要不我们打一架决出输赢。"符绝响简直气急败坏了,脸红脖子粗,他认为我不但在亵渎海子,还纯粹跟他抬杠。

"为一个死人而决斗,大可不必。如果将来我们有机会抢一个女人,这不失为一个好办法。"

陈平打圆场道:"君子和而不同,我觉得两位可以保留自己的意见。师江兄,我倒是好奇你写的诗,近期诗作可否让我看看?"

"自从毕业以来,倒是没有写一首诗。"

"怎么啦?"

"就是颓,没有激情。或者说,在等一把钥匙,把我的身体某个部位打开,可能灵感就来了。"

"确实如此,有时候我半年写不了一首,有时候连续几天都能写。不过以前的诗能看看吗?"

"有个写诗的笔记本,烧了,大概里面有不愉快的回忆吧。不过我带回来的校刊上倒有几首,有机会看到。"

"你平时看些什么书?"巴山问道。

"很少看,静不下心。最近随手翻的是尼采的《查拉图斯特拉如是说》之类的吧。"

"哦,你对哲学感兴趣?"

"不完全是,就是想读点哲学充充门面,写文章之类比较有底气。想起高中时候看过的唯心主义哲学家,克尔凯郭尔、叔本华、尼采这一路,比较悲观,大概符合现在的心境,于是就拿来翻一翻,反正以前也不怎么看懂,看懂也忘了,权当复习一下。"

"有何收获?"

"接受一些唯心主义观念,用以对抗老生常谈的理论,比如物质决定意识还是意识决定物质,我就认可后者。"

"啊,为什么?"

"显得自己标新立异。你想我们从中学政治就开始接受唯物主义,如此灌输,现在我通过学习,知道还有唯心主义可以选择,特立独行点不好么!"

"哧。"符绝响撇嘴道,"我就说你是哗众取宠。先有物质再有意识,物质第一,意识第二,这是明摆着的事,你又何必强词夺理。"

"这是庸众之谈罢了。比如说一个漂亮的姑娘,你先有意识存在,看见了,才晓得她是姑娘而且还漂亮。石头没有意识,对石头而言,这个姑娘是不存在的。"

"不,这个姑娘是客观存在的,不管你有没有意识。"

"没有意识你又怎知她是姑娘,甚至连她是一堆肉你都不知道。笛卡儿说,我思故我在,不是说,我思考所以我存在。而是说,我在思考,说明我有意识,我只能判断我自己存在。甚至,我并不能判断其他东西的存在,因为缺乏证据。"

"客观存在是不以人的意志为转移的。在没有人类的时候,必定是先有物质,然后才有人类,然后才有意识,这一点你不可否认吧。"

"这似乎有理,其实不够严密。世界的存在本身是没有意义的,是人强加的意义。因此我们讨论意识是第一性,是在逻辑上、观念上的,而不是单纯的时间和空间上。举个例子,我们宇宙中有百分之九十的质量是看不见摸不着的暗物质,我们有坚定的理论证明它很可能存在。那么,它到底存在不存在?按照唯物主义学说,暗物质是不受人的意志左右的,它存在就存在,不存在就不存在,和我们无关,这等于没说。那么意识决定论,就必须去判断去探测,这样确立了判断的前提是意识,有了这种意识,我们才能判断物质存在与否。因此,意识并非只是人的意志,而是包括人的思维在内的一个广义的判断系统,这是现代物理学发展的基础。"

沉默许久,符绝响道:"但是暗物质存在不存在,确实是客观的,跟人的探测没有关系。"

"我们的时间与空间,所有的物质,都是宇宙大爆炸产生的,没有意识,我们怎能判断有个宇宙大爆炸。你的逻辑都建立在地球缓慢运动的三维观念,建立在我们人类生活的经验,而不是基于宇宙大爆炸时高速扭曲的时间与空间。那个爆炸点也是基于某种原因,但我们无法谈论,因为对那些事我们没有任何经验,也没有任何探测的手段,所以它的存在与不存在无从所知,也没有任何意义。从这里你可以看出,物质与意识,哪个是第一性呢?"

"你只不过是有所准备,掉些书袋来反驳,反正这一点,我坚决维护马克思同志的唯物论——不服不服,你们说呢?"符绝响虎视眈眈,力图团结群众来打倒我。

"关于鸡生蛋还是蛋生鸡的问题,我们求同存异好不?"陈平建议道。

"我只能说,竖子不足与谋。"对于争论,我向来是无情的。

"那我们还是干一架来解决吧。"符绝响仗着身板比我厚实,屡次以此相要挟。

"为了尼采跟你决斗一场,我倒是愿意。"

我虽然瘦弱,但是时不时有想跟社会干上一架的冲动。此刻有这么一个对手,有柔软的沙地舞台,何不发泄一下。

我们如相扑高手一样,互相抓住对方,在沙地上翻滚,力图把对方压在身子底下。我惊奇地发现自己身上有源源不绝的力气,即便被掀翻了,歇口气照样可以回旋。有一度我抓住符绝响的脚,如果有更多的力气,我可以把他扔到水里。即便如此,彼此的冲撞摔打,也已经够刺激,我这才猛然醒悟为什么有拳击、散打这些体育项目,如果毫无乐趣,也不至于有人当运动员去。

女孩子们被吸引过来了,或者惊叫,或者担忧,我们打得更顽强。也许是女孩们的欣赏给了我力量,我灵光一闪,一个扫堂腿把符绝响扫倒在地,把他的头死命往沙里摁。

"你来真的?"符绝响龇牙叫道。

"好不容易打一架,就认真点打。"

我刚说完,符绝响猛地翻过身来,像武松打虎一样把我往死里揍。

我觉得爽极了,几乎叫了起来。

"这样打行吗?"我听见陈平在问巴山。

巴山在仔细观察之后沉吟道:"根据李师江的表现来看,他们应该是在表演,但还是挺逼真的,也许他们可以往演员方面发展。"

第二天我起床的时候,骨头都快散架了。

同时,我的身心也有宛如脱胎换骨的轻松。

5.

一九九七年即将要过去了。这时候单位里才有点忙碌的景象。每个人都在忙年终总结,不管这一年干得如何,总结陈词是最重要的。这个时候,我才知道为什么有些人喜欢干些好大喜功、华而不实的事儿,这些事写到总结里总能洋洋洒洒、气吞万里的。

我刚来不到半年,倒没什么可写,或者说,凑合着就得了,不算有压力。淡墨毕竟是领导,特别认真,要整编辑部的一年工作总结,动员我和老余搜刮脑子,看看有没有遗漏之处,再加上斟酌、润色,给国家领导人写文件也不过如此。有一点我不明白,不管总结如何,一切不是照旧吗?难道会因为多写几件工作,文辞动人一点,杂志社会有改变吗?

唯一不爽的是经常开会,听领导讲话,听部门负责人陈词。如果能听到一些妙趣横生的讲话也不错,问题是一个个板着脸,说着一年一度的套话,最精彩之处就在于如何变着法子往自己脸上贴金。我很难抵挡住瞌睡,真的,当睡意像大山一样压下来,我得打起十二分精神才能顶住,贼费劲。

总之跟我关系不大。野炊回来后,过了几天,符绝响叫我去他家打牌,也把薛婷婷叫来了。我们联手打拖拉机,手气特好,打得好开心,打完了我们一起吃火锅聊天。

符绝响悄悄问我有没有跟薛婷婷单独约过,我说没有。符绝响表示不信。

"既然你不信,我就单独约一次吧。"我说。

我约了两次,她都不在家。第三次是周末的时候,我在办公室看了一会儿书,随手又拨了她的电话,这次被我逮住了。

"怎么那么忙?"我问。

"没有,都在玩。"

"跟谁玩?"

"同学。"

"玩什么?"

"也没玩什么,瞎玩,逛街什么的。"

"出来跟我玩?"

"不行,我跟同学约好了。"

"什么重要的事?"

"我们约好一块儿去买发卡,那种蝴蝶形状的,我知道在哪里买。"

"这种事就不能推迟一下吗?"

"那可不行,约好了不能说话不算数。"

"那好吧,你有空的时候可以约我。"

"你不忙吗?"

"我最不缺的就是时间,打发不掉。"

挂了电话,翻了几页杂志,传呼机响了,居然是薛婷婷家的号码。我马上回过去。

"怎么啦?"

"我同学拉肚子,不出来了。"

"那可以跟我一起玩?"

"好吧。"

我们约好在左海公园门口见面,我不太清楚坐几路车可以过去,狠狠心打了出租车,并把车票留在口袋里。也许某一天就有报销的机会,反正在机关单位里,你得学会一些钻空子的本事。

这个公园挺大,湖边景观貌似建了不久,树木很多是新移植的,呆呆地秃立着,命运堪忧。草皮也是新的,还没有与土地严丝合缝,露出一条条黄土。我们按部就班沿湖散步、聊天,好像到了公园你只能这么做。跟婷婷聊天,我们有天然的障碍,聊些抽象的文艺、工作经验或者社会见闻,她是没有兴趣的,她毕竟只是读过中专的女生,涉猎与兴趣颇少,对形而上与社会还是一片茫然。至于聊些小女生感兴趣的话题,也非我擅长。两者权衡,我还是迁就于她,这样避免沉默的尴尬。

"你每天都干什么,好像蛮快乐的。"我问。

"其实没有什么大事,就是跟同学逛街,还有打麻将,我很喜欢。"

"像买发卡这种事都能那么郑重其事,你可是够讲究的。"

"我同学看见我的水晶发卡,好喜欢,我又舍不得给,只好答应带她去买。说不上郑重其事,但是约好了,就必须信守承诺吧。你看,好看吗?"

说起这事她就兴致勃勃,把脑后的发卡亮给我看。我实在不知道这亮晶晶的地摊发卡有什么好看,又没有随口敷衍的习惯,只好道:"我对发卡的研究不是很深,不过颜色倒是挺炫目的。"

诸如此类的话题,边走边聊,我脑子有点累,不过她能兴致勃勃,还是蛮有成就感的。心智单纯的妙处就在于她对生活的一丁点细节都能找到乐趣,这种快乐的能力甚至能感染我。就像她身上有快乐的火星,随时能把我颓废的枯枝败叶点燃,燃个三五分钟。

她还有一个优点就是漂亮,看着舒坦,不闹心,还引得一些路人猥琐男回头。那些猥琐男大概很羡慕我吧。他们不知道我内心的遗憾:我们貌似兴致勃勃地聊天,没有一句能打在我心坎上。

出了公园,我们在附近的小吃店胡乱吃了中饭,就是小笼包、拌面、炖罐之类。因我囊中羞涩,即便是吃肯德基,对我而言都是一笔不小的开支,对此她并不挑剔,随意得很,吃什么都津津有味,那种小小的满足感可爱极了。我忍不住捏了捏她有点婴儿肥的脸蛋,道:"以后你不用这么化妆,这张脸就够好看的了。"

"不,我喜欢,化妆会更美。"她眨了眨不知道是真是假的睫毛,有点调皮而执拗道。

而后我提议去我单位参观,她倒是挺好奇的。我们在办公室喝茶,闲聊许久,把能聊的话题都聊遍了,两人默默地翻看杂志。她很好奇我的宿舍,提出去看看。我想碰碰运气,带着她往六楼走,刚巧小马正在里面穿好一件得体的西装,在镜子前晃来晃去。他看见我带了一个女孩回来,很是识趣,道:"我正要出去。"

"干吗去呢?"我随口招呼道。

"我哥让我相亲去。"他偷偷道。

"好事呀。"

他哥是工商局的,已经结婚生子。而他在家乡的父母都已经去世,两个兄弟分配在同一城市,显然有他哥哥的打算在里面。器宇轩昂的小马不论是块头还是气质,都是一个拿得出手的男人,真是块相亲的好材料。若是像我这样,即便有人给我张罗相亲的事,我也是不会去的,结局大抵我都能想到。

"哎,推了几次,实在推不掉。"他愁眉苦脸,摇了摇头,走了。

房间里没有什么像样的会客的椅子,薛婷婷拿着一本《知音》,坐在小马的床沿上认真地看。世界对她而言,是崭新的,她有兴趣什么都吸收一点。我斜躺在自己的床上,由于折腾了大半天,有点累了,迷迷糊糊就小睡了过去。被自己一阵咳嗽惊醒时,薛婷婷还是原来的姿势,一动不动地看书,她可真坐得住。

我揉了揉眼睛,凑上前去,吻她的耳垂。那可真是柔软的一小块肉。她"嗯"的一声,身子挪了挪,并不改变看书的姿势,也无拒绝。接着我吻她的脸颊,少女的人肉味,淡淡的清新的气息。如果吻她的嘴唇，就会影响她看书的视线，因此我并不准备吻她的唇。

"你怎么不用香水？"

"没有用香水的习惯。"她淡淡地说。

我把她抱到我的床上，躺着，她稍微有点挣扎，细语道："不要……"

"你看你的书。"我安慰她。

她继续保持看书的姿势，我不去打扰她的上身，开始剥她的裤子。她穿着黑色的紧身裤，再加上因紧张而两腿夹紧，我费了老鼻子劲，才把她裤子从屁股底下掀出来，累得直喘气。歇了片刻，我完全剥掉她的裤子。我看见她透明的黑纱内裤下整齐的毛，吓了一跳。

"毛什么时候开始长的？"我附着她的耳朵问。

"不知道。"她闭着眼睛哽咽，用《知音》遮住了脸，浑身因紧张而略微颤抖。

"看你的书，不要理我。"

"不要。"

我褪去她的内裤，她葱白的双腿，一动不动，如言简意赅的水墨画。我看了看，不忍动一个指头，浑身上下也没一点点性欲。

我掀开遮住她脸蛋的书，看见她噙着泪水，紧闭双眼。

"你什么都不懂，是吗？"

"嗯。"

我转身看了一眼墙上媚眼流动的艳星照，又看了看床上活色生香的真实身体，一个是平面的，一个是立体的；一个是冰冷的，一个是热乎乎的，我很容易做出选择——墙上的才是我想要的。

我耐心地给她穿上内裤，外裤，恢复了之前的样子。她的紧张渐渐平息下来，我替她擦了眼角的泪水，逗她道："给我笑一个。"

她无辜地动了动嘴角。我拍拍她的脸蛋，轻声道："看来你没有和其他的男孩子这样处过吧？"

"当然……没有。"

"你的身体很漂亮,前途无量,我不过欣赏一下而已。"

她恢复过来,点了点头,我和她并肩斜躺在床上。床对面是艳星照,如果这个明星还活着的话,也应该三十好几了吧,还算是个有魅力的年龄。

"你最开心的事是什么?"我想这应该是可以让我们轻松的话题。

"每天都很开心呀。"

"我是说小时候,小时候最开心的事。"

"小时候我们家在连江,最开心的是妈妈带我到福州来逛呀,可以买很多自己喜欢的,特别是刚上车时,心里好激动。"她的脑子终于清醒了。

"现在你妈妈还跟你逛街吗?"

"逛呀,我妈妈长得年轻,跟我像姐妹似的,出门都有人这么夸,我爸爸就很得意,说我两个女人都很漂亮,谁也别想动。"

"将来谁要是把你娶了,那不得被你爸爸揍死?"

"谁知道呢,反正有一次我妈妈在楼上邻居家里,也不知道干什么,可能是睡觉吧,我爸爸踹门进去,把邻居叔叔揍得半死。"

"你邻居叔叔是够可以的。"

"谁知道呢,我妈妈漂亮,好多叔叔都喜欢她。我也不知道为什么喜欢我妈妈,就要跟她睡觉。"

"这么说来,我对你妈妈倒是颇为神往。"

"她要是不化妆,也没么吸引人吧——应该轮到你了。"

"轮到我什么?"

"说小时候最开心的事呀。"

"我小时候基本在乡村,要说最开心的,就是去河里捞鱼吧,你知道吧,当我看到出水的小鱼在跳跃的时候,心都跟着跳起来。特别是有一次我爸爸承诺跟我一起捞一次鱼,我高兴坏了,每天都在等。"

"后来呢?"

"等到现在,还没有兑现。"

"为什么?"

"也许是他忙,也许是他跟我玩不到一块儿,他比我大四十岁,我们可不像你跟你妈妈一样。因为没有兑现,所以我记到现在——不过现在那些河流都脏了。"

"很遗憾吧?"

"习惯了。其实小时候到现在我一直没什么开心事,我总是忧心忡忡,不知道开心长什么样子。"

"每天都不开心? 那是什么样子?"

"享受伤感的情绪,或者读点历史上更惨的故事,故作深沉——总之,闷闷不乐也是一种生活。"

"现在也不开心吗?"

"如果说现在有开心的事,就是看着你开心的表情,我也会感到开心。"

"哦,为什么?"

"借光吧。"

我们聊着聊着,一会儿就疲倦了,和衣睡了一小觉,并排躺着一动不动,而后同时醒来。天已昏暗,我吻了吻她的额头,带她去福大附近跟大学生们混在一起吃了一顿套餐。我想等我稍微宽裕点,肯定带她去吃几顿像样的弥补一下。

"下次还可以约你吗?"

"当然。"

"下次我们去符绝响家里打拖拉机吧,跟你配合打拖拉机的时候最开心。"

"好主意,不过我总是打不好。"

"打不好已经够开心了,如果打得好那可了不得。"

漫长与无聊的年终总结评比,对有的人来说,这只是例行公事,对有的人来说,是没有硝烟的战争。

淡墨出局了。

接替执行副主编的是陈丽娜。

淡墨可以在几个部门找一个同等职务的候选位置,当个主任什么的。但对于心高气傲的她来说,无疑是耻辱。在风闻消息之后,她从办公室消失了。

杂志社暂时陷入群龙无首的状态。不过这也没什么,我们总共才三个人,称不上群龙,唯一的细微变化是上班比往常自在点。

对我而言,这些都是小事。

元旦放假前的一天,我正在给一篇可用的稿子写初审评语,小萧叫了一声:"师江,你的电话。"

我的心一跳,从小萧手里接过听筒,感觉听筒上尚有温度。

"喂?"

"元旦快乐。"

"啊,左堤吗?"

"是的。"

我的血往头上涌,那一瞬间简直眩晕。一阵短暂的沉默。

"你还好吧。"她传来冷静的声音。

"还行,没有缺胳膊少腿什么的。"

"你说话还是这么风凉。"

"天性刻薄吧。"我故作无所谓道,"居然能给我电话,真难得,难怪今天太阳大得不得了。"

"老同学嘛,过节总得问候一下。有跟其他同学联系吗?"

"工作比较忙,没怎么联系。再说你也知道我这人孤僻,聊家常什么的不太拿手,故作亲热那就更不行了。"

"对同学就没一点感情吗?"

65

"感情应该有吧,堆在仓库里,不知道什么时候用得上。"

"哦,那……就这样吧,我还得跟其他同学问候。"

"全国都问候过去工作量可不小,真没想到你感情这么丰富,你就忙吧。"

"那……就这么着?"

"嗯,就这样吧,我也挺忙的。"

"好吧,你先挂吧。"

"还是你先挂吧,要不显得我不绅士。"

"不会啦,我习惯让别人先挂,学为人师嘛。"

"不!"

"为什么?"

"因为我……不想失去你的声音。"我猛然发觉自己声音哽咽了。

电话沉默,接着我听见她吸鼻子的抽泣的气息,电话迟迟不忍挂断。

"我爱你。"我坚定而冲动地说完,迅速挂断。

好在办公室里,老余头扎在办公桌上,置若罔闻,淡墨又不在了。只有小萧在旁边拿着小说,若有若无地听着,最后一句让她惊着了,瞪着眼睛,张大嘴巴。

我舒一口气,平缓了情绪,问道:"上次的电话,就是她吗?"

"应该是,错不了。"

"哦。"我心中的一块小石头着地了。

"是你女朋友吗?"小萧好奇但是有点害羞地问。

我沉默了一阵,道:"我也很想知道答案。"

夜里我开着台灯,在床上翻来翻去,长吁短叹。小马刚刚入睡,又被我惊醒,哑着嗓子问道:"怎么还不睡?"

"写诗呢。"

"写诗动静那么大?"

"就要浮出脑海,可是差一点点,写不出来。"

"那就明天吧。"

"明天它就跑了。"

"哎。"他叹了一口气,"你把我睡意都赶跑了。"

"你现在的感觉,就是我抽二手烟的感觉,有时候我就是被你呛醒的。"

他无奈地起来,点了一根烟,道:"我从来没见你写诗,为什么今天非要整?"

"不同寻常的日子吧。"

"纪念明天的元旦?"

"元旦算球。"

"以前我们作曲,想不出好的旋律,就让脑子不想这件事,然后旋律就出来了。"

"也许吧。对了,明天你还相亲吗?"

"吃不消了。"他绝望地摇摇头。

"那么痛苦?"

"你想想,吃个饭至少得一二百元,我们工资够吃几次。"

小马似乎对相亲不感兴趣。皇帝不急太监急,长子为父,哥哥想把他女朋友的事落定,也算遂了父母的遗愿。催促了几次后,小马终于赴约了一次。这事对我而言是极好奇的,问他情况,他居然不置可否,一问三不知。最奇怪的是,我问对方长得如何,他居然没印象,说不出个所以然。至于交谈,更是稀里糊涂,只晓得是对方问一句他答一句,说什么内容忘得一干二净。我想不到世界上有这么糊涂的人。回来时他只是哀叹自己白白花掉的饭钱,如被卸了一只胳膊。他哥比我更不明就里,只是仗着资源丰富,小马又一表人才,就跟批发市场一样,批量让小马可劲儿选,这可让小马头发都愁白了。

"明儿是去呢还是不去?"我特别好奇他的进展。

"约是约好了,但我也想出了应付的法子。"小马得意道。

"有何良策?"

"装病。"

"不错,以前我逃课经常用这招,屡试不爽。"

"就这一招我都费好多脑子了,回头你也帮我想想招。"

"愿意效劳,这方面我还是有一定经验,不过见过的女子,你没有一个稍微满意的?"

"不,我觉得男女之间的关系不能靠这种方式,对吧,我们是学艺术的。"

"那倒是,这种方式就像菜市场买卖,即便成了,那也是够别扭的。"

"英雄所见略同。"

"不过如果换作我的话,应该不会那么抗拒,万一碰见一个漂亮得让你眼睛瞎掉的女人,那就另当别论。"

"女人没有漂亮的——我是说,这些急着相亲的女人,问题多着呢。"

聊了一会儿,小马把一根烟抽到底,狠狠地摁在烟灰缸里,烟灰缸里硕果累累。

"怎么样,还没有灵感?"他催促道。

"很难,我大半年没写诗了,手生。"

"我倒有一个办法。"

"哦?"

"你把日期先写上,诗以后再补,哪天写出来了都算今晚的。"

"真是高人。"

我依言熄灯,小马很快就有了均匀的呼吸。

我躺了下来,周围的喧嚣退去,脑子越来越清醒,那些不敢去回忆的画面清晰浮现。

"大学四年,我自觉过得如行尸走肉,只因为留下个遗憾:未能征服你的心。无数次,在梦里,我都梦见得到你了,何等兴奋,甚至有些梦我都知道是梦,就是不愿醒来。醒来之后,空虚加自卑,不知如何才能被你青睐,我曾想,如我这般不起眼的人,只有干一件惊天动地的事,才能入你慧眼,我找呀找,可是在这般平淡无奇的校园,除了跳楼,我能干出什么惊世骇俗的事呢?这也是我百般诋毁大学的原因之一。你在我心中,高洁如女神,每一次与你交流,我都要鼓起天大的勇气,以克服随时遭遇拒绝带来的崩溃。在与你有限的交流中,我高谈阔论的时候,亦是内心惶惶不安的时刻,而每一次与你的交流,其喜悦都能持续数个夜晚。有时候我甚至想,如果能得到你的心,我愿失去一切前程……

"我的欲望越强烈,自卑也越强大。你跟每一个男生的一笑一颦,都能激起我心弦苦涩的回响。无数次我说服自己,你的眼里根本没有我,此生与你无缘,但无数次又有奢望如野草疯长。我不知如何克服这种窘境,也觉得自己是世界上最不幸的情场中人……"

"其实我并非如你想象,对你毫无感觉,对你的付出也不是置若罔闻。只是我受过一次伤后,不敢轻易进入情感世界。我是个慢热的人,对于情感的反应,总是慢一个节拍。你的乐山之行,我知道你是为我而去,已经触动了我。只是很久以后,我才察觉,也觉得有一个男生为我如此肆无忌惮地逃课,我应当珍惜。但是,你还是太幼稚,你总是要我答应什么,就像菜市场上买菜一样,这让我不舒服。我想象的爱情,应该是润物无声的,不需要一锤定音的承诺,但你无法做到这般耐心。即便如此,每个举动都能触动我的心扉……"

毕业的最后一个晚上,我们的对话一个字一个字历历在目,就连诉说的语气,以及那个晚上的激情与伤感,此刻都弥漫在黑暗中。

"今晚的最大收获,就是得知你还爱我,这无疑是我今生最大的幸福。"

"这幸福是焰火,稍纵即逝。"

"不,我要延续幸福。等我,好吗?"

"天各一方,谈何容易。"

"我一定会回来找你的。"

"你在福州工作,怎么回来?不要再说虚妄的话,只会令我徒增伤感。"

"在哪里工作无所谓,我不会让工作束缚死的,相信我,我只不过想到社会上找一个支点,然后把地球撬起来。"

……

"你明天送我,好吗?"

"当然,八点半在女生楼大门口见。"

这最后的约定,本来是一段崭新的开始。怎奈世事难料,左堤竟然不辞而去,没有一句留言,我失魂落魄到了福州。如今近半年过去,我还不曾想清这中间的谜团——我们之间确实有很多的障碍,是哪一点让左堤彻底退缩呢?

她是不是想与我彻底断绝,忘记过去,在小城市过起崭新的生活?这是我所能想到最坏的答案。如若这般,我是没有勇气再去说服她的——我深知自己是个懦弱的人,又是怕受伤的巨蟹,宁可绝望妥协,绝无这样的信心。但显然,今天的电话并非此意,她并不想彻底忘掉我。

真的只是节日的例行问候吗?不可能,之前那个未接到的电话也是她。但她却没有留下任何信息,这其中的空白,令人怅然。但总体而言,我的心宛如一阵乱来的春风拂过,被烧焦的野草皆欲探头。

如此胡思乱想,心中各种主意,夜到了极深,一阵困意袭来,这才侥幸入梦。

次日醒来,我不由自主就把墙上的艳星照给撕去。一阵裂帛的声音把小马惊醒,他从被子里探出雪白的上半身,惺忪问道:"要刷墙?"

"不。"

"那怎么撕了?"

"觉得品味过于庸俗。"

"原来你可不是这么说的。"

"此一时彼一时嘛。"

"你把自己的品味提高了?"

"不,当你心中有爱情,就容不得不圣洁的画面入眼。"

"哦,这样呀——那我继续睡。"小马半天没反应过来,把头重新缩入被窝。

我盯着他的被窝好一会儿,有点走神,想着我心中思念着一个女人,房间里却躺着一个男人,这个世界是不是过于荒谬了。

由于香港回归,大家总觉得这是非同寻常的一年,元旦过得相当隆重。单位的门额上挂起"庆祝元旦"的红字横幅,彩旗飘飘,青石狮子上挂起红绸,确实精神不少。放假之前,财务兴致勃勃地给每个员工发了两百块过节费,我淡淡地接过。两百块似乎不值得做出兴高采烈的表情。元旦与我的直接关系也好像就是两百块钱。除此之外,整个城市的过节气氛,商场促销的热闹劲儿,倒显得我心境更加寂寥一些。

小潘打我传呼,问我有个大学的校友聚会,要不要参加。一想到要面对一大群似熟非熟的各行各业的人,我深知无力对付这种场面,而且畏惧,便以有事为由,婉言拒绝。小潘遗憾不已,他深知我在这个城市朋友很少,这是个开拓交际的大好时机。我虽无社会见识,但也知道,交际是性格外向、意气风发之士专有。

元旦第一天,我大概是唯一待在办公室的人,并非加班之类,一是我没出去的打算,二是在这座安安静静的办公楼里,自己是唯一的一个人,身处其中感觉颇为奇妙。

意想不到的是办公室电话居然响了。我想在法定假日里会往办公室打电话的人,想象力是够丰富的,不是傻子就是天才。拿起话筒,居然是符绝响。

"难道你不知道今天是假日?"我问道。

"知道,但是我能猜到你在这里。"他刚刚在电话里的声音还有点迟疑,现在确定我在,得意非凡。

"何以这般神机妙算?"

"比方说,大家都不上班的时候,你可能会上班,按照这种逻辑来预测你,往往如愿。"

"这也行?"

"不管如何,我对你的了解已经蚀骨入髓,这点你不可否认。"

"你猜猜我在办公室里做什么?"

"肯定不会是审稿之类的正经事。"

"那是必然,我基本不会浪费时间在正经事上。"

"在这种神圣的地方,你只会干一件事。"

"什么?"

"手淫。"

"果然是天才。虽然不是手淫,但也差不离了。"

"请给正确答案。"

"哎,若是手淫,我也算是个中高手,不管手艺如何生疏,总归是熟门熟路;这件事呢以前也做得经常,如今是疑惑重重,正想与你切磋切磋。你呢,今儿没出去?"

"我也是神了,昨天好几拨人约我,约着去这去那的,我想这么黄金的假期不能浪费,各种权衡,结果到了今儿醒来,清静得很,没一个人找我,要不是给你来个电话,今儿就在家给磨蹭过去了。"

"这种境况我倒也熟悉,就如在大学时觉得这种工作有这般烦恼,那种工作也有那般不如意,等找工作的时候,发现根本没有让你选择的机会。这种心理该称为'幻想狂意识'?"

"不够准确,应该叫'稍纵即逝的虚高的期待'。"

"太啰唆了,不管如何,深表同情,来我这里弥补一下?"

"有好节目?"

"我在思考一件极重要的大事,过来讨论,对你此生也会裨益无穷。"

"这话有夸张成分吗?"

"天地良心,事关我们未来的安身立命。"

符绝响有一辆相当矫健的山地自行车,轮胎比普通自行车要肿一倍,绝配他粗壮的身材和自信的表情,骑起来跟风火轮似的,虎虎生威。不一刻他就到了,在楼下叫道:"自行车放在这里有人偷吗?"

"锁起来不就行了。"

"一定会锁的,不过车太漂亮了,不知道会不会被人扛走。"

"哎,如果你能对女朋友能这般用心,就可以称得上有良心的诗人了。"

我偷了点淡墨桌子上的绿茶——给她送茶的人颇多,可以保准一年四季都有清爽的茶喝——给符绝响准备一杯淡绿的清澈的茶,根根茶尖直立,极具美感,边品边看,是极有情趣的。符绝响一进门,就一气牛饮,只留下茶渣,真是暴殄天物的高手。

"喝茶都这么粗鲁,不用问我就知道你是怎么对待女人了。"我感叹道。

"那倒未必,我倒觉得喝起茶来文质彬彬的人对待女人更粗鲁。"

"也有可能。对了,陈雪冰到底是你女朋友还是你女朋友的闺蜜?"我一直对这个问题耿耿于怀。

"不谈这事。谈谈你思考的大事。"

我给符绝响续了茶,与他并排而坐。整座办公楼静得如等待一根针掉下来,真是个论道的好去处。

"昨晚到现在,我在构思一首诗,遗憾的是,无法下笔。不过失之东隅得之桑榆,由此我想到了一个更大的问题,那就是,我们这样写诗有很大的问题。"我慎重提出我的思考。

"此话怎讲?"

"在我心中,想要那首诗是唯美、深情、富有诗意,让人神往,宛如天边那朵云;而在此端,唯有一些记忆碎片,难以捕捉的情感。而此端与彼端,隔着一条鸿沟。我们创作的过程就如同在鸿沟中架一座桥,一砖一瓦地搭,搭不过去就永远出不了活,这是不是我们目前写作的基本模式?"

"说得也是,但是又有什么不对?"

"我觉得问题很大,但我们没有写出来时,不应该想象一首诗是什么样子,因为你无法知道它是什么样子。或者说,你不能想象这首诗就是以前你概念中存在的那种样子。"

"那也就是说,我们创作的过程不应该是搭桥。"

"对,我看过你的散文,也存在这样的问题,你写得文采斐然,摇曳多姿,但只是想成为一篇你印象中很美的散文,而你的真情实感却在搭桥的过程被遮蔽,读者看不到你个性的、细微的、属于你自己的感受,看到的只是大路货的、人云亦云的情感,你意识到了吗?"

"有道理,就是传说中的'隔'?"

"对,'隔'着,看不到你自己,只看到一篇唬人的文章。"

"有何对策?"

"应该改变创作观。好的作品不应该是我们想象的那种样子,应该是自然生长的,像一棵树从根长起,长成什么样就什么样。"

"由'搭桥说'变为'成长说'?"

"貌似可以这么定义。"

"我完全同意,看来你写不出这一首诗,受益匪浅。"

"也不尽然,平时我审稿的时候,就想到这一问题,这些文采都不错、技术娴熟的散文,为何看上去跟一个人写的似的,无法打动我——也算是积年所思吧。"

一阵皮鞋的脚步声传来,保安小缪敲了敲铁门,狐疑的眼光扫了我们一眼:"加班?"

"不。"我回答。

"领导交代,不是加班的话,不能在办公室待着。"小缪一双呆呆的眼睛,还有权力在手的执着。

"我们在谈一些跟工作有关的问题。"我解释道。

"那也不行,我们要负责安全的。"

小缪是门卫,也是负责整座大楼的安全的人员之一。每到假日或者夜深人静,他会巡逻一遍,偶尔能窥见一些端倪,并能获得一些好处。

符绝响站起来,递给小缪一支烟,道了几句好话。小缪呆呆的脸上有一种满足感,把烟夹在耳边走了。

我们就这个话题又谈论一阵,取得了颇为一致的意见——写作须从心中找根,而非从已有的经典中寻找攀附。

"与手淫差不离的事,你指的就是写诗?"他接茬儿电话中的话题,问道。

"正是。"

"这两者相提并论,似乎不妥呀。"

"有何不妥,都是挥霍生命的精华而已。"

"言之有理。"

玻璃杯里的茶水续了三次,原来黄绿的水只剩下一层薄薄的淡绿,茶叶已经耗尽了它的苦。

"再换一杯茶叶?"我用起别人的茶叶,颇为大方。

"再喝下来,肚子有意见了——今天这么有意义的日子,你该请我吃顿大餐。"符绝响严肃地建议。

"既然你受益匪浅,该由你请才对。"

"怎么说你也算东道主,我来做东多不厚道。"

说到吃饭问题,我们谈得就没那么和谐了。

两人都谦虚地把做东的权利让给对方,推脱许久,只好石头剪刀布来裁决。上天保佑,为我省了一顿饭钱。

"没有天理了,在你的地盘上还由我请客。"

"那就算我请客,你埋单,这样可平衡一点?"

"气煞老夫!"

"今天你请,下次我请,人可以来多一点,不过我没资本请你们上饭馆吃,由我亲自下厨,如何?"

我一般情况不在宿舍吃饭。但是晚上有时候要做方便面当夜宵,或者偶尔周末时跟小马一起吃顿热饭,厨具倒是一应俱全。

"你手艺行吗?"

"做菜这种事,跟做爱一样,应该是无师自通,只不过易学难精而已。"

"哪一样更精通?"

"差不多吧。"

"吃你的菜倒是可以窥豹一斑。"

两个人出去吃饭,过于冷清,符绝响建议把薛婷婷叫过来一起吃饭。我说:"借花献佛我倒是乐意,只不过这种日子,像她这么爱玩的,绝对腾不出时间的。"

我打了她家电话,果不其然,一个不耐烦的声音说她出去玩了。符绝响埋怨我道:"你怎么不给她买一个传呼机?"

"不妥吧,还没那么亲密的关系。"

"小气的借口。"

"真不是。况且她说,她很快就有了,应该是她爸爸给她的新年礼物——要不,叫陈平、巴山他们一起来?"

"那就免了,下次你做东的时候再请他们。"

"你考虑得还蛮周到。"

我们又到福大边上吃饭,大学周边的饭馆比较多,又经济实惠。两个男人吃饭真的好无聊,点了两瓶啤酒,还是无聊。不过喝点酒聊胜于无,开始玩起一个游戏,就是看到一个女孩我们就猜她是否处女。我们俩都涉猎过类似的理论,比如观察女孩走路的姿势,以及眉宇间的开散程度。这事不论在明清言情小说,还是现代的生理理论,均有不算严格的论述。我们俩达到百分之七十的共识率,足以证明理论具有一定的统一性。玩得不亦乐乎,吃完饭又到校园里去玩。校园里也是彩旗高挂,高音喇叭播着主旋律音乐,把整个国家的喜气洋洋全展现出来了。这种气氛让我们觉得这种游戏下作且不合时宜,不过不合时宜也是一种乐趣。

"这世界上还有人也跟我们一样玩这么下流的游戏吗?"我不安地问。

"有也不多。"

"有几个就可以了,要不我们多孤独。"

"如果认识,一定能成好朋友,叫'下作游戏联盟'。"

"叫'无下线思想同盟'比较正规些。"

后来在校园里看到一对情侣闹别扭,那个女生真能哭,抱着一棵棕榈树哭个不停,男的怎么劝都不行,我们看了一个小时,直到把这一天饶有兴致地耗过去。

唯一遗憾的是没有办法亲自验证游戏答案。

左堤:
　　其实这是一封早就该写的信,由于我性格的缺陷,时至今日才得以开写。时至今日,也就是在接到你电话之后,我确信,不管之前什么原因不辞而别,但你的心里并没有把我彻底删除,你依然记得一个深爱着你的我,这是我目前唯一可以确定的。

从上班到现在,我总是漫不经心,或者说,心里空落落的。我也不知是何等原因。但是,当你来电话后,我一下子明白了,是因为你——有一份不知是否有着落的爱存在我心中,像飘浮不定的气球,系着我的灵魂。

到这个单位上班后,我的心情十分复杂,具体而言,有点后悔。当然,如果有后悔的机会,我也不知道要去干什么,我对这个社会了解甚少,甚至没有了解,就已经出来了。一想到要在这里慢条斯理过完一年又一年,十年二十年后我成为某个部门领导,像现在所看到的他们那样,然后耗尽整个人生,我就觉得恐慌。不论是从哪个角度来讲,我都觉得生命不应是这样度过的。但是又能怎么样呢,也许我对社会高估了,需要重新设定。总之,茫然一片。

但工作还是很认真干。我新主持的"大学生散文擂台赛"很精彩,元旦后就可以出来,到时候可以寄你一本看看。依我看来,自己的能力,应该干更复杂点、更有挑战性和更有效益的工作才对。

说说你吧,不知道你参加工作的感受跟我有何异同。当然,更重要的是了解你的一切,你我之间有很多疑惑点,想必你一定了解我的疑问,以及我渴求知道的原意,因为那关系到爱。

……

在写此信当中,我的心中泛起无限亲密,激情滔滔涌来。但我不敢用过分亲密的用语,在我没有知道你心意之前,我心中有万千爱意,但夹杂恐惧。你让我知道了爱是如此复杂、如此深厚的事物,只怕写十部小说也不能穷尽味道。

我背负着不知所终的爱,像背负滚滚乌云,在急切等待你的回信。不要用电话打发我,我不愿意跟人进行电话交流,我是个嘴巴笨拙、词不达意的家伙,我也不相信任何人在电话中说的话——所以我也不要你的电话。我只需要可以表达准确情感,可以读过十万遍而毫发无损的信,或者,可称之为情书。

就此,急切地、寝食不安地等待你的回信。

其实,元旦过后,陈丽娜就可以来上班了,但是她不能来,因为淡墨的东西没有搬走。这应该算是起码的风度。淡墨办公桌上依然有整齐的茶杯、文件,玻璃底下依然是她的照片,主要是采风中与作家朋友、各种领导的合影,还有一张是和她老公的,一个很主流很有成功者气息的白衬衫男人。她的照片我看过多次,有些甚至已经透过衣服看到身体了。我常为自己拥有这种能力感到羞愧,但又无法克制。如果这些照片消失,比起淡墨本人的消失,应该更令我伤感。

"要不要跟淡墨吃个告别饭。"在无政府主义的编辑部里,我向老余提议。如若提议成功,我不仅可以吃顿公款大餐,还可以了解淡墨的情况,了解她的未来意向。

"告别饭?哧!"现在老余是老大了,说话的姿态不免高了一点,把两撇小胡子一甩,"这话可不能乱说,事情还没落定,就不能说告别。"

"难道还有翻盘的道理?"

"关于体制、关于权力、关于领导的意志、关于博弈,这里面有很深的学问,你还不懂。淡墨到底要不要走,现在难下定论,我们作为属下,要做的只有两个字,少安毋躁。"

"那是四个字。"

"毋躁。"

老余的高论让我觉得这世道玄机重重,似乎淡墨在运作更大的招。不过这玄机关我鸟事。我永远也不会进入这种玄机,我的生活只需要一块面包,蘸一点爱情的奶酪。天哪,爱情的奶酪,有没有?

老余想把高论继续延伸下去,见我不感兴趣,只好喃喃道:"我还是不希望编辑部有变动。"

我看到他脸上有一点点颇为自然的哀伤。这哀伤令我有点心动,但我不明白哀伤的来源。相反,对我来说,如果来了一个新领导,也许这死水一样的生活能掀起一丝波澜,何乐不为。

终于,淡墨主动来电话了,约编辑部一起去聚会晚餐。

不知道这是要出局,还是申明我又杀回来了。

我带着物伤其类的伤感去赴约。必须如此,要是一脸兴奋,就显得太没人情味了——这点世故我还是懂得的。老余比我更加严谨,脸上肌肉不动声色地僵硬着,貌似去开追悼会。小萧则是一贯的不悲不喜。在"喜盈门"酒楼的"探春"包间,我们一脸肃穆,鱼贯而入,已在里面的淡墨一脸春风,吓了我一跳。因好久不见,倍加亲热,犹如亲人。我不知道她是不是强行装出快乐,又寻思我该不该把哀伤给换成另一副表情?倘若被她当成幸灾乐祸又怎样?这样脑子转了几转,突然想到,这样去揣度上司心思,比猜街上的女孩是不是处女岂不是更无聊?要堕落也不至于此。主意一定,这才找到自我,与淡墨谈笑风生起来。老余还是一脸肃然,即便要笑出来,也是勉强的笑。

"就是离开你们啦,好舍不得。"淡墨脸上洋溢着笑意与满足,"我要去晚报副刊部了。"

晚报副刊部,也就是安东尼所在的报社,不论从效益还是发展前景,都比文联好多了。更何况,继续在文联待下去,淡墨的心境可想而知。

"这倒是值得祝贺。"我这才醒悟淡墨脸上的春意是真实的。

"祝贺。"小萧也随着我,举杯向淡墨庆祝。

老余并无此意,他缓缓道:"你出去,终究不是一件好事,本来我们这个编辑部多么团结呀。"

"那没有办法,人家手段厉害。"淡墨暗怀讽意说着,当然也有轻描淡写的成分,可能是因为她现在找到满意的下家,已经没有那么多恨意了。

"如果有可能回来的话,你还会回来吗?"老余真诚地、恋恋不舍地问道。恕我直言,那真诚说不出是不是真的。

"回来当然好,我们几个人相处得多好,虽然能去报社,却也只能做个资深编辑。"

这么一说,我们就觉得刚才的庆贺实无必要。

"那也是有机会的,你毕竟是文联的人。"老余不甘地说。

如此寒暄垫场之后,我就认真、默默地把饭吃完,因为我觉得无话可说了。要实话说淡墨走了我有什么感觉,那就是办公室少了一些美学的韵味,如此而已。

随之她的物什也搬走了,彻底离开了她工作数年的地方。对我来说,则如短短的一场梦。

以往,每到周五晚上,小马精神头就特别好,是仅有的能高谈阔论的时间,次日不愁按时上班,还可以炖点豆腐鱼头之类打打牙祭,现在一到周末,则忧心忡忡,一边抽烟一边长吁短叹,为次日的相亲头疼不已。

"如果你只是为埋单而烦恼,那可以让女方埋单或者AA制,没什么可丢脸的。"我自己心中也不快,坐立不安,被他的苦闷感染,苦上加苦,不由得想给他点建议。

"埋单是一方面,另一方面,这种事对我来说,不自觉就抵触,头皮都要发麻的。"

"我倒不这么认为,权当去玩一种游戏,了解别人的游戏,多好玩。"

"你若有这心情,替我去?"

"我倒是想,可是这种事跟吃饭拉屎一样,只能亲力亲为。"

"那可未必,比方说,你是我朋友,而我临时有事,只能派你来周旋,有何不可!"

这个主意激起我的兴趣,对于相亲这件事,我是好奇了许久的。小马脑子少有这么灵光的时候。

"这么说来我倒是愿意效劳,只有一样问题不能解决,就是埋单的钱。"我脑补了一下代替小马赴约的整个过程,其他都能应付,自己还可以顺便观摩对方的容貌、性格乃至各种需要,但是唯独埋单这一关过不了。

"你也可以不埋单,这全看你自己——反正我把机会让给你了。"

说句实话,我可以压抑我的性欲、食欲乃至各种玩乐的欲望,但却压抑不住好奇心。小的时候,我总希望每天推开窗户,能够看到天空降下天兵天将——对于天空、黑夜,还有房子的角落、墙壁的缝隙,诸如此类的地方,我总希望能钻出出其不意的东西。

我接受了小马的建议,这使他一下子振奋起来。

"你的新领导怎么样?"他关心起我来。

当然,陈丽娜入主编辑部,也成为最近单位里的谈资。

"什么怎么样?"

"就是印象怎么样。"

"没什么好印象。"

"为什么?"

"应该不是什么好人吧。"

以我先入为主的印象,凡是在这种权力斗争中的胜利者,都不是什么好人,至少,都是个能豁出去的狠角色。

"这么判断一个人,也过于武断了吧。"小马对我的观点提出质疑。

"总之,权力斗争的女人失去审美。"

"她不美吗?"

"我说的是美学意义上的——比方你说一个人很勇敢,却是个杀人犯,有何勇敢可言。"

"有点苛刻,有点苛刻。"小马笑呵呵地反驳我。

我把自行车停在天桥脚下,锁上,走上天桥之后回头看看,又觉不妥,回头又把车停在一个真正的停车处,那里有密密麻麻的自行车,这才心安。

这地方太热闹了,新华都商厦巨大的电视墙上,二十四小时滚动播出炫目的广告,行人很难劝住自己不看几眼。对面的肯德基,据说是全国营业额最高的一家。一些人津津乐道,用以说明此地的繁华——我只看到这个城市的品位。天桥上密密麻麻都是行人,当然,也有一些是趴在栏杆上看风景的,没什么风景,就是滚滚车流。两个穿着西装的民工模样的人操着外地口音在肆无忌惮地聊天,他们因为占据至高位置而甚是得意,其中一个把烟头狠狠砸向脚底的车流——如果能像电影里一样"轰"地着起大火,他们一定颇有成就感而且开心。诸如此类的场景均能使我莫名忧伤。

我过了天桥,在人流中逆行五十来米,到达"以尚咖啡"。说是咖啡馆,其实没几个人喝咖啡,多数喝饮料,有的甚至在吃简餐。也许这是老板顺势而为的权宜之计。我扫了一眼,只有一个卡座上,有一个女孩子孤零零地坐着。她齐耳短发,长得朴素但不失一点点俏丽,模样着实不错。我吸了一口气,压抑住心跳走上前去。

"你好,你是小莫吗?"

她看着我,茫然地摇了摇头。

"你是来相亲的吗?"

她笑了,更加坚定地摇了摇头,整个过程未曾吐露一字。

我在另外一个位置上坐了下来,要了一杯橙汁,又从报架上拿了一份刚刚创刊不久的《海峡都市报》,漫不经心地看着。在看了一版的文化新闻之后,我再也按捺不住,巡视四周,根本就没有一个像是来相亲的女孩。靠近吧台的桌子上,一个温文尔雅的男子正在入神地看余秋雨的《文化苦旅》,面前的半杯咖啡早已经凉了。我前方则有一对青年男女,一人戴着一只耳机,也许正在一块倾听美妙的音乐,女孩依偎的样子,正是热恋时期,窗外的阳光打在女孩半边脸上,使之轮廓颇有骨感,而明亮的部分纤细的绒毛毕现。另有左侧的一对年轻女胖子,把双肩包放在座位上,肆无忌惮地一边吃甜点一边窃窃私语什么,不时发出爽朗至极的笑声,仿佛两个人的身材已经占领了整个宇宙。而窗边的短发女孩,她依然一个人坐着,欣欣然看窗外的风景。

有一瞬间我感觉深深的愧疚,我为自己在这个充实的人间的空虚而愧疚。

我以相亲名义出来观摩别人的生活,我做到了。

过了半小时到四十分钟,我再无耐心等下去,直接走了出来,后来我就找不到我的自行车了。

小马听了我的遭遇,感叹道:"你的桃花运,太衰了。"

师江:

如果没有你的来信,我也许没有勇气给你写这封信。

曾经犹豫地给你一个电话,你不在,那一瞬间我就挂了。我一下子感觉到害怕。我知道你一定恨我,我不知道你的恨达到什么状态,我害怕你出现爆炸的一瞬间。

是的,离校的那个清晨,我确实很想让你来送我。但是有一瞬间,我突然害怕,不知道害怕什么,只是对未来有无限恐慌,然后我就跑了。当时我确实想忘掉这一切,回家,一切重新开始。

但是,我的脑海中时常浮现出你孤零零地在女生楼下等我,一脸焦灼,一脸失望,乃至一脸茫然。我知道,有些事情已经刻在脑海了。

元旦前我还是想给你一次电话,如果你能骂我一顿,或者对我冷漠以对,也许能把你的影子抹去。遗憾的是,你没能做到,我也没能做到。

你的来信,让我甜蜜又慌乱。工作是冰冷的,而大学生活是温暖的,你让我又沉溺在温暖中,有点无法自拔。事实上,我不知道如何回应你的热情。我脑子很乱,也许我过于理性,总之,现实的条件,不允许我热切地回应你,原谅我。

收到你的回信,我很想马上给你回复,那应该是十分冲动的。还好我控制住了,隔了几天才给你回复,我是想,未来的生活不能靠激情来支撑。

我开始朝九晚五地工作,即便没课,学校也是要点卯,初期有点不适应,后来大家都这样,也就习惯了。估摸着,一辈子就这样了,也挺好,知足常乐。

你一定要原谅我。鉴于长痛不如短痛,也许我的所作所为是正确的。

我们就当最要好的同学,这是我最祈望的。

我读了十二遍,一个字一个字地。特别是开头的称呼,我能清晰感受到左堤轻启嘴唇,呼唤我的名字,散发清新的哈气,足以心醉神迷。是的,整整十二遍之后,每个字才如泡过十二泡的茶叶,再无味道。我把它折起,放在口袋里。心中的爱意在一圈一圈荡漾,直到幸福溢满全身,身如空壳。

即便是上班时间,我也如置身无人之境,走到走廊上,深深呼吸,倾吐喜悦。隔壁民居的鸽群正在天上盘旋,一阵鸽哨呼啸而过,带来的是自由、狂放、天马行空的气息,与我心中相互呼应。大一时候,在恭王府上空经常能听到呼啸的鸽哨,给我带来对未来的无限遐想,那种感觉,像上帝赐予的希望,无以言表。或以言之,有如神谕,提醒你未来终有幸福来临。

亲爱的左堤:
你的来信是我的救命稻草,我终于活过来了。

不管你说了什么,我只能确认,我一直在你心上,对我已经足够。

由于我一贯的自卑与懦弱,让我在大学期间与你擦肩而过,又在这半年始终在疑惑中纠结,不敢向你发出一句爱神的呼唤。够了,已经够了,屡出败招令我走入爱的穷途末路,从现在起,我要毫不犹豫告诉你,我还像以前一样爱你,如刀锋刻在石上,不磨不灭。

你一贯的理智让你措辞拘谨,又让你说出"让我们当最好的同学"这样的屁话,够了,以后不要再说这样的话了,你在我心中的定义只有一个,你是我最爱的人。而我,在你心中也必须如此。至少,崭新的爱的旅程从此开始。

我理解你的顾虑,但你要明白这一份爱对我而言,弥足珍贵,甚至是生活中唯一让我有劲头活着的事物。在读你来信之时,就如茫茫海洋中找到孤舟,你无法想象我的快乐,我浑身的每个细胞苏醒过来,如沐春风。我想,你肯定不忍心让我在汪洋中继续漂流下去——如果你再次拒绝我的话。

我写不出一首诗了,也无法对未来有些微积极的想法。在街上,在咖啡馆里,我看见别人热情地活着,感到无比震惊——为什么如此年轻的我如此茫然地活着。现在我明白了,心中缺少一份爱,我无法看到生活的美。

至于你所担心的,我们如何妥帖地把这份爱安置在现实生活中,恕我直言,我现在无法想象,也不能做到。但不能因为如此就放弃,生生扼杀这一份爱——对我来说,这份爱是生命。

为什么就不能拥有一份远隔千里的爱呢,我才不管千山万水。

即便我不能想到妥帖之术,只要你一声召唤,我肯定就会到你身边——其他的一切都是狗屁而已。这不是我一时激言,这是爱的承诺。

……

6.

下了一辆三轮的载客摩托车,在细雨中深深吸了口气,止住了想呕吐的感觉。从县城通往乡村的路,在离开104国道之后,路面上全是黄泥巴,还好这种车不怕脏,造价低,简易方便,什么崎岖的路都敢走,多少人都敢载,也算中国人的智慧与胆量的直接证据。

走过一段更加泥泞的鱼塘堤坝,到家的时候整双运动鞋都不能看了。这里的天气就是这样,没到春节就下起绵绵不绝的雨,即便雨停了,也是灰蒙蒙的天气。记忆中阳光灿烂的春节,应该是小时候了。小时候忧虑的事没有现在这么多,春节期间手上总能拿到一些零食,或者甘蔗或者橘子或者糖果,如果是前者的话,就把两只袖子吃得湿淋淋的,傻乎乎地跟在别人后面玩。农村里到处都是赌博的人,一堆一堆地蠕动着,小孩子就喜欢在其中穿梭打闹。现在的这种天气,赌博的人只能躲到祠堂宫庙里,神在这些日子里是不能休息了。

爸爸看见我,眼神一亮,道:"回来啦。"随即暗淡下去,忙着咳嗽了一会儿。妈妈忙着过年前的卫生扫除,停了下来,仔细地看了看我,看到我毫发无损地回来,松了一口气又不满足道:"还是这么瘦,怕是在外面饿肚子吧。"

我有点恼怒,道:"成天就关心胖瘦,能不能说点别的。"

妈妈唠叨道:"如果身体能好,其他还有什么可担忧的呢。"

问了妹妹一些学习方面的问题,就没什么好聊了。她比我小十岁,实在是有代沟的。

在房前屋后逛了一圈,回来的兴奋就被萧索的场景淡化了。邻居来串门的,看到我一副郁郁寡欢的样子,便知道没什么兴奋的消息,搭讪着走开了。家长里短的气息让人压抑,有时候一个人去野外走走,顺带把左堤的来信打开,重读一遍。

到了大年三十,才有点气氛,吃了年夜饭,如果不开心也要忘掉,露出笑容,这是习俗吧。夜空清冷,倒显得家里暖和,我们尽量聊一些大家都能参与的话题。

"记得很小的时候,我们还住在老房子里,有一天大概半夜里,妈抱着我,提着油灯下楼,突然从木楼梯上滚下来。我印象比较深刻的,是我一点儿都不害怕,身体也没怎么受伤,而且还觉得有点刺激,妈妈记得这件事吗?"这是一件我和母亲都参与的事,应该有点共同兴趣。

"怎不记得。从楼梯上滚下来了,我还把你抱得紧紧的。"妈妈漫不经心地说,好像跟吃饭穿衣一样正常。

"不过我忘记了为什么下楼,有时候使劲儿想想,应该是家里来了小偷那件事。"我说。

"不,来小偷是另外一件事,那次是来台风了,风吹得房子嘎嘎作响,瓦片飞到半空,到处都是砸裂的声音,我让你姐姐赶紧跑出去,到你表姨家的门口去躲,你还在睡梦中,根本走不动,就抱着你下楼,有神的保佑,摔了一跤什么事也没有,气死风灯也没裂。"

隔壁表姨的老宅是以前地主的砖瓦房子,大石条门柱,具有抗台风的功能,结实得很。

"那时候爸爸在哪里?"

"他不在家,台风来了,队里的人全部去守鱼塘堤坝。"

"守住了吗?"我转头问爸爸。

"怎么守得住,外面海浪爬得比房子还高,泥坝就跟面团捏的似的,一软就塌,其实就是去眼睁睁看鱼塘怎么塌的。"爸爸谈起来也跟寻常生活似的。

"不过我怎么记得有次小偷跑家里来了?"

我们那时候住的相当于一个大杂院,没有大门,直通厅堂,后厅也有路可走,小偷可以肆无忌惮地来。

"那是另一次。我哄你睡着了,下面狗叫得厉害,不是大叫,而是呜呜的声音,可能狗也被小偷吓到了。心想下面没什么,就是有几只鸡仔在笼子里,我心里也打鼓,就抱着你下楼,嘴上叫道,如果是小偷,就到别人家里去,我家里没东西,明天早饭还没着落呢。也算是给自己壮胆,借着油灯,把鸡笼还有锄头放在楼上。可能这时候小偷躲到黑暗里,狗还在呜呜叫,我看看没有什么值得偷的,就放心上楼了。第二天还是发现两只小兔子被偷了。"

妈妈说的惊心动魄的场景,显然唤醒我的一些记忆。

"爸爸在哪里?"

"他每天吃完饭,就去生产队了。"妈妈说。

"到生产队干什么?"我问爸爸。

"没什么事,就是聊天,听掌故,扛到半夜肚子饿了,大家煮米粉吃。"爸爸如实回答。

"小偷还是你爸的朋友,如果他在家,也许就退了。"妈妈又添了一句。

"怎么知道呢?"

"大概两个月后,小偷被抓了,是邻村的惯偷,在公社里一一招供,公社通知我们去领回兔子。村里几个人一起去,有的被偷了母鸡,有的被偷了农具,我们被偷的两只兔子,小偷说在路上跑了一只,还有一只被卖给邻居,拿回来时大了一倍了。我跟小偷说我下楼时已经叫你别偷了,你怎么还偷。小偷说看见你们母子两人下来了,可是行当里贼不走空,不偷不吉利的。小偷听了户主的名字,说我跟你们家的男人是朋友,如果知道是你家,是不会偷的。"

"那个小偷叫猴仔,当年我们修铁路的工友,半夜去工人食堂偷肉吃,他都是一马当先,挺讲道义的。"爸爸赞许道。

也许这是第一次跟爸爸妈妈讲这么多话,这个话题三个人都有话说。

"记得你有一次答应我一起去捞鱼,还记得吗?"我问爸爸。

"当然记得。你是想吃鱼吧,我们过年分的鱼不少,你可以尽情吃。"

"不,哦,那也行。"

雨继续在下,还好带回来几本书可以打发时光。大年初一的时候,一些发小过来串门,一起聊了些热闹话题,走了之后什么也记不得了。更多的时候,在家跟爸爸默默无语地待着,偶然说一两句话,问一下他身体的症状。跟妈妈也仅限于对于吃饭、烧菜方面的交流。这样过几天其实就想回单位了,但是又舍不得,也不清楚舍不得什么。初四的时候爸爸的咳嗽加重,痰液浓了,支气管炎又发作。我建议叫医生来打吊瓶消炎,妈妈坚决不让,说这样不吉利,一定要初五以后才能看病。爸爸也不在乎,没有到扛不住的时候他也不急。我在家中并无权威,当然一方面也无主见,听天由命。

初五的时候,陈丽娜给我打了个传呼,我到村支部去回了电话。

"我这儿有便车,要不要一起回福州?"她温婉问道。

春节她也回宁德过,毕竟她老公还没调过去,亲人什么的大概都在这里。按理来说,作为下属,我该去拜访拜访她。不过我是个毫无仪式感的人,礼节之类的能免就免了,一切随心。更主要的是,她在我眼里,并非一个纯真的人,我并不想也不能做到与之故作亲密。

"谢谢。如果能请假的话,我想过两三天再走。"我委婉请示。

正常的假期初五就结束了。不过在春假放假之前,她已经承诺我可以多待些日子。

"那行,没什么要紧的工作,你就初十之前回来吧。"

初八的时候,爸爸通过几天吊瓶,又活过来了,我再也受不了家里的气氛,匆匆回福州了。我其实不愿意和父母待在一起,但是又想时时能与之联系,很想给家里装一部电话,却无能为力。春节前文联发了六百元过节费,编辑部发了两百元,简直可以用"囊中羞涩"来形容,年也过得很低调,家中用钱的地方也颇多,带回一肚子惆怅。

走的时候,爸爸眼中颇为留恋,这是我难得见他流露表情的辰光。在路口分别时他突然问道:"你在福州干什么工作?"

"怎么想起问这个?"我反问道。

"老是有人问我,你儿子是干什么的,我回答不上。"他如实陈述。

"你就说是编杂志的。"我面无表情道。

因为"编辑"这个词,在土话里并没有相对应的话;如果是在文联工作,乡村人更不懂文联是啥。

一回到单位,心气儿倒是一下子清新起来。大伙儿有半个多月不见,分外亲热。符绝响要我兑现承诺,给大伙儿做个聚会。周末我就到门口菜市场买菜,看到哪些能琢磨出做法的家常菜,一样样买来。对于自己的厨艺,我倒是不怵,从中学开始在宿舍里用酒精炉做方便面开始,烹调史也不算短,虽然没做过什么像样的菜肴,但觉得凡是有点艺术直觉的,对这个行当就该手到擒来。比方说,海蛎,加点地瓜粉做个海蛎煎,虽然不太清楚是先放海蛎还是先放地瓜粉,还是把海蛎和地瓜粉搅拌之后再放,但回去稍微琢磨应该能成其事;花蛤,放在油锅里一炒,应该能自动打开;鱼类比较难搞,特别是煎鱼,火候不到可能毁于一旦,但是先炒后焖应该不赖,避免烧焦,清蒸当然可以,当然灶具不够;至于蔬菜,更是简单得不得了,各种炒不成问题;另外还有百搭鸡蛋,洋葱鸡蛋、韭菜鸡蛋、葱花鸡蛋,更是易如反掌。

符绝响听了我的陈述,略显怀疑道:"你实践过吗?"

"大部分没有实践,但是它毕竟是一门味觉艺术,凭着多年的美学修养,应该不是难事。"

"看来我可以听着音乐等你开席了。"

"小马那边有很多卡带,你可以先享受听觉盛宴——我炒菜的时候最烦别人打扰,更烦他人质疑。"

符绝响就偷偷告诉我,陈雪冰在生他的气,叫我等会儿帮助缓和缓和。

"怎么就生你的气了?"我问。

"要我过年买部手机给她,我没买,实在太贵了。"

"这真是没有生气的理由,要什么就送什么,岂不是把你当成冤大头,这样的爱情过于丑陋。"

"不过我原先是答应她的。"

"那就另当别论了。为何你这样给自己打脸?"

"高兴的时候就答应了——你知道有时候我嘴巴比脑子快。"

"不是有时候,是大多数时候。"

小马早早结束了假期,他父母不在了,在哥哥家又话不投机,据说假期还没结束就过来了,自己在静静的房间里与肖邦、巴赫等古典大师为伍。他有时候一边指挥,一边闭着眼睛,在微妙之处动作戛然而止,我怀疑他会在音乐的入定中死去。

符绝响对什么都懂一点,说不上都懂,也就是都能聊。他跟小马聊了一会儿古典音乐、蓝调的话题之后,陈雪冰就到了,接着是薛婷婷、巴山,等到我把一桌子菜摆齐的时候,陈平还没有到。

符绝响每道菜都尝了一遍,郑重宣布道:"真是天才的杰作,烹调界的肖邦。"

"也不用夸大其词,严格来说这是处女作。"

把折叠桌搬到走廊上,刚刚好,还留了行走的间隙。正月十五没到,年还没过完,我们还算留有过年的气氛,这一层含义亦使聚会颇为温暖。大家都像家人一样敬酒,吃着我的处女宴,对我的手艺各种阿谀。

"祝贺你上班了。"我向薛婷婷敬了一杯啤酒,"不过我没听清楚你那是什么工作。"

"售楼部。"薛婷婷认真道,"在省府路你们看到华林御景的楼盘广告,我卖的就是那个楼盘。"

"广告我见过,满街都是,看起来房子非常高端。"我回忆道,"恐怕买一套不少钱吧。"

"均价每平方米三千元左右,一套也得三四十万吧。"

"天哪,那谁买得起。按照我们的工资,不吃不喝三四十年才够。"

"可以按揭。"

"什么是按揭?"

"就是你先付一部分钱,剩余的到银行贷款,每个月分期还款。"

"那也是够呛——总之这些房子跟我一点关系都没有,我就不去操心了。你干得开心吗?"

"开心呀,每天接触很多客户,很好玩。"

"恐怕世上没有工作是你不开心的。"

"那可不是,我做的事都是我喜欢的。"

我们吃了一气,陈平才匆匆赶到,首先致歉,一口气把啤酒自干三杯。

"再道歉下去,啤酒不够喝了——说说为什么迟到吧。"符绝响道。

陈平倒是诚实,道:"我跟妻子说,要跟一伙诗人去喝酒,她一听就火了,说我又跟诗人混在一起,决不让我来……"

"她跟诗人有仇?"我问。

"她认为诗人穷酸,不务正业,在一起就高谈阔论,实在穷耗精力,耽误正事,长期交往,害人害己,一事无成。一看见我写诗,就把我诗稿撕个粉碎,要我戒了——你说世上有这么不讲理的吗?"说罢,摇了摇头,气冲冲又灌了三杯进去。

"你不要道歉又三杯,生气又三杯,等会儿伤感又三杯,回头我们可不能扛你回去——你说,后来你是怎么溜出来的?"我问。

"还好我脑子灵,我说这回不是去高谈阔论,而是去赚钱的。我们出版社要编一本《历史上的今天》,有现成的材料,需要我们编纂,我想约几个人一起干。好说歹说,她这才放我一马,下不为例。"

陈平甩了甩浓密的黑发,又要干三杯,被我用手止住。我说:"别着急干杯,你那编书的活儿,如果有稿费的话,我倒是愿意干——急需一笔钱呢。"

陈平避开我的手,给自己干了一杯,道:"要是急需钱的话,恐怕不灵,至少等编纂成书才能拿到稿费。"

"倒也不是急,我就是想给家里装一部电话,省得如果我爸爸死了,我都不知道。"

"大过年的,这么说不太吉利——你爸爸是怎么回事?"巴山道。

"老在生病,总觉得摇摇欲坠。知道吗,更不吉利的是,我家里有一口棺材,放在后屋,整整占了一个房间,我每次回家就情绪低落。前年我爸病得不轻,我四姐,我觉得她挺缺心眼的,花了两千块买了一口棺材,放在那儿等着。我特别生气,我说你那两千还不如给他看病,至于死了以后的事,哪里黄土不埋人。但是,就连我爸爸,也没有反对四姐的做法,我真的很难理解。我很想把棺材劈了烧掉,就是不敢下手,怕我爸真被我气死。"

我说了这段典故,我们的人群就分成两个阵营,一个尊重我爸爸的意愿,理解我四姐的孝道;另一个认为买棺材绝对是浪费钱。

"我倒有个主意,你把棺材卖了装个电话,两全其美?"符绝响脑子不赖。

"我有想过,好像与习俗有悖,倒卖棺材这事阎王爷不怎么乐意。"

符绝响今年从《工商报》的编辑部跳到广告部。他在编辑部时,出去拉一些广告,可以拿到提成。不过这样他还是嫌不过瘾,就和广告部的几个同事承包了今年的广告,以为可以多赚。符绝响认为,如果我要赚外快的话,不如去帮他们拉广告。

"拉广告这种事,我可从来没干过,我觉得不行。"我拒绝道。

"这里面是有秘诀的。去年一个业务,人家可做可不做广告,我去他们公司跑了十三次,也不谈广告,就是跑去跟人聊家常,老总终于熬不过,屈服了,后来还跟我说如果跳槽的话,可以考虑他们。"

"那怎么好意思呢?"

"秘诀就是脸皮厚。"

"这可不是什么好人品。"

"但管用,你别把别人的拒绝呀、冷嘲热讽呀太当回事,傻乎乎地执行自己的意志,这事就成了。"

"万万做不到——即便做得到,我也怕将来形成习惯,感觉麻木,连谁爱你不爱你都感觉不到。"

小马参与到我们的聚会中,他把录音机拿到窗台上,播放了几首格调相当高的世界名曲,居然有国宴的气氛。

小马后来兴致大起,站了起来,挺胸收腹,对着大海的方向吼了一曲《我的太阳》,有帕氏神韵,极为高亢。小马在歌声中复活了,像个神。

一阵稀落而清脆的掌声响起,那是巴山一个人在鼓掌,显然已经为小马的激情与嗓子折服,道:"屈才,真是屈才!"

"何以见得?"

"你又会作曲,又会唱歌,根本不该在这里待着。我比你们虚长几岁,知道你们单位是怎么回事,就是一潭死水,埋葬激情和梦想的地方。我说你呀,马一鸣,人如其名,像你这样有才华的年轻人,应该有更大的舞台去一鸣惊人!"

"哪里哪里,我就是瞎吼几嗓子而已。"小马谦逊道,不过已经把巴山当成知己,互为酬唱。

"有一个地方,我觉得应该是你的舞台。"巴山深藏不露道。

"哪里?"

"太阳城桑拿你听说过吗?就在五四路口,如果你在桑拿池里吼上这么一首,我估计整个福州城都有影响。"

"为什么在桑拿池里唱?"

"我是太阳城桑拿的股东,小股东,我一直在探索桑拿的文化建设这一块,包括按摩小姐,我想给她们培训诗词歌赋,让人一改对桑拿的不良印象,成为一张有文化含量的城市名片。你想想,男人一边享受按摩,一边跟小姐谈词论道,古代秦淮河也不过这般景象吧。像你这种纯正的男高,把桑拿池变成歌剧院,真的不是梦想,而且你很快就能成为家喻户晓的明星。"

巴山前两年就在桑拿城上班,做管理工作,闲时忍不住小姐的诱惑,身体每况愈下。今年开始不在里面上班,修身养性,写诗喝茶,考虑各种形而上。

巴山的想法把大伙吓了一跳。

"你的想法太埋汰小马了。"我说。

"不,我认为这是个非同寻常的舞台,这是有远见的艺术家干的事。"巴山在几杯雪津的助力下,坚决道。

"唱歌能否跟按摩小姐一样收费?"小马问询道。

"那是自然,具体方案可以由股东们商量。当然,你要在里面消费呢,各种免费,这个可以由我说了算。"

巴山与小马干杯,似乎达成意向。

陈雪冰都没怎么说话,即便偶尔的笑也是装出来的,这一点谁都看得出来,作为东道主,我不能让任何一个客人不快乐。

"是不是有什么心事?"我给陈雪冰敬了一杯酒,问道。

"没什么。"陈雪冰否认道。

符绝响朝我投来感谢的目光,他明白我要替他说好话了。

"肯定是符绝响惹你生气了。"我借着酒劲,托大道,"如果你觉得他不可信任,就尽早离开他,女人要相信自己的直觉。"

符绝响张大了嘴巴。陈雪冰略显尴尬,但是真诚地看着我问道:"你说的是真心话?"

"当然,符绝响这人,我觉得他不配拥有真诚的爱。"我郑重其事道。

我说的倒是实话。我已经知道,陈雪冰是他前女友的闺蜜,东窗事发后,女友愤恨出局,闺蜜上位,变成新女友。

"你这家伙——肯定是嫉妒我。"符绝响苦笑道。

"要说嫉妒,倒是有一点,不过主要是为了公道。"

"雪冰,不要理会他,他完全是情场无所得才这么埋汰我。"符绝响转头对薛婷婷道,"是吧薛婷婷,是不是你拒绝他他才这么变态。"

薛婷婷开心而羞涩地笑了:"我没有拒绝他,他也没有向我要求什么,我们没有什么亲密关系的。"

"这就对了,他自己没有,也不让别人有。"符绝响反击我。

"你就是喜欢骗人嘛,一次又一次。"陈雪冰突然爆发出来,声音都哽咽了。

"那不是骗人,有时候说的话就是玩笑,你老是当真。"符绝响辩解道。

巴山仗着自己见多识广,出来摆平道:"我觉得这个事呢,你们回去好好沟通一下,爱情的最高境界是心意相通——我培训按摩小姐,也是告诫她们要跟客人心心相印,每一个动作要结合客人的需要,做到位,做到对方的心里去,才能达到无抱怨、无纠纷、无投诉的三无境界。"

此时天色渐暗,楼下的平房、西洪路的店面以及杨桥路的凤凰酒店,灯光次第亮起,组成参差不齐的错落的人间烟火。俄而,平房里的两个妇女突然吵起架来,看不见她们,但声音十分清晰地传上来,犀利、粗俗的方言令人拍案叫绝,回味良久。在这万家灯火里吵上一架,无疑增添了节日的气氛。我们竖起耳朵听了一会儿,直到听不出新意,这才重回自己的话题。

我到洗手间放水的时候,符绝响跟了过来,拉住我的衣角,不解地埋怨道:"你怎么帮倒忙?"

"我就是实话实说,但相信对你是有好处的。"

"破坏我们的关系,还有好处?"

"我说的话自有禅机,以后你会慢慢悟到——放开你的手,不要影响我解小便。"

吃到席残,我早有准备,很快又变出葱花炒鸡蛋、榨菜炒鸡蛋等小菜,直到把一箱啤酒喝得干干净净。

带着微醺的热情,不知谁提了一句去南后街看花灯,于是留着一桌狼藉,从杨桥路坐车往东街口去。南后街甚是狭窄,破烂,也许一把火就可以烧个精光,但名声在外,熙熙攘攘,确实是因为这条街巷保留着福州最古老的手艺,最原始的行当,花灯更是各种技艺中的翘楚,小的花灯可以在小孩子手上把玩,大的花灯有一两人高,饰以各种神话造型,七彩绚烂,万般耀眼,整条街似乎处于太阳的核心,节日的气氛这里算是鼎盛了。我们一群在人群中很快走散,我拉着薛婷婷的手,在人堆里穿行,虽然人肉味甚是浓重,但是这么多大人小孩子在一起,脸上露出开心与祥和,这点味道何足道哉。

我们走到吉庇路口,舒了一口气,拉着薛婷婷的手已经汗湿。

"春节期间有想我吗?"我问。

"没有。"薛婷婷笑眯眯地回答,"你呢?"

"我也没想你。"

我们两个哈哈大笑起来。

我附着她的耳朵道:"你简直可爱至极。"

"没有想你就可爱?"

"对呀,实诚的人多可爱。"

我们买了两个小花灯,从巷子里出去,跑到东街口的天桥上,看不知从何处来的人蚂蚁般云集在此。人群的蠕动,也是很有看头的,我们居高临下,默默无语。

"你在想什么?"我问。

"不想什么。"

"脑子怎么可能有什么都不想的时候呢?"

"有,我就是这样的。那你在想什么?"

"我突然想起一个女孩,我好想她。"

"为什么不去找她玩?"

"千山万水。"

陈丽娜亲自爬上书柜把顶上的一盆吊兰取下来,问我要不要,我养自己都有点困难,更无养植物的打算,摇了摇头。

小萧露出渴望的眼神。她是个丑小鸭,但有颗极为热切的爱美之心,这盆精心培植的吊兰应该能为她闺房增色不少。但未等她开口,老余猛然醒悟,睁开眯眼道:"这个,我拿回我书房去吧。"我大吃一惊,一向严谨示人不苟言笑的老余居然也爱花花草草,绝对令人大开眼界。至少,我认为这是不正常的。

那盆吊兰是淡墨留下来的,小萧不时给它喷水,养得极好,垂在淡墨的身后,简直是办公室里最健康的生物。陈丽娜用一盆绿萝取而代之。刚上班的时候,她就把办公桌和椅子全换了。

至此,办公室再无任何淡墨留下的痕迹。

陈丽娜上任,风风火火,对于其所为,我能不参与的尽量不参与。入职之初,正逢年关,张罗着以编辑部的名义给领导、老作家送年礼,这是一门学问,比方说,要大方而不失文雅,要根据他们的喜好,或者字画,或者年历,或者烟酒,诸如此类,也算是惯例。年后,则拜访老领导,各种人情关系,滴水不漏。诸如此类的业绩,愈加出色,我就低看她一些,甚至不放她在眼里了。

对于上班这件事,我也没怎么放在眼里。就我这半年的观察而言,大多数办公室应该是人浮于事吧,工作量都不大,协会里无非就是传达上级部门的意见,一年组织一两项活动,编辑部就是编稿子。也有些人风风火火,忙得不亦乐乎,只是一种习惯而已。如果这是企业的话,可以大量精简人手,不至于有大量喝茶看报的闲暇场面。我适应了这里的工作节奏,漫不经心最好了。

我的宝贝:

我一而再再而三地读你给我的来信,每个字都散发着你的气息,你的芳香,就如从你嘴唇里吐出来的,令我心醉神迷,亦令我情欲勃发。千里之隔实在令人讨厌,还好我想象力丰富,闭上眼睛就能感觉你在我身边,在我怀里——我肆意地抚摸你身上每一个部位。是的,当我确认你是爱我的之后,情欲就轰然爬上脑门,血脉贲张了。

尽管我们有过一次肉体之欢,但着实遗憾,过于突然过于匆忙了。我的脑里只记住你的身体的芳香,以及慌乱的喘息,其他甚至是模糊的。记忆中你的乳房不大不小,但已经足够,而且它很圆,圆得令我震惊,你知道吗,当我握着它的瞬间,我惊叹造物主是足够用心了。遗憾的是,我完全记不清你乳头的大小。我希望它像小指,不,像我的中指一样大,下次见你的时候,我要噙住它,感受它的大小,吸出乳汁来。你说有可能吧,如果足够爱的话,就一定能吸出来吧。

其实你整个身体都非常迷人,我是想摸遍你每一寸肌肤。你的腹部是够柔软的,我真是想把脸贴着你的腹部,那应该是非常宁静的享受。至于你的肚脐,这个我倒是记得,在月光下,像南太平洋的一个漩涡,线条急促优美,我想我会沉浸其中不能自拔的。这个地方我也要长久地舔它,用舌头,探询到你的秘密。

当然,不能免俗地,最后我还要触及潮湿的下身。是的,它在我印象中就是潮湿,散发热气。当时我们在操场上,根本没有条件观察你的下身。直到现在,我还不知道女性下面的具体结构是如何,这跟我以前学生理卫生囫囵吞枣有关,但最主要的还是,我不愿意最初从理论上去了解,我希望从实在的肉体上去理解。而且,我希望从你的肉体上去了解,答应我,好吗,我的爱。我一定要舔每一个部位,无舔不足以表达我的亲密。我甚至希望你能解出小便,让我一饮而下——你的全身都是神圣又甜蜜的。

我相信我在写有生以来最无耻的一封信,不如此不足以表达我对你的爱与渴望。而且,我现在是在上班时间在办公室为你写这封信,整个过程我都处于勃起状态,以致不敢走动一步,不如此无以表达我的狂野——生活实在过于平淡,唯有爱情令我纵情狂奔。

暂时不要考虑远隔千里之类的现实的困难。是的,一想到这些,我的勃起就不能持续了。目前我是没有办法,工资仅够糊口,寸步难行。我想先享受这份来之不易的爱情,再想办法,总会有办法的,牛郎织女还会有鹊桥呢。以前我可没这么乐观,是你的爱,让我无所畏惧,虽然前路模糊,但是一片光明。

  一定要回我的信,你的每一封信对我来说,都像获得一份宝藏,那种刚刚拿到信的感觉,是我一生最幸福的时刻。我实在不想打电话,一听到你的声音就语无伦次,而且办公室的环境,实在不利于吐露心扉。我几乎跪下求你了,快来信,我的小心肝。

每天每时每刻都在想你的李师江

  从某个角度而言,可以说现在是最好的恋爱时机。在上一封信中,左堤倾诉了她的工作状态,备课、对付各种学生,办公室有各种八卦,相交的老师并无交心之人。回顾一下,确实大学的感情弥足珍惜。她向我承认了她确实把我放在心上,难以释怀,默默接受了我倾吐的爱。这让我欣喜若狂,在茫茫人海之中,我们两颗心终于有了灵犀。回想一下,造化弄人,最早我们俩在男生楼与女生楼之间,只相距三百米,后来隔着一个误解,现在,误解消失了,我们却隔着千里。造物主玩我玩得可够精妙的。

  陈丽娜敲了敲她的桌子,叫道:"我们过来开个小会。"

  我正在写信中,全神贯注,情欲占领我的整个脑袋,根本无暇顾及。陈丽娜大着嗓门再叫一声,声音颇为严厉。

  "我没空。"我回了一句。

  "你在干什么?"

  "写情书。"不知道为什么,此刻我一点都不想撒谎。不知道我是在炫耀爱情,还是本来就对陈丽娜有所抵触。

  陈丽娜站了起来,她俏丽的脸上因冷峻,而增添了一种威严,像一朵寒梅开在绝壁上。她质问道:"现在是上班时间,你该做本职工作!"

  "难道整天开会商量着如何讨好领导,这是本职工作吗?"我冷冷道。

当我说出这话的时候,我心在跳,但根本无所畏惧,而且似乎是我期待已久——这平淡如死水的办公室生活,我想掀起一朵巨浪？我不能确定,我不能确定内心有个魔鬼到底想干什么。

陈丽娜的脸像铁一样冻住了,她动了动嘴唇,想吐出一些什么话,但终于没吐出来,但血液差点从脑血管喷出来。她胸部激烈起伏,颇为诱人,噼噼噼地踩着高跟鞋出门去,如马蹄声渐去渐远。老余先是装作没听见,陈丽娜出去后,他抬起头支了下眼镜,朝我竖起大拇指,道:"有义气。"小萧则盯着我,一脸诧异,我知道她在想我该如何收拾这残局。我脑子一阵空虚,似乎伸出早已准备的一拳,却打在棉花上。

我不能确定陈丽娜是否去请更高的领导,还是干什么。我初涉社会,也不知道顶撞领导这事到底是多大的事。我坐在桌子前,看着眼前赤褐色的铁门,陈旧的水泥栏杆,栏杆之外平房的屋顶,以及屋顶上星星点点的白色鸟粪,茫然地期待着,脑子里盘旋着一个字:变。

一阵由远及近的鞋跟声传来,接着一阵香风掠过,陈丽娜又进来了。老余又低下头认真看稿,小萧也把头转过去,背对着窗户。我用余光观察陈丽娜,我看见她眼圈红红的,也不说话。我的心某个最软的部位被戳了一下,我意识到这场战斗戛然而止了。至少暂时如此。

直到下班,我和陈丽娜再也没说过一句话,当然,整个办公室几乎没有说话,陷在一种难以表达的尴尬气氛中。陈丽娜匆匆地走了,颇令我有点不安,我不信就这样算了。当然,我并无畏惧,唯有一点不明白的是:我真的不知道自己为何这样做。

办公室里只剩下我和小萧两个人,我一下子放松下来。小萧环顾左右,小声道:"你怎么敢这样得罪领导？"

看来这个问题她已经憋在心里许久了,不吐不快。

"我自己也不知道,当然,我所说的就是我心里想的话。"

"一般人至少不会这样表达,会委婉地说,至少她是执行副主编,说话要给点面子。"

"也许你说得对,但是我是个不需要面子的人,似乎也难以顾及别人的面子——而且这是不正之风,何必纵容。"

"你说得太严重了,每年每个部门都这样。"

"所以我在内心上不了解社会,老觉得跟社会有仇。"

"以后你还是不要这样,搞得我们都很紧张,陈丽娜毕竟是个女人。"

我被小萧说得多少有点儿惭愧,转移话题道:"你说淡墨和陈丽娜两个人,哪个好相处?"

"客观而言,对我来说,陈丽娜更宽容些。淡墨太挑剔了,像有洁癖似的,我哪个桌角没擦干净,她都要提醒——不过我们这样背后议论人家是不是不太好?"

"我也觉得不太好,不过背后议论人终归是一件有趣的事,总归比整天说人好话要强些。"

"大多数人可不这么认为。"

八卦了片刻,我跟小萧关上办公室的门,出去找饭吃。出门就是菜市场,路边淌着摊位上流出来的水渍,一股海鲜腥味令人胃口打折。我掩着鼻子,道:"老在这边,你不觉得吃烦了吗?"

"那有什么办法?"

"走远一点?"

"可以呀,我倒是有这想法,一直懒得走。"

我们穿过一条巷子,到杨桥路找饭馆,这里都是汽配店什么的,看不出有什么饭馆的端倪。平常从这边路过,也没怎么在意。小萧皱眉道:"这里不会有吃饭的地方吧。"

"如果我们不抱着吃饭的目的,应当有所收获。"

走了十来分钟,赫然找到一家羊肉泡馍馆,在南方确实很难找到这玩意儿,况且我又喜欢吃面食,大喜过望。小萧不是很感兴趣,不过愿意陪我尝尝。

不一会儿,老板就把两碗羊肉泡馍端上来,做得不地道,吃起来怪怪的。

"你觉得怎么样?"我问。

"第一次吃,正在适应。"小萧皱着眉头,"你觉得好吃?"

"说不上好吃还是不好吃,好像在吃一种不是食物的东西——但终归是一种新的感觉。"

"能吃下吗?"

"一碗肯定干不下,尽力而为吧。"

我们默默地咀嚼着,一口一口地往下吞,嚼得腮部都酸痛起来。不论是什么怪味,终究是身体所需的,这一点我相信。

"有句话我一直想问你又不好意思问。"小萧有点红着脸问道。

她羞涩的表情让我心中一软,几欲感动,道:"我们可以无话不谈,但说无妨。"

她踌躇片刻,似乎在思索表达的方式,然后一字一字道:"你就不怕得罪领导,职位不保?"

"说不上怕或者不怕,可能我就是想整点事。"

"为什么?"

"我现在觉得自己很可怕,现在跟你面对的是一个理性的我;但还有一个疯狂的我,时不时冒出来让我干点疯狂的事。"

"哦,他在哪儿?"

"当你看到我不可思议的时候,他就出现了。"

小萧张大嘴巴,似懂非懂地愣住了。

7.

三月的时候,福建师大的学生胡则华来拜访我。他是我的老乡,以前不认识,也不知道从哪里弄到我的号码。他是个特能折腾的家伙,一看就知道未来属于他。他来拜访自有目的,因是文学社的负责人,请我去他们学校做个讲座。

"恐怕不行,我平时说话都有点结巴。"我颇为迟疑。

"不,我看你说得挺好,一点没结巴的感觉。"他鼓励道。

"讲什么内容呢,我也没有专门研究。"

"只要跟文化有关的,都可以。"他倒是对我十分有信心。

关于说话结巴这一点,我能记得的,大概是七八岁的时候,住在附近的外甥女来我家玩。天一直在下雨,多日不见晴,我们实在是无聊,又没什么可玩的,我就学她结巴逗乐,学了两三天吧,等天晴出去的时候,我发现自己染上结巴了。这玩意儿是学着容易去掉难,我估计是一辈子都去不掉了。结巴也并非每时每刻,而是越害怕结巴时就越结巴,比如说学校食堂排队,到了窗口的时候,就说不出要哪一样菜。比如说跟售货员问价的时候,就噎住了。忘记结巴的时候,倒是跟正常人无异。当然也有例外,只是大体如此,有点像段誉的六脉神剑,什么时候现身摸不准。

不知是胡则华天生有说服的能力,还是我天生没有拒绝他人的能力,总之答应了。当然也并非难事。我在自己的脑子里搜索一遍,最后确定了一个"魏晋文人的疯魔人生"的主题,这个讲起来比较有料。开讲的那一天,来的学生也不少,大教室里大概坐了五分之四的学生,我的讲义上列了七个大点,以及梗概,思路还是比较清晰,爆点也都记得。当我见到那么多学生露出无知而渴求的眼神时，一股亲切感油然而起，马上进入了状态，效果倒是不赖。担心的结巴也跑得无影无踪。按照既定的程序，最后半个小时是自由问答时间，后来靠右窗有一个男生，似乎长着一张黝黑的脸，整个人都站起来，把手臂举起老高，似乎不让他提问就要砸玻璃了。我点了他，他激动且语无伦次道："老师，我有一个问题一直想不清楚，就是我喜欢一个女生，但是我追不到，你有什么秘诀吗？"

他说得磕磕绊绊，但声音洪亮，说完几句话费了老大劲。

"我也有跟你一样的问题，无解。"我摇了摇头。

他激动起来，貌似巨大的期待被粉碎了，大声道："你连这个问题都回答不出来，有什么资格给我们开讲座。"

我都蒙了，只好怯生生道："你能提一点有关文化方面的问题吗？"

"爱情就是文化，我是带着诚意来提问的，你不能这样伤害我。"

他因对爱情绝望而愤怒，因愤怒而咆哮，看样子跃跃欲试想上来跟我算账。而此时连我也相信，他在爱情上的完败完全赖我没能力给出答案。场面要失控了，胡则华赶紧跑过去，施展出学生干部的技能，一边耐心劝说一边强行将他拉出去。我在讲台前以同一种姿态站了两个小时，此刻因为一种奇怪的情绪而双腿哆嗦，慌乱地回答几个问题后宣布讲座结束。胡则华等社团人员要请我一起吃饭，为了这顿饭他们已经募集多日，我不想花这群热情的、意气风发的学生一个子儿，就如我不想在大海滴下一滴墨水，使用全身力气拒绝后，坐上28路公车回来，眼前出现那个学生因糟糕的爱情经历而气急败坏的脸，同时感觉我的回答过于孟浪。

我认为这次讲座相当失败，直接原因是我没能给予那个学生一点儿启示，哪怕一点点的希望。胡则华称这是一场非常成功的讲座，知识与趣味交融，激情而幽默。真是角度不同，事物便有本质的差异。

接着是福州大学会计系的恭德华,他是听哪个人说有我这么一个老乡,记住了我的号码,特别焦急而热情地来拜访我。恭德华有一张白胖的脸,一双小眼睛与一个小嘴巴,有点像小一号的张雨生,我在宿舍里小心翼翼地接待他,他跟我谈起在福州某某单位的各种老乡,如数家珍。我以为他有什么要紧的事,原来别无他事,专程来认识的。或者说,他认为认识本身就是一件大事,值得投入巨大的热情与精力。我对他的这个爱好表示好奇,但依然赏识他对人的尊重与欣赏。接着我们又聊了文学、音乐等话题,恭德华在这方面略有所知但并无见解,完全洗耳恭听,带着欣赏的眼神,时而礼貌地附和两句,我很喜欢,在他面前我变成话痨,完全释放着平日里无以发泄的见解。总之,你能跟恭德华谈论任何话题,并且认为他是个知己。后来我知道,倾听,是他了解朋友的重要手段,在他心中自有一套系统,在倾听中分析对方的学识、个性、出身乃至潜力,得出一个综合指数。他乐此不疲认识了各种风马牛不相及的朋友,并且让他们之间产生关系,以此展现人际操控能力。几天之后,恭德华就打电话给我,说他宿舍有一个同学,因为没饭票了想把一把九成新的吉他以六折的价钱卖掉。我迅速过去看了看,相当漂亮,以八十元的价格成交。我为恭德华的敏锐赞叹不已,我只是在与他谈音乐的过程中,流露过一丝对于拥有一把吉他的想法。

门口走廊是个弹吉他的好地方,可以眺望四野,极合情绪。我大概每日在此练习,以前在大学时练过几个和弦,现在对着乐谱,并非难事。对于书法、绘画、吉他这种雕虫小技,我一般都是自学,懒得去找老师也找不到老师,练到粗通的程度即可。若想练到精深,已不太可能,自学的野路子里有许多不良习惯,它阻碍你成为一个专业的选手。

有一天周六上来一个人,他是马一鸣的哥哥马生成,提着一个绿色的保温瓶,探头探脑地上来问询。我忙放下吉他,跟他打招呼。

"马一鸣不在?"他往房间里探了探头。

"早上就出去了,没见回来。"

"有没说去哪儿?"

"我们一般不会问对方私事——你打他传呼?"

"打了,不回。"

我取了一把椅子,让他坐下来。我把马一鸣丢在房间里的烟递给他一根,他摆摆手,看来没有抽烟的习惯。我泡了一杯茶给他,放在水泥栏杆上,貌似危险其实稳如泰山。

他跟马一鸣一样长得气宇轩昂一表人才,穿着白衬衫与休闲西装,规规矩矩的国家公职人员,相当稳重。他叹了一口气,道:"师江呀,我这弟弟呀,真是捉摸不透。"

我知道他有一肚子话要说,便把耳朵支长。可以看得出来,马生成对我颇为了解,估计从小马那里打听了不少。

"知道我为什么替他操心吗,我爸爸四年前得癌症去世了,临走前交代我,弟弟的婚事我一定要负责,算我替他尽责。我握着他的手,说,这事你放心吧。我爸爸就放心走了,他走得很安详,全因我这句话。这事本来是一件自然而然的事,男大当婚,这是老祖宗定下的规矩,可我也不知道为什么,给他介绍的,没有一个能看得上的,问他原因,也说不出个所以然。咱们也不是什么大户人家,就一个普通的国家工作人员,找个差不多的女孩,处一处,合适了就结婚,我也出点钱出点力。虽然说没房子,但是要结婚了就可以跟单位申请,申请一套鸳鸯房也可以的。现在他呢,不但拒绝去相亲,还拒绝我,周末吃饭也不去了,打他传呼也不回了,我就猜不透他心里是怎么想的——你跟他朝夕相处,觉得他有不正常的地方吗?"

"不正常倒是没有。就是听音乐的时候,他有时如痴如醉,浑然忘我,叫他都听不见,倒是挺吓人的。"我如实回答。

"哎,我也觉得他学音乐学坏了,脑子好像在另一个世界。你们有谈到男女这一方面的问题吗?"

"这个话题我倒是颇为热衷,只不过一谈到关键处,他便打住,否则就大呼无耻了——他的三观倒是正得不得了,就是那种特别表面化的正。"

"就是呀,年轻人,思想应该开放一点,肆无忌惮点,哎。"

"也许他觉得相亲这种方式不够浪漫,所以才抵制?"

"原来我也是这样的想法,其实不然,如果等他自由恋爱,我估计等到我父亲从骨灰盒里爬出来都不成。"

就这样倾听了许久,当然也谈不出个所以然。最后马生成感叹道:"哎呀,师江,我弟弟要是有你这么通情达理,可就好了。"

"通情达理倒也未必,我也有倔的时候,不过替我找女朋友这种事,我指定会好好配合。"

"这不就结了——现在是皇帝不急太监急,不然我每年清明都不好意思祭拜父亲呀。"

马生成把绿筒保温杯放在房间里,里面是鸡汤,给马一鸣补身子的。接着便告辞,我把他送下楼,没有别的原因,实在是觉得太亲切,想多聊几句,感受他身上流露的兄长的气息。告别的时候,马生成热情地握着我的手,道:"有空跟马一鸣来家吃饭,尝尝我的一手好菜。楼上那鸡汤,跟马一鸣一块儿喝,我看你也是营养不够。"

"嗯,哥您慢走。"

我回到楼上,倒了半碗鸡汤喝下去,温暖至极,肠胃相当妥帖。接着弹吉他,弹《睡在我上铺的兄弟》《流浪歌手的情人》,接着是朱哲琴的《阿姐鼓》,张楚的《姐姐》,郑钧的《回到拉萨》《天下没有不散的宴席》,边弹边唱,情绪次第释放,有一两处唱到哽咽。楼下屋顶的瓦片上一只野猫步伐轻灵而矫健,悄无声息,边踱步边觊觎着榕树上的麻雀———一看便知是个桀骜不驯颇有野心的家伙。

瓦片上一盆"死不了",也就是瓦莲花,居然吐出红色的小花蕾。这种花太阳愈烈开得愈旺,红彤彤的肆无忌惮,完全靠激情支撑人生,去年我已经观察了一夏天,完全熟稔其习性。如今见它刚刚露出一抹鲜红,倒是我见犹怜。墙头的缝隙里,已经长出一株榕树,虽然只有二十厘米高,但姿态却与大榕树有得一拼。想必是哪一天一只吃下榕树籽的鸟儿,在这里屙了屎,倒是成全了一个小小的生命。那么,我又是哪一只鸟儿屙下的屎呢?至于墙头瓦上的青苔,则已经冒出崭新的黄绿,不言而喻,那是春风的造化。

就这样恍惚良久,目光由近及远,突然就想到西禅寺走走,便把吉他挂到墙上,把歌谱拾掇到抽屉。下了楼,行政处的个子瘦小但特别精神的李大姐正好提着一大包菜回来,叫道:"小李,怎么周末都没出去玩?"好像周末待在院子里是十恶不赦的事儿。我不免带着歉意回道:"实在是想不出有什么可玩的。"李大姐摇了摇头,道:"可怜的年轻人。"我确实不太明白可怜的是什么,无言以对,讪笑着出来,走过门前的菜市场,空气的味儿就变了,凉风中蕴含的一股暖意,可以渗透在内心,似乎有些种子在心中蠢蠢欲动,但不知往哪里生长。走到杨桥路的时候,接到符绝响的传呼。我在路边小卖部用收费电话回过去。

"怎么啦?"我问。

"实在受不了了。"

"什么事?"

"没事。"

"那,你想要干什么?"

"找你。"

"我去西禅寺,你过来吧。"

"那么大,怎么找你?"

"到放生池吧。"

从单位走到西禅寺也就十几分钟。西禅寺原是仙人修道的道场,到了唐代改建佛寺,也是西郊一带最为广阔疏朗之地。步入大门,便因眼前豁亮清净而使心神瞬间一统,松林和荔枝树掩映佛殿斋堂,自有古意。不出意料,荔枝树都开始长出一年的新芽,这层新绿无疑为庄重的场所增添一丝活泼。

空气最是迷人,氤氲中亦有一丝骚乱。我漫步到九曲桥,江南园林格局,塔影翠竹,秀色可餐,自有宜人之处。桥下的放生池里,有成群的锦鲤,若有游人投食,则如乌云翻滚。我来寺中,最喜欢来观鱼,也许是延续从小对鱼的喜爱。鱼总是一刻不停地游动,各种嬉戏,各种兴奋,每次我总是有个疑问:那些鱼真的有那么快乐吗?

不多时,符绝响就到了。他看见我凝神观鱼,不动声色,便问:"想吃鱼?"

"你怎么跟我爸似的。"

"你爸怎么啦?"

"一谈到关于鱼的童年往事,就认为我想吃鱼,简直是猫的逻辑。"

"我怎么会呢,我是幽默而已——怎么会想来寺里?"

"无处可去,弹了一个上午的吉他,种种欲求不满、怀才不遇的情绪涌上来,又随着眼泪倏然排泄而去,人一下子空了,突然就想到寺里走走,似乎没有什么逻辑可言。"

原先在电话里听得符绝响一阵悲凉的口气,不过见了人,他总是神采奕奕,脑门上的细胞也闪闪发光——他就像鱼一样,你所见到的都是生龙活虎的一面。

"没跟薛婷婷在一块儿?"

"她工作比我忙,原先有叫过两次,没空,最近也懒得叫了。"

"傻瓜,你不叫,就让别人给叫走了。"

"那有什么,她有她的生活,我们又不至于亲密到非要每个周末都在一块儿的地步。"

"哎呀,我跟你说,社会上复杂得很,像她那种单纯漂亮的姑娘,绝对有人抢。你不叫我来帮你叫。"

"我真不明白你说什么,她又不是掉在地上的钱包。"

符绝响用一台摩托罗拉掌中宝给薛婷婷打了传呼,片刻手机就响了。符绝响得意扬扬地举了举手机,通了话便往拱桥上走,故意不让我听到。我一点都不在意,把带来的面包摘成一小颗一小颗投进水里,引起鱼儿争相抢夺——像一群不要命的孩子。

通话结束后他走到我身边。

"她来吗?"我问。

"你猜。"

"有什么可猜的——你方才电话里说受不了,到底是怎么回事?"

"哎,本来想跟你诉苦,来了又不想告诉你。"

"为何?"

"这件事是你说过最佩服我的事,说了岂不是在你面前一点优越感全没了。"

"那也未必,我嘴上说最佩服的,心里也许是讽刺,一般来说,我的话都是富有深意的。"我淡淡道。

"哦,为什么要这样高深?"

"我结巴,平时说话又不多,所以必须保证说的话都有味道,拉出的屎都有养分,做一个有思想的人——与凡夫俗子区别开来。"

"听起来有点追求,不过做个有思想的人有什么好处?"

"这也不是由得我选择了,做个富有的人估计是不成,做个有权有势的人也不沾边了,甚至连做个快乐的人都不成,似乎只有做个有思想的人这么一条道了。做人总得有点辨识度吧。"

"辨识度? 我倒是没想过这个问题,或者说,我想有钱了人就有辨识度了。"

"大学时候我幻想过做个一鸣惊人的人,未遂,做个有辨识度的人是退而求其次了,要不然无法向心爱的人交代。"

"说白了,就是零成本包装自己哗众取宠而泡其妞?"

"可以这么理解,但对于真正的爱情来说,这个角度过于粗俗。"

"谈到爱情,我就不得不好奇了,你跟薛婷婷到底发展到什么地步,简而言之,上过床了吧?"

符绝响问得虽然有点忐忑但坚决,显然在他心底埋藏许久了。

"何以如此在意我和婷婷之间的关系?"

"爱情上,我对朋友的关心总是甚于自己。"

"说得这么漂亮,可是一眼就能看出猥琐,我看以后还是不要这么说话为好。为了满足你的好奇心,我就跟你说吧,我跟薛婷婷,什么也没有,更谈不上爱情。"

"真的?"

"这不必骗你,即便我们上床了,告诉你也无妨,还可以交流下经验。可是我们实在是不来电,她一脸懵懂,我看她也只是跟芭比娃娃一样的可爱——你会跟芭比娃娃上床吗?"

符绝响呆了半晌,显然答案出乎他的意料,而且,我的话他得消化片刻。他呼出一口气,似乎像隐藏内心的波动,故作老练道:"你真是不可理喻,但是你这么做是对的,服从内心。"

"也没有什么一定之规吧,说不准哪天就喜欢她了。还是说说你的事吧,整天话头躲躲藏藏的,跟商场中人学的吧。"

我居然对符绝响的事也颇感兴趣,他卖了好几个关子了。

我们站着累了,便踱步到凉亭,坐了下来。一个三四岁的儿童从我们面前蹒跚而过,紧接着是一个年轻的少妇,已经穿上黑色短裙裤袜,相当妖娆地跟在孩子后面。我们把目光从庙宇移到她的背影上,看着她步步远去。

"生过孩子的女人也不错的。"符绝响若有所思道。

我"哧"的一声。

"你有异议?"他问。

"不是也不错,而是最美——生过孩子的女人才叫女人。"

"英雄所见略同。"

"就别往脸上贴金了,佛祖听了恐怕也会笑掉牙的——把你不想告诉我的事告诉我吧,你找我不就是这点事吗。"

"之所以犹豫着没告诉你,是因为你在爱情上一向崇拜我……"

"我可从来没说过这样的话。"

"绝对有,我们刚认识的时候,你就在这件事上一脸羡慕,我记得清清楚楚。"

"即便有,也是反话,我是个话中有话的人,你听不懂——你那种一茬接一茬的所谓爱情,即便我颇为好奇,也不至于到崇拜的地步。"

"你不承认也罢,总之,哎,我现在失恋了,你不会笑话我吧。"

"这是我预料中的事吧——原来你吞吞吐吐就是要这点面子,真有出息。"

他一瞬间陷入沮丧中,似乎刚才还活在另一个世界。他开始倾吐,用一种抒情的口气,就如你看到一个人在朗诵散文诗那样。

"也许你觉得我是个见异思迁的人,但你不知道我是个多纯情的人。我跟她见面的时候,是一个月色朦胧的晚上……"

"她是哪个?"

"你没见过,前面的我就不说,就从她说开始吧。我刚才说到哪儿了?"

"月色朦胧。"

"对,月色朦胧的晚上,我那天在没落贵族酒吧,跟报社的几个人陪一个台湾朋友喝酒,台湾朋友说,如果你们要出国玩,就来台湾吧。隔壁台一个女孩子很严厉地叫了起来,台湾也是中国的。台湾朋友随即回道,大陆叫中华人民共和国,台湾叫中华民国。他刚刚说完,一个酒瓶子就砸了过来,台湾朋友手捂着脑袋,血从指间冒出来了。我瞬间就对那女孩肃然起敬。那天晚上台湾朋友也许喝高了,一反平日的有教养的样子,说话自带倨傲口气,连我都觉得有点看不惯。这一酒瓶子也算为我发泄了。对方是四个女孩,既然打架了,我也不得不冲上去,要不然显得不礼貌。我抓住那女孩的手,防止她再次用酒瓶砸人,并且悄悄告诉她快跑。她根本不想跑,还在纠结台湾与中国的问题。后来保安进来劝住了,我们留了她的电话,送台湾朋友去医院包扎。第二天我打电话跟她见面,商谈赔偿事宜。我请她喝了咖啡,问了她一些七七八八的问题,大致了解她的情况,她的名字叫杨洋。最后她掏出三百元,说只有这些了,更多赔偿等她下个月工资吧。我说行,下次联系时请你看电影。台湾朋友的伤情并无大碍,只有一道伤口,也无脑震荡之类的后遗症,知道了女孩的情况,也不追究,过了几天就回台湾了……"

"请问跟月色朦胧有什么关系?"

"哦,就是感觉那天应该是月色朦胧,具体是不是不重要。重要的是,第二次见面,我请她看电影,并转告她这事就这么了了。她相当遗憾,说,哎,连个脑震荡也没有,我下手太温柔了。我说,你逻辑严谨,爱国也爱得讲究,真是少见的女孩。她说,其实我不爱学习,没什么逻辑,台湾属于中国是我极少数能记住的知识点,其实我打他,完全是在炫耀我还记得一个中学学过的知识点。我说,你这么奇怪的女孩,简直是万里挑一。不过一个月,她就成为我女朋友了。"

"原来你喜欢抡瓶子的女孩?"

"不,我是被她出其不意给征服了,我不知道她身上还有什么令我吃惊的能力,对我而言,这个太有诱惑力了。"

"恕我不能理解,我绝对不会去喜欢让我吓一跳的女生。那么,之后她还有什么令你吃惊的吗?"

"有呀,我们确定关系之后,她的问题就来了。她问我为什么爱她?我当时思路没厘清楚,真的回答不出来。我总不能说,你那一瓶子令我震惊,我就爱上你了,这么说她也不信。我就说,你很勇敢,我爱你。她不信,她说这是野蛮,不是勇敢。我就说你爱国,这一点我喜欢。她又摇头,说那真不算爱国,只不过借机生事而已。我说你要什么理由才是爱?她说你等着吧,我能证明你是不是真的爱我。"

"有招吗?"

"发大招了,她让我闺蜜陈雪冰来勾引我……"

"你说这话我就不同意了,你这叫巧舌如簧,颠倒黑白。"

"你听我说完,我原来不知道这是她指使的,陈雪冰有意地接近我,暗示我她喜欢我,我以为是自己魅力导致,岂能不窃喜……"

"你就这一点最可爱,来者不拒。"

"女人的暗示,是最强的武器。即便是个很丑的女人,此刻也会变得富有韵味,那种眼神,那种有意无意地碰你一下,像病毒侵脑,我相信能抵抗住诱惑的,都不是男人。"

"这一点我算同意,那种能抵抗住诱惑的男人,太可怕了,不知道他心里想要什么。"

"终于有一次我吻她的时候,她说了实情,说这一切都是杨洋的安排。我吓蒙了,一想到杨洋抢酒瓶子的样子,我的脸就白了。陈雪冰见我可怜样,答应我这次不告诉杨洋,我也答应以后再也不对陈雪冰这样。但是,陈雪冰并没有饶得了我,我们三个打牌的时候,她的脚就在桌子底下碰我的脚,有意无意朝我抛一个眼神。我真的好乱,我问她既然都知道是杨洋设的局了,为什么你还诱惑我。陈雪冰说,我已经习惯了这样,不过你做什么我都不会告诉杨洋,我觉得听她的指使很傻。这下问题就来了,我必须在她们两个中选择一个,跟杨洋我实在是不能相处下去了,跟她我就像老鼠跟猫待在一块儿……"

"其实,这种感觉你应该早就想到。"

"是的,这时候我才发现,我追求她,其实是获得一种满足感,就是,我征服了一个我害怕的女生,你能理解吗?"

"不太能理解……小时候我倒是挺怕我爸爸的,他从不抱我,也不怎么跟我说话,我觉得他颇为威严,很有可能随时抽我一顿。他喜欢抽旱烟,我就去捡别人的烟头,把烟丝包成一小包,在他抽烟的时候送给他。爸爸朝我笑了一下,我的心一暖,都快融化了——是不是这种感觉?"

"我是不能理解你的感觉,应该有异曲同工之妙。总之我觉得杨洋每一天都在监视我,一个眼神,一个动作,都带着检验的、怀疑的味道,我失去了爱她的能力。相反,我不可避免地沉溺于和陈雪冰的暧昧中……"

"把移情别恋说得这么婉转缠绵,也算不辱没你的才华。我实在无意听你这干巴巴的爱情游戏,你就说最后怎样了。"

"陈雪冰也离开我了。"

"为什么?"

"她得出跟杨洋一样的结论,说我不可能真正去爱一个人。"

"我觉得她们是对的。"

"不,你也不了解我。她们喜欢以物质来衡量爱,但我更注重的是心灵,难道你不同意我的观点?"

"很难说,对爱情而言,有时候物质就是心灵;有时候你献出心灵,但却不知道自己是个缺心眼的人——简单地说,你现在想要什么?"

"安慰!"

"对你而言,这个最不需要。"

"为何?"

"在你的心里,有一座爱情超市,你的顾客随时会走进来。"

"借你吉言,你这不是安慰我胜似安慰我。"

"你这辈子就当个超市的住户吧。"

"你呢,你心里有一座超市吗?"

"我不做买卖,但我心里有一座神秘的城堡,非比寻常的所在,只是不知何时能够抵达。"

"一无所有的人经常这么安慰自己。"

屁股坐麻了,我建议到殿中转转。符绝响道:"我跟薛婷婷说了在这里等她。"

我猛然间提高声音道:"那你等吧,我正好一个人享受下寺院的宁静。"

"嘿,我可是替你叫她。"

符绝响说着,拉住我。我挣脱他的手,道:"我可没指使你叫她。"

符绝响无奈地跟在我后面,似乎知我有愠色但不明所以,岔开话题道:"何以对寺院如此钟情?"

"钟情倒说不上,只不过到这种空旷宁静所在,脑子里特别通透,之前的事历历在目,家乡的山峦叠景,少年的憧憬时光,与父母亲密的点滴时光,初恋时的心动涟漪,一丝一毫都能回忆起来,而且气韵生动,如呼吸初夏芬芳,如畅饮甘泉蜜液,何乐而不为。非但如此,在这里我似乎还能看得见未来的样子。"

"未来是什么样子?"

"骑着马,背着行囊,仗剑走江湖,在闹市中遇见不平之事,挥剑三言两语搞定,翻身上马继续上路,人群中投来一个少女的倾慕的目光,我仍不肯回头望她一眼,只给她留下一段思念。"

"白日梦?"

"就是个比喻而已,诸如此类的生活。"

我只身顺着林荫石道,步进天王殿,穿廊历庑,来到大雄宝殿。这里佛相庄严,画栋雕梁,尤增金光辉煌。大柱刻有一副楹联:"宝刹镇怡山,溯当年初辟荆榛,七井泉源通斗极;法轮转瀛海,喜此日重装龙象,上方钟磬应迦陵。"署名"三品卿衔候补道淡水林维源敬题"。林维源是清代台湾巨富,居淡水县。我审视良久,似懂非懂,心中惭愧,退出。

又到寄园,荔木葱茏,假山嶙峋,有一石刻:"宋荔",单指这株宋代的老树,先后经历过四次枯荣,主干中心已经枯朽,仅靠外侧剩余不到十厘米厚的残余皮层支撑而顽强地生存着。数年前,为了保证这株宋荔的正常生命代谢,一位名叫品性的法师为它牵引水管,确保其从树根到树端都有充足的供水。在寺内僧人精心照料下,宋荔枯木逢春,重新开花结果了。在宋荔旁呆立许久,想悟出点什么,却什么也悟不到,继而寻思,想得而不得,不想而有所得。

心境平复,走出来,放生池边,只见薛婷婷一个人在那儿袅娜站着,符绝响却不见了,恍如一梦。她穿着职业的女士黑色短西服,显得成熟不少,有几分女人味,细看却又是女人中的女孩,脸上的娇媚却越有滋味。她见我过来,朝我淡淡笑了,并不言语,我们之间很少有客套的话。

"变了。"我说。

"哦,怎么变?"

"像个女人。"

"原来不像女人?"

"原来就是个学生——符绝响呢?"

"他接了一个电话,有急事走了,本来说请我们吃饭的。"

"他的话你可别信。"

"不会吧,他……还不错呀。"

"我并非诋毁他的人品,而是他自己都不信自己的话,习惯了。"

我们聊了几句,便顺着林荫道往外走,她喜欢繁华热闹所在,对此地并无感觉,这是我们不言而自知的。我边走边端详她,有一种刮目相看之感,在郊野风物的映衬下,她的脸颊,以及向衣领深处走去的细腻脖子,都别具韵味,与我上次见时不可同日而语。不知道女大十八变,说的是不是这个意思。她感觉到我在仔细打量,默默地略显羞涩地享受我的眼神,并不言语。倒是偶有路人眼光投射我们,激起我小小的满足感。

"师江。"

我听见一声清脆的叫唤,颇为悦耳,但还是吓了一跳。抬头看去,却是陈丽娜。

"你好。"

她穿着一件浅黄色风衣,里面是黑色的圆领衫,领开得低,把白皙的脖颈以及以下的大片白色肌肤衬托得耀眼极了,与其圆润的面庞互为映照,而高跟鞋把她一米六五的身材衬托得高挑极了。总之,一个极其炫目的女人,气质出挑,原先我牢记的她的世故,瞬间也烟消云散。我想难道这是在寺庙的缘故?当然,她在单位里穿着可比现在要庄重得多。

"和女朋友过来散步?"她带着一种神秘的笑意问道,不知道笑什么。

我习惯性地点了点头,又摇了摇头,后来意识到不管点头还是摇头,抑或以我的口才来解说,都不能说清楚我与薛婷婷的关系,索性就不纠结了,问道:"你到寺里……"

"我来这儿学古琴。"她与我们擦肩而过,笑吟吟地,"你们玩儿吧。"

我心中一暖。

自从上次我跟陈丽娜翻脸之后,我们一直处于冷战状态。即便工作上不可避免的交流,也是冷言冷语,或者面无表情,就事论事。我们之间,谁也不肯先屈服,我先屈服就意味着我对权力的屈服,而她先屈服就意味着她权威的丧失,乃至认可我的指责。此时,一次偶然的邂逅,一次猝不及防的问候,像一圈暖暖的涟漪,把冰面荡漾开了。

我和薛婷婷不约而同地回头看了一眼,她的背面是一种飒爽的英气。

"是谁?"薛婷婷问道。

"我们主编。"

"你肯定喜欢她。"薛婷婷调皮而狡黠地笑了。

我拍了拍她的头,她的黑发滑得像在子宫里打滚:"嘿,她可是我领导。"

"你一直盯着她的胸看呢。"薛婷婷笑起来。

"这倒有可能。"我只好承认——陈丽娜的圆领衫颇有弹性,两只柔软的乳房呼之欲出,是我从未见过的鲜活气质,"这说明我具有很高的审美,一下子就能抓住一个事物最美的部分,这种能力可是冰冻三尺非一日之寒。"

"可不是好色吗?"

"也可以这么说,但不要认为是贬义,男人没有这种能力便不能称之为男人。"

"你从来没看过我的胸?"在我的扬扬得意中,薛婷婷突然忧伤地说。

"你的脸最好看。"

"胸呢?"

"不知道,没有仔细研究过,但总而言之,你不是平胸,也许正在成长的路上。"

薛婷婷就这样有点闷闷不乐起来。我从来只见她开心过,没有见过她烦恼,这下子可真是觉得长大不少。又没到吃饭时间,我们一路默默走回我的宿舍,也真是累了,两个人斜靠在枕上,直接瘫倒。薛婷婷问道:"小马呢?"

"出门了，一时回不来，你休息吧。"

我们就这样，并排斜躺着，直接打盹进梦乡。不久我被自己咳嗽咳醒了，觉得有点凉，便拖了被子盖在我们俩身上。她均匀地呼吸着，极像一只睡着的猫。

再一次醒来，我们几乎同时，窗外已经有点昏暗，楼宇与远山都显墨色。这一小觉睡得极为舒服，我的脑子如太空透彻，星宇澄明，呼吸着从被窝里散发的带着香味的气息，觉得有一个女生睡在身边确实非同凡响。

"怎么还一脸不高兴？"

"没有哟，我就是这样。"她惺忪地回道，嘴里呼出热气。

"不，你总是开心的样子，你不开心我就觉得不习惯——是不是还在纠结胸的问题？"

"去你的。"她害羞道，"你说我会长到她那么大？"

"她"指的是陈丽娜。我不知道没心没肺的薛婷婷何以真的纠结这种没有答案的问题，不过我觉得解决她的问题就是我的责任。

"我不能确定，但我觉得你还在发育中。"我思索片刻道，"要不然我帮你看看？"

"才不呢。"她条件反射地拒绝道。

我们在弱弱的光线中听着彼此的呼吸，房间里的每一样东西，桌子、牙杯、挂在铁丝上的毛巾，都有了一层静谧的神秘，好像它们也在呼吸，在倾听我们的呼吸，并与我们一同经历这日暮时光。

"你还是看看吧。"她认真地说。

我帮助她费力地在衣服里脱去胸罩，把内衣掀起来，两个嫩嫩的小乳房露了出来。光线虽弱，但足以看清全貌，乳房不大不小，也不太圆，两个浅褐色的小乳头更可怜，几乎感觉不到凸起。我不忍再看，把她衣服拉了下来。

"可以确定，是在成长，就像你一样。"我语气坚定道。

"可我已经快二十岁了。"她语气带着懵懂的惊慌，抖抖索索地穿上胸罩。

"跟年龄没关系,有些东西是一夜长成的。"我以自己为例,"有一天我突然发现我下面已经长了很多毛,完全是一个成熟的男人,可是我感觉自己无法担当一个男人的责任,我都慌了,几个月过去了,我才适应身体的急剧变化。"

我滔滔不绝做各种解释,希望婷婷能够释怀,但始终无法解开她的心结。她怀疑自己永远无法企及陈丽娜的风韵。从中亦可以看出,她对胸的忧虑似乎由来已久。

"真没想到你这么执拗。"我叹气道。

她看着我的眼睛,突然诡秘地笑了一下,道:"哈,你还是中文系的呢。"

"怎么啦?"

"应该是读作执拗(ào)吧。"

"那是多音字,这时候应该念作(niù)。"

"真的吗?我不信!"

"那打赌吧。"

"好呀,这回我可要赢你一次,赌什么呢?"

"赌钱呢,也太庸俗了,我一时也想不起,那就赌替对方做一件事吧。"

我起身来找字典,但是找遍房间也找不到一本,平时可是感觉字典到处都有的,这真是一件奇怪的事。

"你们两个大学生连一本字典都没有,我也不觉得我比你们没文化了。"薛婷婷在床上咯咯地笑起来,这事儿终于让她有点开心了。

"如果我输了能让你开心点,我宁可输掉。"

我跑出门,走廊的第一、二间是一家文化公司,兼老牛的住所。我向老牛借字典,老牛翻了翻书架,说肯定是被谁拿走了。我茫然失措,极为沮丧,从来没有因为找不到一本书而这样沮丧过。

我正要下楼去,招待所服务员小于把我叫住了,她掏出一本字典递给我,道:"用了可要还我。"

我哆嗦着手翻开字典。许久没有查字典了,一时不知如何查起。循着拼音,终于找到了。在字典面前,薛婷婷终于认输了。她委屈道:"你不是说愿意输给我吗?"

"如果你认为我输了,也未尝不可,不过下次你可要认得正确读法。"

"好吧,你说你要我做什么事——我可不是不讲信用的人。"

"暂时想不出来,我得把这权利留着。"

"过期可就失效了。"

薛婷婷笑了起来,嘴角上扬,露出生动而拙笨的似是而非的小酒窝。也许那不是酒窝,只是我的一个误觉,但可爱之处深入我心。她的头发蓬松,稍微凌乱,自有一种不曾有的味道。发间与唇间散发体热,床笫气息如浮尘弥漫。

"好吧,你把手借我一下。"我说。

"干什么?"

"你闭上眼睛,把手伸过来。"

她伸出手来,我摩挲着,将它引导在我勃起的小弟弟上。她如触电一般缩回去,眼睛闭得更紧了,嗫嚅道:"不要。"

我并不勉强,道:"是你自己说守信用的。"

她腮上红扑扑的,一方面是刚睡醒,另一方面是颇为紧张,我们沉默片刻,空气中只剩下呼吸,她犹疑而好奇道:"要怎么做?"

"那倒不复杂,就是白痴也能做到。"

她再次闭上眼睛,伸出手来,我再次引导,上下其手,很快她便洞悉究竟。我看到这一幕,没有感到预想中的刺激,相反,由于各种情绪同时涌来,脑子先是一阵空白,渐渐浮现出一种悲哀,宛如青春墓地散发的雾霭,既看不清过去,亦看不清未来,而过去未来又缠绕其中,不可知,不可解。如此这般,我能感觉到自己表情极其难看,估计可用狰狞形容。尽管如此,快感还是有,比自己来要强。当一种自暴自弃、世界之大与我何干的决绝来临之际,我到达顶点。

灵魂从天灵盖中飞了出去,死了算了。

似乎觉察到异样,我把自己从虚脱状态拉回来,发现薛婷婷正在发抖,眼泪从眼皮缝隙间一颗一颗涌出来,纯粹是一只受惊的小鹿。我搂住她的肩膀,让她靠在我薄薄的胸前,只想给她一点点安全感。

"是不是觉得我很无耻,你无法接受?"我轻轻问。

她疑惑地看我一眼,摇了摇头,残存的泪水继续流出来,真是可爱极了。如果有哪一个姑娘不够可爱,想个办法让她流泪,保管可爱个够。

"是不是觉得丧失了自尊,或者道德感受到摧残之类?"

她还是茫然地摇头,似乎对我讲的这些词儿感到莫名其妙。

"究竟为什么哭?"

"害怕。"

"害怕什么?"

"我看见你流血了,而且血是白色的,我吓了一跳。"

"天哪,你真是吓我一跳。"

我用指尖轻抚她的发梢,细微的触觉使其平静,我突然发觉自己在安抚情绪上如此有天赋,以前浑然不自知。片刻,薛婷婷脸上只剩下泪痕,她脸上化了淡妆,泪痕颇为斑驳,像别具一格的书法,天真而古朴,给我很深的印象。

"想不到泪痕也别有韵味。"我说。

"什么东西在你眼里都是美的——你是不是说习惯了。"她虽然享受我的赞美,还是颇有疑问。

"像我这么刻薄的人,每一句赞美必定货真价实,这一点你毋庸置疑。"我说,"而且我要告诉你,穿上职业装之后,你有女人味了。"

"我们工作需要。"

"符绝响说,你这样的女孩子很容易招蜂引蝶。"

薛婷婷听了,愣了片刻,不置可否,若有所思。

"是吗?"我问。

"有一个客户,总让我去泡温泉谈业务,我有点怕,你觉得是什么意思?"

"意思很明显。"

"什么意思?"

"就是那个意思。"

"我该怎么办?"

"这个,恐怕要看你自己意愿吧。"

"我很想谈成,但是又怕去,真不知道如何是好。"说起业务,薛婷婷倒显得成熟一些,完全不像谈感情一般茫然。

这是我认识薛婷婷以来,第一次看到她陷入矛盾,之前她总是无忧无虑的。

这真让我心痛。

我起身,在堆满杂物的抽屉里翻了许久,终于找到一把银色的不锈钢小刀,递给薛婷婷。她疑惑地看着,不明其意。

"放在你的包里,如果有人对你干你不愿意的事,你就取出来。"

我给她示范了插刺的动作。此时天光幽暗,动作颇为诡异。

"你也是用它来自卫?"

"不,我用它来自杀过。"

"真的?"

"这把刀我倒是忘了出处,记得是在上大学之前买的,初衷是在火车上削水果吃。但是在我第一次失恋的时候,我用它来割过手腕,在大学宿舍的床上,你看,还有疤痕。"

我把浅浅的疤痕给婷婷看。

"你真的想过死?"

"客观地说,并非想死,理智告诉我不能死,因为我不仅仅属于我自己。我当时仅想用肉体的痛去忘记内心的痛。"

"我可想不到你是这样的人。"

"为什么?"

"你总是……好像什么事都不放在心上的样子,有点玩世不恭。"

"确实如此,从某种程度上说,人的言行只不过是内心的掩饰而已。"

薛婷婷把刀握在手上试了试。

"可是我不敢用它捅人。"

"如果你确实不愿意被侵犯,你就敢了。为不愿意的事做出的反抗,都是无罪的。"

薛婷婷把刀收到小皮包里。

"我也不能确定愿意不愿意,如果愿意呢?"

"那我就无话可说,就当我没给你刀子。"

"能不能说愿意就是爱情?"

"我倒更愿意理解为自由。有些事即便它违反常理,但我愿意干,而有人阻止,这便是自由与不自由的关系,这把小刀是给你争取自由的,并非给你争取爱情。"

薛婷婷似懂非懂。

"我说得绕了一点,总之,你就把小刀当作我,当你需要我的时候,就把小刀亮出来。"

"我还有一个问题。"薛婷婷道。

"说吧。"

"是不是你们男人都喜欢这样。"她用手上下动了一下。

一股悲哀突然涌上我的脑海,当然,还夹着一丝羞愧与绝望,总之,这是潜伏已久的情绪,被薛婷婷这句话触动了开关,我鼻子一酸,在闭上眼睛的瞬间,发觉自己的眼泪就下来了。可以肯定,这是陈旧的眼泪,就如埋藏了好些年的陈酒。

"你怎么啦?"

"如果你觉得这事儿不舒服,你一定要扇我一巴掌,求求你——我以后指定不会让你勉为其难了。"

"谈不上不舒服,也谈不上舒服,我只是好奇。有一天夜里,我经过铜盘的一条巷子里,有个正在巷子里解小便的人突然转过身来,也这样忙活着,与你如出一辙。"

"哎,这可怜的变态狂,让你受惊了吗?"

"没有,我从不怕这些,只是不明所以。"

"这是没有女朋友或者女人的男人的权宜之计,虽然上不了台面,但也必须面对。你必须把多余的精力排出来,否则留在体内就是一只困兽,每天不停地嘶吼嚎叫,撒泼打滚,对它没有办法,只能放出来。"

"放出来就好了吗?"

"不,跟你说那只是权宜之计,放出来一只,里面又冒出一只,而且更凶了。造物主就喜欢造这种东西来折磨人,也是够顽皮的。"

"你不是说你有女朋友吗?"

"远在天边。虽说这样的恋爱带来甜蜜,却也平添一份躁动。"

"说说她?"

"我倒是愿意,只不过我更愿意跟你说说另一段故事,关于初恋的。那是高三的时候吧,我跟我初恋的女朋友在一个小小的阁楼里,也是这么幽暗的光线,也是这样倾心聊天。我说起另一个女同学,说我如何喜欢过她,她也对我颇有好感,但最终没有成,讲得细致入微。我初恋女朋友似乎饶有兴致地听完,刮了一下我的鼻子,说,傻瓜,以后不管跟谁好,别在一个女生面前谈另一个女生。

129

我颇为羞愧,我初恋女朋友给我留下的印象是十分有教养,至今她的优雅历历在目——所以,我不能当着你讲别的女人。"

"我又不是你女朋友。"薛婷婷这样说着,脸上有点僵硬。

"很难说清,我确信你没有成熟却又放在心上——反正我总是干不明所以的事。"

天色完全暗去,走廊上偶尔响起剧烈的脚步,甚至有个人还敲了敲门,我们没有言声。如果在黑暗中继续聊着,再睡去,做一个能胡思乱想的梦,必定是一件妙事。

"饿了吗?"我问。

"饿了。"

"下去吃饭吧。"

"好呀。"她雀跃道,好像有几百年没吃过饭了,又好像一个孩子要得到渴望已久的玩具。

"你的开心总能给我带来同样的开心。"我说,"我这个月工资还没花,今天你可以尽情地吃。"

"吃完了怎么办?"

"总不至于饿死。再说了,同样一个月工资,能够吃到一两次满足总比日日平常要好。"

我指挥她把略显蓬乱的头发拾掇齐整,高高兴兴地下楼去,有如回到童年。

晚上回来时,小马已经回到宿舍,他是到警校的大学同学那里度周末的。我告知他哥哥来过,并且带来了鸡肉汤。

他打开保温瓶闻了一下,突然捂住鼻子,转头对我说:"你把它吃了吧。"

我惊诧起来:"发臭了?"

"没有?"

"为什么捂住鼻子?"

"我闻到我哥哥的味道。"他离开保温瓶,呼吸了一口气,"我是说,我闻到我哥哥的手艺。"

可惜我吃得很饱,鸡肉是一口也吃不下去。

"你别怪我多事,我有个和你哥哥一样的问题。"我谨慎道,"为何你对相亲这么反感,甚至牵连到你哥哥呢?"

小马没有马上回答,他大口大口地抽了好一会儿烟,我真怕他突然发作。

"其实,说来话长。"他把烟屁股掐掉头后,懒洋洋道,"还是不说了吧。"

8.

偶尔去福州大学走走,实在是漫无目的,东边有个荷塘,荷花早就萎了,残条横七竖八散落浅浅水中,甚至没在淤泥之下,亦有晒干的莲蓬,还让人想起盛夏勃勃昂然的样子,实在是唏嘘。在池边,能呆呆地看上一两小时,午后的阳光从西南照来,是仅有的薄薄的暖意。荷塘的淤泥散发不易觉察的悠悠的臭味,细细闻之,也可以是淡淡的陈墨的香味。总之,是香是臭取决于你的想象。

靠想象生活的人随时可以颠倒世界。

转到北大门,路边草坪上几棵枫树,烧得如火如荼,又给人另一番气象。来来往往的学生,抑或在草地上看书的女孩子们,又充满勃勃生机。我喜欢残荷的绝望之美,亦喜欢这蓬勃的热烈,两者内心交替,只把人烧得形销骨立。

躺在草地上,神游天外,偶然回过身来,见一个过路的女生,其背影与左堤神似,就在心里骗自己,痴痴地尾随其后,脑子里浮想联翩。直至女生转头,这才吓了一跳。

思念的岁月是一只无家可归的狗。

我的最爱:

爱情如此甜蜜,让我心融化,但又如此煎熬,让我心成灰。上帝真他妈是一个玩平衡术的家伙。

试想从前,阻隔在我们之间的,是心的隔阂,是人,如今我们之间不再有这些,只有一层薄薄的空气。哎,这绵延数千里的空气,使我不能触摸到你,不能闻到你的气息。每天我只能靠想象力,才能隐约嗅到你的一丝丝体香,为此我想破了头。

就是这数千里的距离,相思而不见,蠢蠢欲动却无计可施,令我感到自己的渺小。

如此光景,不知何日是个尽头,想想就令人恐慌。虽然我知道未来一定会属于我们。

思来想去,昨日在福州大学散步时,突然想到,你我都去考研,都报我们自己的学校,这未尝不是一个重聚的最好办法。

想到这里我就很兴奋,这是一个长远之策。

虽然我有学历鄙视症,十分担心这种僵硬的学问积累太多而导致脑管硬化,但是为了重聚冒此风险还是值得。

当然,我这种念头并非刻意反智,真正的学问我还是崇尚。只不过学院没有与时俱进,几十年如一日的刻板理论实在是如污垢一般。当文学没有用审美的角度来评判,只以旧时留下的阶级理论来阐释政治意图,学进去的,将来必定要吐出来。当然,为了爱情,我愿意做这种无用功。

对一个连普通话都说不清楚的人,语言学方面的专业我肯定是不行的,见了就头疼。文学方面大致可行,不过古典文学被说烂了,现当代和比较文学比较靠谱一点,对了,现代文学也差不多被人吃烂了,对鲁郭茅巴老曹丁周艾赵的评价都大同小异,你也不能反其道而行之,倘若是你说鲁迅的不好,恐怕导师也是手足无措的,就把现代文学也省了。因此,最后剩下当代文学和比较文学。当代文学作家还没有定性,完全可以拿来抽筋剥皮重新审视,有文章可做,其中大多被过高评价,如果我们否定或者压低一些,导师也不会有政治立场上的风险;比较文学方面,不论是中西比较,还是中日比较,我觉得都蛮有意思,比一比,才有高低,又能暴露荒诞可笑之处,倒是一展身手的领域。我建议我们都报这两个方向。

这是万全之策,请你尽快回复。得到你的回复,我将尽快着手准备。

思念如焚,浑身肿胀。用尽所有的刻骨铭心的词儿,也无法表达对你的爱恋;用尽所有的淫荡词儿,也无法表达对你的渴望。

总之,我用生命在煎熬,在期待……

在渴望你赐予的甘霖。

从凤凰池骑车,沿着二环路朝北走。穿过一个隧道时,明暗交替令人恍如隔世。小潘的武警总队所在地在北海公园对面,门卫森严,报了名字,半天小潘才下来,接我上去。

小潘已经叫了我几次了,他很想让我见识部队的生活。大院确实整洁明亮,井井有条,每一处草木的修剪都是有规律的。这让我见识到另一种生活气息。

"怎么样?"小潘带我在院子里走了半圈,问道。他有一张成熟的娃娃脸,天庭饱满,五官端正,透着勃勃英气,说话理性直爽,似乎天生就该当军人的。

"跟我们单位完全两样,朝气蓬勃的。"我说。

"当初让你来,可你看不上。"小潘爽直道。

找工作时,我被电视台辞退后,老潘建议我来武警部队。我心生疑窦,不论是身高,还是视力,乃至整个身体素质,我都难以达到一个士官的标准。老潘当时撇撇嘴,说身高视力都不成问题,找人通融通融即可,他是很希望我成为他麾下的一名士官。但我还是不敢。

在我潜意识中,我这样的人会损害军队形象的。

"你们严谨的生活,我恐怕吃不消。"我说,"光早起出操这事,就够要我的命。"

"其实,习惯了就好,习惯了叫你睡懒觉你都睡不成。"

"关键点是,你们的生活太阳光,而我是喜阴植物。"

小潘愣了半天,没听懂,对于他不能理解的事,便理解为是文人的深奥,不再纠缠,带我去他办公室。

小潘在作战部,大概是研究现代战争战略战术的,跟我讲了许多战争要领,我没有几句听得进去。不过他办公室的电脑却引起了我的兴趣,小潘教我拨号上网,浏览军事网站。对我来说,这真是新鲜的玩意儿。

"你每天都倒腾这玩意儿。"我看见小潘得心应手,还是相当羡慕他的办公环境。

"不能说倒腾。"小潘严肃道,"电子作战是未来战争方向,电脑运用是我们必备的技能。不仅我们,你们将来一定也要电脑办公的。"

"我们?有必要吗?"

"怎么没必要,投稿可以用邮件,还可以在电脑上处理稿件。"

"不管怎样,暂时是不用的,不过能上网倒是件好事。"

对于能在网上浏览世界各地,我倒是第一次经历。

"电脑是好东西,但也要警惕。我手下的一名战士,趁着办公室没人,用电脑浏览色情网站,现在正接受禁闭。"

"可以浏览色情网站?"

"当然,泥沙俱下,你想去哪里都可以。"

"你试试我看。"

"那可不行,纪律不允许,我们会对这名战士做严厉处分——总之我不想让这种人待在我手下。"小潘说话有棱有角,迥乎平常。

我设身处地,心中倒是替这个战士鸣不平,道:"我倒不觉得是不可饶恕的罪行,倘若是我,我也会这样的。"

小潘惊奇地盯着我,问道:"你也会去看色情网站?"

"那可不是,人之常情。"

小潘盯了我一会儿,坚决道:"不,以我对你的了解,你绝对不是这种人。"

"你太不了解我了。"我一下子觉得与小潘是两个世界的人,"我有一个问题,难道你对所谓的色情真的一点儿也不感兴趣?"

"当然,这是原则问题,否则我怎么能当一个军人?"

"撇开军人的身份呢?"

"那也不会,'色情'两个字从我嘴里出来,我都会觉得难受,所以,我们不要再谈这个话题了。"

"哎,恐怕我们也做不成朋友了。"我感叹道。

"有那么严重么?"

"想必是吧,你既然容忍不下一个这样的战士,也必然不能容忍一个这样的朋友。而且,你知道吗,色情于我甜如蜜。"

这个问题让小潘陷入焦灼的状态,良久,他用和老潘一样坚决的口气道:"你可以自我完善,提高修养,做一个高尚点的文人。"

"我觉得我这样已经够高尚了,真情实感,虽然有时流露不合时宜的猥琐,但没有虚伪。至于这样的标准,也是长期对人性和文化审慎批判、反省中权衡出来的,非一时之兴。总之,要做到你那般铜像般的高尚,恐怕很难。"

我们再无话可说,彼此沉默,也是欲言又止的安静,中间自有尴尬的余味。我与小潘交往算是没有间隙,在生活层面上热忱有余,是无话不谈的朋友。如今一交心,便露出坎坷,也算始料未及。

以我一贯为人处世的狭隘,我当即告辞,话不投机的处境是我

135

难以忍受的。小潘很想挽留，但他也不知道说什么，眼巴巴地目送我去了。

我骑车在街上漫无目的走着，突然间哑然失笑，我也不知道自己为何要反应这般激烈，似乎色情是自由女神的火炬，值得用生命去维护。这样胡思乱想着，心里空空的，猛然抬头，发现自己不知道从哪里出了二环路，正骑行在一个无比陌生的地方，既不知前方是何处，也不知方向对不对。本打算停下来问路，又想着这种感觉宛如进入迷宫，难得奇幻之感，不如坦然享受。

机动车路不大，两边有小吃店、小卖部和五金店，两边的建筑，有的是旧的楼房，有的是自建的平房，似曾相识。楼上住户的阳台上，飘着各色的衣服，有小孩衣服的则分外可爱。路边有菜农蹲在地上抽烟，筐子里有他自己种的青菜，无人理会，他似乎也不在意，只是很享受卖菜的时光。这里的生活介于城市与乡村之间，自成一体，我被吸引住了，把自行车靠在一棵歪脖子树旁，走进路边的小卖部。小卖部的小货架上装满油盐酱醋烟酒方便面等各种货品，摇摇欲坠，又像结满果实的荔枝树，觉得不买便是一种罪过。

"来包烟。"我说。

"什么烟？"老板是个中年瘦子，一说话便露出烤焦的黑牙。

"卖得最多的是什么烟？"

"都卖很多。"老板不解风情，且怡然自得。

"那就算了。"我说。

在我转头的瞬间，老板扔出一包红梅，道："这个烟不错。"

我接过，要了个打火机，抖抖索索地打开，故作熟练深深地吸了第一口，被呛得泪眼汪汪。老板见我咳嗽不止，搬出一把小竹凳让我坐下，道："慢慢咳，不着急。"

我不记得以前有没有抽过烟，但这肯定是我第一次主动买烟。许久，我的咳嗽、眼泪与鼻涕才收住，用一张卫生纸把脸上收拾干净，想想要像模像样地抽烟、装得像个老油子一样真不是一件容易的事。

"去哪儿?"老板关心地问。

"随便逛逛。"我说,"其实是迷路了。"

"迷路挺好的。"老板安慰道,他深陷的眼窝里有一种诡异的光芒。

"好什么?"

"哦……就是我从来没迷路过,觉得迷路蛮不错的。"老板辩解道。

"我也这么认为。"

"一直朝前走,你一定能找到路的。"老板指着前方,不动声色道,那也正是我要继续走的方向。

这时一辆救护车从我来的方向疾驰而来,鸣着喇叭往前飞驰。我扔掉烟头,骑车迅速追去,我要看看前面发生了什么,也许我还能帮上点忙。如此骑行不到十分钟,救护车就已经把我远远甩掉,但我还是拼命地往前。此时,周边已经是郊区,没什么人烟,偶尔有一两间屋子,是看守池塘或者果园的简易棚屋。风景倒是不错,池塘、树林、荒凉的山坡,我一贯喜欢的元素,一一出现。我身上冒汗,但被骑行的风掠过,脑门和脖子又凉飕飕的,这种感觉可以说是矛盾,也可以说是很爽,总体而言,我是比较享受的,有一种受虐的快感,在轻浮且空虚的世界里分外珍惜。

路边出现了一片稀疏的小树林,大约全是樟树。樟树本来是一棵棵团团覆盖的,但由于栽种得密集,竟然一棵棵光溜溜地朝天生长去,比别处的挺拔不少。我下车在樟树林中仰望许久,不胜唏嘘。东头有一棵硕大的榕树,根部平坦,旁边又有一座小庙,能闻到香味。我在树根找了一处躺下,刚刚合适,也许是很多人躺过的地方。仰望树上,天旋地转,确实另一番景象,小鸟也在俯视我,偶尔有树果之类落在身边,我不甚理会,昏昏睡去。醒来的时候,有四个小伙子在树根另一侧打牌。我凑过去看了一会儿,给他们每人发了一支烟,看着牌局直到日暮。

"都是老生常谈,能不能说点有新意的。"陈丽娜有点着急,但还是摁住自己的脾气,她知道跟我们发脾气,未必有预料的效果。

每期杂志出来后,陈丽娜总是召开一个评刊会,一呢,以示她的新政,二呢,确实想在原来的基础上更上一层楼。无奈落花有意流水无情,我们小小的变革,犹如石子儿落在水面上,能激起小水花,对销量的大格局,却不见起色。对此,我们找不到问题的根源,更找不到改变的方法。每次评刊会,只能说些相同的原因。比方说时代使然,文学式微,归根结底为大势所趋。或者读者越来越追求影像视觉,对文字的需求越来越少,诸如此类,试图证明即便想破脑袋,也无济于事。但陈丽娜是不甘心的,她必须做出高于淡墨的成绩,才能匹配各界的期望,在我看来,这是勉为其难的。

我和老余认为形势比人强,陈丽娜不这么想,她认为一定有方法可以让销量上扬,就如她能争取到主编这个位置一样。但我以为这恰恰是两码事。因而我对这种议题是持反感态度的。

"倒是有一个长远之计。"我说,"但是这种有远见的建议,领导一般不会采纳,不说也罢。"

陈丽娜睁开大眼,她的眼里有急切的欲望,又十分单纯,就像一个孩子听说有糖果一样的单纯,丝毫不怀疑我有调侃的成分,道:"说嘛,只要是有道理,我都可以支持。"

"其实局部的改革,包括稿件的精良、栏目的小手术,对整个文学环境的退化来说,是杯水车薪,我们的对手是整个时代,不是一群读者……"

陈丽娜打断我的侃侃而谈,道:"说重点。"

"买电脑。"

陈丽娜愣了一下,明显想不通,但并没有否定我的意思,问道:"从何谈起?"

"我们即将进入网络时代,办公室必须配备电脑。"

"跟杂志销量有什么关系?"

"我只是一种直觉,远见都是靠直觉的。至于如何跟杂志结合,我觉得买回来才知道——我还不知道上网是怎么回事。"

陈丽娜既不能做出判断,又不能否定,转而问老余。老余家里有台386电脑,发明了边角码输入法,自己也是用电脑写作,对电脑颇为精通,但对于办公室是否配备,他不置可否,就如他从来不参与任何决策一样,沉吟道:"这个问题,从长远来看,有一定道理;但是目前杂志社的处境,有没有必要,还要看领导的意见。总而言之,这是值得商榷的问题,可以听取各方面的意见……"

陈丽娜再次把脸转向我,问道:"你的意见是真心的吗?"

我不悦道:"你不要那么严肃,好像我出个建议就要负多大责任似的。如果你觉得没道理,就当我没说。不过呢,像评刊会这种东西很无聊,就像古代的人谈论怎么上月球一样,也是徒费精力的。"

陈丽娜不置可否,权且让评刊会散了。她也惊觉自己的态度过于严肃,便语气转向婉约,跟我聊了几句家常,大概是关心我生活的细节,这让我颇为暖心。自冷战之后,我们在西禅寺邂逅,倒是一解冰冻,如今再来交谈,自有冰释前嫌的亲近,觉得她的声音也甜腻了许多。

端午节,来了一位宁德的书法家松涛,五十来岁,留着一副十来公分的美髯,收拾得油滑精致,颇有古风。松涛是陈丽娜的旧交,中午便一起吃饭。我也作陪,一是乡党,不妨结识一下,其次与陈丽娜之间嫌隙似乎消融。席间,松涛兴致勃勃地询问陈丽娜的现状。

"耀州调动的事情有几成了?"松涛关切问道。

耀州是陈丽娜的老公,在宁德的土地局工作,已是一名部门领导。在陈丽娜来福州之后,这个问题就成为所有朋友询问的问题。我猜对此问题的关注度,一方面是来源于友人的偷窥欲。

"应该差不多了。"陈丽娜道。

"那简直是完美生活,你们俩的似锦前程着实让人艳羡。"

"怎么着我们都得为生活卖命,倒是你们书法家的生活比我们轻松得多。"

"我们是小儿科,走江湖,你们是真正有前程事业的。那个文化厅的丁厅长有联系吗,他也是我们老乡。"

"听说过,还不曾拜访。"

"我有过一面之交,也有他的名片,倒是可以为你引荐。"

"谢谢了。"

诸如此类,松涛聊得兴致勃勃,不外乎家长里短乃至乡党朋交,语气中不乏恭维,乃至钦羡。对这些话题我是无感,有一搭没一搭地听着,大致也明白了陈丽娜的生活是极其美满的,亦大致了解了在社会上如何交织人际,营造前程之类。

饭毕,松涛因喝了点红酒,满脸红光道别,再赴别处拜访之约。松涛走后,我们俩不约而同在路边打了一个哈欠,不由相视一笑。松涛太能说,我们都听累了。

"走走吧,消化消化。"陈丽娜说。

我们走进一旁的屏山公园。初夏已经来临,身着裙子短衣的姑娘使得节气焕然一新,裸露的皮肤与葱茏的草木相映成趣,似乎那裸露的皮肤与新生的枝叶是同时长出来的。走到太阳底下,有耀眼的热,走到雪松底下,又有点凉,春夏之交的天气就是这般坐立不安。陈丽娜穿着一件白底红色碎花的连衣裙,显小许多。我觉得她的每一件衣服都是精心挑选的,以便有不同的效果。在生活中我比较少见到如此爱自己的人。

"瞧你,看女孩把眼睛都看花了吧。"陈丽娜笑道。

我们沿着石道往公园深处走动,我的双眼是往四处逡巡。

"只是我不好意思看你而已。"我说。

"为什么?"

"太近的事物过于刺目。"

"对于我这般普通人,不用太多禅机。"

"那倒也是。"我说,"只不过你今天特显年轻,有点像个活泼的小姑娘。"

陈丽娜流露出每个女人受到赞美都会有的羞涩与满足,喜悦道:"是吗,我还真不觉得。"

"非但如此,而且你的裙子太透,令我不敢直视。从世俗的意义来说,我的行为过于猥琐。"

"从非世俗角度而言呢?"

"你魅力非凡,亦让我不敢直视。"

"得了吧。"陈丽娜笑道,"我可见过你跟女朋友相处的样子,可不像你说的这般拘谨。"

陈丽娜突然流露出一股调皮劲儿,令我始料不及,我以为这个女人已经完全失去了她的少女时代。

"你还真看走眼了,生活的真相往往不是你所见过的。"我反驳道。

在一棵悬铃木下,有一把木椅子,几束小小的光线透过枝叶照射其上,最是惬意不过。陈丽娜和我不约而同坐下,我们之间隔着一人的距离。

"她不是你女朋友?"

我点了点头:"恰恰不是,就如你现在坐在我身边,我们之间没有半点瓜葛。"

"这么说来,我倒是信了,只不过我一直觉得你是有女朋友的。"她打开包,取出化妆镜,想在此处补妆。也没什么可补的,就是把午间褪去的口红补上,适当的唇色会让她整张脸生动起来。显然,这一点她自己比我更有心得。

"说对了,我是在恋爱——你的直觉还没有退化。"我说。

"说说嘛,我倒是好奇。"她十分放松,眼睛看着自己镜子里的嘴唇,手在做很精细的活儿。看她把整个公园当成自己化妆间的范儿,你会觉得女人是一种足够爱美的动物,无比可爱。

"我们是大学同学,她远在千里,这是一场苦恋,苦不堪言。"我简短陈词,不知何时语气变得低沉。

气氛急转直下,我们都沉默了。风吹过悬铃木,叶子沙啦啦响,带动着光线一晃一晃的,一只鸟儿把一粒白色的屎拉在我们之间。

"爱她吗?"

"那是自然。"

"有多爱?"

"可以抛弃世界。"

"这不过是少年说愁而已,不过足见真心。"她故作漫不经心,其实我看得出她在专注于这个话题。

"你是身在福中,自然不知道苦恋的滋味。"我说,"方才听松涛与你的对话,我便知你的婚恋极其完美,虽然暂时两地分居,毕竟即将重聚,各种其乐融融。不过我并不艳羡,相反,只觉得这种幸福过于庸常了。"

我很惊诧于这样的话出自我口,我要么是妒忌,要么是对陈丽娜一副自得的愤懑——对现实生活怡然自得的人,我总是条件反射地反击报复。

陈丽娜若有所思。我突然想到自己对陈丽娜过于刻薄了,她对我的容忍是够多了。

"对不起。"我说。

"哦?"

"方才我说你的幸福过于庸常,这只是我的小人之心。"

"不,我非常认同你的想法。"她认真地面对我,"你总能说到我的要害,实际上,我不希望他调到福州。"

"真的这么想?"

"这种所谓的幸福生活我已经过了许久,像白开水一样,早已厌倦。"

我无法再说什么,哪怕再说一句,都有挑拨离间之感。我默默地走在前面,觉得生活是最简单也最复杂一种玩意儿。

"你能理解我的感觉吗?"陈丽娜追问道。

"理论上可以理解一点,但子非鱼安知鱼之乐。"我说,"况且,他马上调动过来,你们不得一样生活下去。"

陈丽娜摇了摇头,道:"调动的事,其实八字没一撇,难得很。"

"可是你不是这么跟松涛说的。"

"敷衍一下而已。"

在有一搭没一搭的聊天中,我恍然觉得身后有响动,转头一看,"啊"的一声叫了起来。一个潜伏在椅子后的人惊慌失措,迈着拙笨的步子跑走,有点像流浪汉,也有点像精神失常的人,还恋恋不舍地回头看来。方才他正伸手准备把陈丽娜的包偷偷拿走。

"太可恶了。"我问,"有没有东西被偷走?"

"没有。"陈丽娜倒是镇定,"这些人常在公园中偷情侣的东西。"

"真的?"

"报纸上有报道过,情侣的亲密过于专注,使得他们有机可乘。"

此时已被破了兴致,我们便站起,继续前行。石板路干净极了,两边的野花野草在树下自得其乐,对于只能获得些微斑驳的阳光,它们并无不满。

屏山公园植被繁茂,自有清幽之气,诉说衷肠是极合适的。园中虽然人不多,但亦有一对男女走过,若不小心对照一下眼神,自有心照不宣的味道。

"我蛮担心你的,其实。"陈丽娜道。

"你倒不必,私事没有必要领导费心。"

"哧,说风凉话倒一直是你特长,我可没当是你领导。"陈丽娜略带讽刺道,"说认真的,恋爱中的痛苦我也曾深陷,知道其中滋味,你有什么想法吗?"

"有一个不算办法的办法,我们准备考研,母校的研。"

我一说出来就有点后悔,我不能确定这个计划是否能透露给陈丽娜。对此,她并不发表意见。

之后我们便专注欣赏园中的风光,不再提起关于爱情的话题。我们聊起了草地上的花花草草,不曾想陈丽娜却是个专家,什么鼠尾草、非洲凤仙、夏堇、羽状鸡冠、石竹、矮牵牛、长春花,一一如数家珍。

"你是学植物的?"

"不,我只是喜欢植物,我自以为能感受到植物的呼吸。"

"这一点让我大跌眼镜。"

"我知道你对我有偏见,其实可以说出来。"

"不算偏见,有事实为证,不管你多么浪漫或者多有童心,但你是个善于钻营的女人,这一点不可否认吧。也可以说,你的童心是用来洗涤你的污浊的部分。"

这句话显然让陈丽娜不爽快,她的脸有点僵硬,又似乎有点委屈。

"你不必说得那么刻薄,我认为那是我奋斗的一面,你不在我的处境,自然不了解我的苦衷。"

"那倒也是,一个不奋斗的人自然看不清奋斗的面目。"

"把自己定义为不奋斗的人,你也太谦虚了,你不是还要考研嘛,未来还有很长的路要走,到时候你自然了解,我这么做其实是非常正常的。"

在这一瞬间,我突然意识到,如果这个与我在花园中漫步且推心置腹的人是左堤,那该多完美。左堤对于我提出考研的建议显得兴奋,她也认为这是一个万全之策。当然,以女孩子特有的细心,她担心考研对于我们来说,有难度。这也无可厚非。不过这种担心渐渐蔓延到我的生活,因为我发现我是如此不专注,看书看在眼里,却塞不进脑子里,好像脑子与这些知识是有仇的。

"真是一件很奇怪的事。"我说,"我总是和情感上无瓜葛的人这样亲近,和相爱的人想见都难,这莫非是我的宿命?"

陈丽娜笑了,大概是我自怨自艾的表情在她看来太孩子气。

如此闲逛,大概一个半小时后我们出了园子,告辞回家。我有点失落,又不想回单位,便绕到一家书城翻书消磨时间。书是看不进去的,只是各种翻阅,足见多么浮躁了。不多久,接到一个来自办公室的传呼,觉得奇怪,陈丽娜下午是不会去上班的,小萧也是不会管我的,到底谁会在办公室找我。还是回了过去,小萧说有一个人来找我,让我回来。

坐了公交车回去,有点小兴奋,似乎觉得有人在乎自己,否则只如一粒尘埃,每日飘忽不定。偶尔想家,就给爸爸写封信,但也不知道说什么,我的烦恼他必不可知,知道也无用,只说些自己身体状况尚好,吃得也尚可之类,这是爸妈担心的核心。当然,我也问他的身体状况,总觉得他在咳嗽中摇摇欲坠,要是有一二信息让我得知他还能活上几年,也就比较放心一些。最重要的是,有一封信,能让我和家牵连起来,让我自己觉得自己是个有主的角色,甚至脑补父母在一起研读来信的情景,不失为一种温暖。不过有一日,絮絮叨叨完毕写信封时,却想不起爸爸的名字,真是想不起。有一种大逆不道之感,只能在心中莞尔。爸爸的来信也颇耐读,有许多通假字,也有一些象形字,这也难怪,他只上过三天学,三天之后他出麻疹,死里逃生后就再也没进过学校,后来的字是跟着生产队的会计学的。写信对他来说,勉为其难,不过读他的信,倒是让我兴致盎然。有时他在信中标注,哪些话是妈妈说的,我能想象他们共同完成此大任的情景。当然,他也有狡猾之处,比方说家里的一面墙被台风暴雨推倒了,他在信中就只字未提。但总体而言,我与父亲的通信极为稀薄,薄如风筝下若有若无的丝线。

在办公室等我的是马生成,他穿着齐整的衬衫,铮亮的皮带与折痕清晰的裤子,我一进来便跟我握手,语气中有一种尊敬与谦恭。他有一种天性的执念,认为小马是学音乐的,必定是音乐上的行家,我是学文学的,必然也是文学的行家,还对我以老师相称。被人这么尊重,我尚属头次。我对他极有好感。

"有件活儿,要辛苦你。"马生成指着桌子上的一大摞打印稿,"这是我们系统内的征文稿件,准备制作成书,但因为都是业余作者的作品,肯定有很多谬误之处,希望你用专业的眼光给校改一遍。"

我翻看了一下,并非难事,便应承下来。马生成松了一口气,道:"啊,你能答应太好了,还怕你没有精力呢。至于报酬,我会向领导申请,你一点也不必担心。"

我轻轻一笑,最后一句话似曾相识,倒是觉得有点虚。上次给陈平的出版社编书,也是承诺出版后才有稿费,满怀希望,后来迟迟不见出版,稿费也就子虚乌有了。心中又想问马生成这个报酬到底有几分靠谱,却说不出口,想让钱字从我嘴里吐出来,跟屎从我嘴里咽进去一样艰难,想想罢了,不为难自己。

"马一鸣的办公室在楼下,我带你去看看。"我建议道。

"不了,今天是为你这事来的。"马生成有礼貌地微笑着,眼角掠过一丝不易觉察的尴尬,只有如我这般敏感的人,才能觉察出一些意味——他们兄弟俩的关系,至少有一点点不如从前了。

"上次你带来的鸡汤,后来都是我一个人吃的,味道太美了。"我坦陈道。

他的手艺实在了得,吃了一碗居然有余香留在脑海,次日被我狼吞虎咽完毕。

"那也太好了。"他说,"鸡是老乡从老家带来的,就两斤重,再大肉就老了。熬汤的时候用陶罐,文火,加了些药材,如果有松柴火那就最好不过了。从我父亲那儿学的,我就吃过他一次炖的汤,是在高考前,补身子的,以前我们生活不容易,吃一次鸡是很奢侈的事。"

"这么讲究的鸡,想必颇有功效?"

"那可不是,我那年高考超水平发挥。我比较愚钝,成绩不好,超水平发挥才能考上嘛,想必是喝了鸡汤的缘故。考上大学以后,我就想,将来该让爸爸吃我做的炖汤了,可惜阴差阳错,直到他去世,也没能吃上一回。"

"这么见效的话,我也真想学一手。"

"你这么聪明,我给你稍微说说,你就能学会——回去可以做给你爸爸吃。"

"有道理,只可惜我爸爸好像从来不吃鸡肉鸭肉什么的,他特别怕这些家禽的内脏。"

"哦,那他喜欢吃什么。"

"我记得他就吃鱼。"

"鱼也有好吃的做法,鲈鱼特别补,就加点葱姜清蒸,对老人家也是很补的。"

"他好像不吃鲜鱼,嫌腥,他就吃咸鱼,其中最喜欢咸带鱼。"

"你想孝敬也不成?"

"就是,我们与父亲之间好像没有遗憾就不成人生。"

兴致勃勃地聊了一会儿鸡鸭鱼肉,马生成便告辞了。我送他下楼,还是很好奇他只字不提马一鸣,便问道:"真的不去看看马一鸣?"

"不了。"

"你上次可是交代我看看他有什么问题的。"

"哦,有问题吗?"

"只觉得他越来越慵懒,连说话也越来越懒,不知道算不算问题。"

147

马生成和我拥抱了一下,便走了,我觉得他的情绪有点不对劲,但也不好再问。

我花了三天,就把马生成给我的稿子校正一遍,工作并不繁杂,反而别有乐趣。在每一篇文章里,我都猜想出作者的写作初衷,大多是直抒胸臆,尾巴把立意升华一下,符合印象中文章的规矩;少量为了显得高人一等,用词虚华,矫揉造作,并有不知所云的部分,算是大功告成,看起来不禁莞尔。想找到诚实质朴的文章,确实很难,就如寻找本性纯良的人一样。马生成很快来拿稿子,极为满意,一直夸我有才华。我有些莫名其妙,这种工作都叫有才华,岂不羞辱"才华"二字。但他说得如此热情而真诚,绝非虚言。又想他认为我能帮这些人修改文章,这些人都是他们系统内的舞文弄墨者,我岂不是更高一等。想通了这一点,便释然了。但马生成走时,并没有提到报酬,我也不好意思提及,不免担心又纠结。主要的纠结并非在于这次报酬,而在于未来处理诸如此类的事,抹不开面子,不知如何是好。

过了两日,马生成又过来,这次送来了一千五的酬劳,相当于一个半月的工资,对我来说,简直太意外了。马生成还抱歉,说他们单位领导抠门,否则可以再多拿一点。我真不知道说什么才好。说时迟,那时快,前后脚符绝响就来拜访。问了原委,我如实相告,他两眼放光,大叫吃饭去。他挣的钱比我多得多,对钱的敏感却令我自愧弗如。

"你来做甚?"我问。

"没什么事,就是今天特别想你。"

"以后不要想我。"

"平时我可不这么想你。"

正是吃中饭的时间,在红星小饭店点了海蛎煎蛋、辣椒炒肉、花蛤汤之类的家常菜,要了两瓶雪津啤酒,两人对着喝。我很少喝酒,印象深的就是在毕业时把自己搞醉过,更不知自己的酒量,权且陪符绝响喝,不算痛苦事儿。因为我常在这里吃快餐,老板跟我特熟,他也刚开饭馆,不知道自己合适不合适这一行,他尽量做到完美,热忱还是有的。他的妻子带着个小女孩在柜台收钱,有时候给他打打下手,更多是被他呵斥,偶尔妻子也会反驳几句,把老板说得哑口无言,气氛也颇为温馨。此刻店里的音响正放着《心太软》,在高音处发出电流的声音,明显音箱太小。

"老板娘,把音乐关小一点。"我大声说。

"听着音乐喝酒不是很浪漫吗?"老板娘不情愿地去关小,她认为这音乐是给客人的福利。

"这个地方似乎与浪漫无关。"我说。

老板从冰柜那一头走过来,对妻子呵斥道:"你懂什么,人家是有文化的人,浪漫不浪漫他说了算。"

"你们吵嘴的时候最浪漫。"我说。

"你看,小李说得多好,我说我骂你就是爱你,你还不信。"

生意不是很好,老板整天骂骂咧咧,情有可原。不过把这理解为爱,勉为其难。我对老板道:"我觉得你妻子抽你几个嘴巴,那是真正的爱,我从未见过你这么贱的嘴巴。"

"嘿嘿,她也不是没抽过。"老板呵呵笑着,坚持以顾客为上帝的原则。

"说说而已,哪有真抽过一次。"妻子在柜台边为自己澄清道。

"说说还不够,真敢的话岂不是反了。"老板严肃起来,亮出他的权威。

妻子爱怜地看着他贱兮兮的样子,已经一脸满足。

菜还没怎么上,符绝响便咕嘟咕嘟三杯酒下肚了,比以往凶了好多。不过他那个微凸的肚子,确实能装下不少酒。

"是不是看我赚几个外快了,就这么拼命。"我说。

符绝响摇了摇头:"你没看见我的痛苦?"

"恕我眼力差。"

"亏你还是个诗人。我内心的忧郁无处排遣,这不正以酒浇愁吗?"

"好吧。看来你今天是要跟我比痛苦。"

"你跟我有什么可比的,所有的女人都背叛了我,你有那么多女人背叛吗?"

"这个确实自愧弗如。"

符绝响摆出一副喝大酒的架势,让我忌讳三分,以酒浇愁的人是最大的,因为他可以认为全世界都欠他的,虽然世界很无辜。

"况且,你还有薛婷婷。"他似乎比我还念念不忘薛婷婷。

"我跟你说过,我跟她之间并非恋人。"

"不管你承认不承认,她还可以经常陪你,我是一个人也找不着——哎,曾经的我又那么风光。"

"我何必不承认呢。实话对你说,我对她也并非没有感情,但我只是很想保护她,她单纯得让人有保护的欲望,如此而已。"

"但我看见你们还是很亲热的。"

"也许这是我难以说清楚的部分,你要承认感情这事是难以言说的。不瞒你,我之所以跟你强调这个,是因为另有所爱,你将其混淆让我很不舒服。"

"哦,说来听听。"符绝响睁大眼睛。

"说起来,只怕你的痛苦与我相比,是小巫见大巫。"

我大略说了一下。我并不觉得符绝响是个恰当的值得倾诉的人,他对情感的理解尚略微粗糙了一些,未必能通透,但我确实需要一个人知道,似乎能让煎熬有所缓解。

他似乎认真地倾听了,舒了一口气,道:"那我就放心了。"

"放心什么?"

"哦……你的痛苦比我更深,岂不是让我觉得没那么痛苦。来,我们两个同病相怜的人干一杯。"

符绝响举起杯子,好像庆祝我们拿了世界痛苦比赛并列冠军。

"嘿,你的那些事儿可不能与我同日而语。"我说。

"一样的,我们的痛苦都是人类情感的精华。"

他一饮而尽,然后大肆喝酒,我酒量不如,大概喝他的一半。酒上脑以后,话就越来越多了,情感、诗歌、流行文化、政治形势,市政交通,无所不谈。

吃饭的一拨一拨散去,最后只剩下我们。酒一直在上,菜也重上几次,我要打住,但他根本停不下来。最后两瓶,再来最后两瓶,这一次真的是最后两瓶,空酒瓶子在我们脚下林立,如一窝警惕的狐獴在察看天敌。我依然看不出自己的酒量,头很沉但逻辑却相当清晰。符绝响也是如此,他侃侃而谈,话多但表达却比平时雄辩而清晰,你分不清此刻是他清醒还是最糊涂的时候。

老板见我们止不住,便道:"现在也不着急了,再坐会儿就是吃晚饭时,你们接茬儿喝吧。"

"这也太不好意思了。"我说。

"你说哪里的话。"老板说,"我最喜欢你们这样的客人。"

传呼响了,回电话过去,是小潘的。自有上次我们不欢而散,不曾联系过。

"师江,我们忘记不愉快的事,一块儿谈谈好吗?"他很严谨道,显然已经熟虑很久。

"我也正有此意。"

"我过来找你?"

"我在单位门口的红星小饭店。"

不过一刻,一辆部队牌号的吉普车就停在门口,小潘从副驾驶上下来。我确实头有点大,叫小潘落座喝酒。小潘摇了摇头,止住了我的动作,道:"我从来不喝酒。"

他就这样,坐在边上,像一只鹰看两只麻雀。符绝响想跟小潘干杯,也被他坚决有力地拒绝了。看见我们这样消磨时间,小潘也看出门道,这是一场没有尽头的酒局,问道:"你们准备什么时候结束?"

"我很早就想结束了,可是收不了。"我哭丧着脸指着符绝响。

符绝响喝得脸色红肿,眼睛眯成一条线,下意识地喃喃自语,说的话毫无营养,不外乎强调兄弟感情之类的车轱辘话。客观地说,醉成这样子的男人,是够丑陋的,宛如一具还能动的尸体。小潘有了主意,叫了司机进来,那是一个穿着军装的年轻战士,把符绝响一扛,拖到车里,符绝响还在挣扎,但已经顺从,像一只打了麻醉的驯服的豪猪。小潘问了符绝响的地址,让那战士送过去。感觉军人做事极为利索。

我的脚步也打趔趄了,虽然最后我可能只喝了他的三分之一,但亦创造了个人最高纪录。小潘扶着我,他身材结实,靠着他我十分有安全感。

"你这个是什么朋友呀?"小潘皱着眉头道。

"萍水相逢的朋友。"

"跟这样的人交往,你也会变成酒鬼的。"他说。

"那又何妨,我倒是希望也能醉中取乐,可是我喝了这么多酒,身子都是虚的了,脑子里还是这般清晰。"

小潘虽然对符绝响厌恶,但也不再说什么。

"去办公室呢还是回宿舍?"他问。

"去办公室吧。"

"我看你喝这么醉,回宿舍躺一躺吧。"

"六层楼,蜀道难呀。"

到了楼下,小潘索性把我背上,噔噔噔就往上走。好在我很轻,将将一百斤,浑身以骨架为主,没一处有多余的肉。饶是如此,到了三楼,小潘还是喘气儿,放慢速度。

"不行就把我放下来吧。"我闭着眼睛道。

"我军训可没白练。"他说。

我索性在他背上昏昏欲睡，神志迷糊了。后来我听见噗的一声，被撂倒在床上，我的眼睛就再也睁不开了。

不久，被自己小便憋醒，勉强睁开眼，小潘坐在床边。

"想解小便，但是不想上厕所，怎么办？"

他迅速把我拉起来，跌跌撞撞拖到厕所，生怕我失禁。我觉得四肢都快被拖散了，抱怨道："解个小便不至于这么凶。"

"只要没死就不能解在床上，这是必需的纪律。"他解释道，似乎每件事在他心目中都有一定之规。

我像放闸一样，把一膀胱水放了出去，一时之间无比畅快，忍不住嘟哝道："好久没有这么爽的事了。"

小潘皱了皱眉头。

再次回到床上，小潘想跟我聊聊关于上次不欢而散的话题，但我实在太困，脑门有一座山压着，又睡了过去，隐约能感觉小潘就在旁边。再次被一泡尿憋醒，灯已经亮了，小潘不见了，倒是小马在他的床上抽烟发呆。我挣扎着解了一泡小便，继续睡。夜里两点我又醒来，胃疼得厉害。已经有一两年没有这样的疼痛了，我恍惚惊觉是喝酒引起的，熟悉的疼痛让我不由自主想起中学的时光，疼痛中又多了一种滋味。用拳头将疼痛部位压住，疼痛就止住了，似乎它是个顽皮的小妖怪。放开，压住，放开，压住，我不断与之嬉戏，痛与不痛之间亦有一种乐趣。这个陪伴我多年的小妖怪，我与之也算有老交情了，彼此熟悉到心有灵犀。玩了一会儿，胃疼消了许多，却再也睡不着。幽暗中小马呼吸沉重而均匀，窗外的夜完全安静了，又如脑子是个大舞台，万千种愁绪在轮流登场。终于，左堤登场了，她在某一个房间静静地睡着，也像小马一样熟睡。我不敢过多想象，那会太奢侈。

莫名其妙，突然就饿起来，饿得厉害，汗都饿出来了。我记得中学时当寄宿生的时候，有一天半夜也是这样疯狂地饿，我只好翻墙出去买吃的。我慌忙开灯起来，还好找到了一包方便面，泡了开水狼吞虎咽地嚼下，身上的汗止住，额头的汗冒出来，各种疼痛偃旗息鼓。折腾许久，躺在床上，觉得就这样死去，也没有什么不可以。

次日，十点半我才去上班，陈丽娜眼中幽怨，颇为不满，显然，这般懒散极挑战她的权威，而且，她指定认为我是故意如此，得寸进尺。

"昨晚喝醉了，夜里又胃疼，没怎么睡。"我解释道。

她的表情很快就放松下来了，这表明我并非一个泼皮，不过还是责怪道："没有酒量还逞能是吧！"

"真不是，骑虎难下，下不为例吧。"

陈丽娜露出开心的笑容。她本以为我会又一次挑衅。

第一件事是给小潘挂了个电话，因昨日醉态向他道歉。

"让你白来一趟了。"我说。

"那倒没什么，只是我担心你被那些朋友带坏了。"他真诚地忧心。

"交些三教九流的朋友未尝不是一件乐事，你不必过度紧张，只是昨日咱们的话题还没聊。"

"就是，搁在我的心里，也着急着呢。我现在手头忙，回头我会尽快联系你。"

我给自己泡了杯茶，定定神，翻看案头的信件。抽出一封来自母校的信封，是师弟沈博天的。除了寒暄一些他对诗歌的最新理解之外，他还问我为何这么久没有新的作品，而他正在组稿，准备出一期民间的诗歌刊物《朋友们》，问我何时能够赐稿。

来信既让我觉得暖心，又颇为愧疚，处理完案头小事，慌忙回信。

  沈博天师弟：
    见信如晤。

非常惭愧,许久没有写诗,也正想反省一下,索其究竟。其实也不是没写,断句残章还是有的,比方说,上次在逛西禅寺回来,感怀良多,想写一首爱情诗。寺中千年风物,与爱情之恒久,可谓互相通达。怎奈开了一个头,自己又怀疑起爱情来,这复杂的玩意儿若是用恒久来表达,岂不是太单一,连我自己都不信。这么一想,又方寸大乱,放下了笔。诸如此类,虽有想法,却不能抓住核心,究其缘由,想来是自己世界观没有建立,对世间万物有情绪反应,但在信念上不能成立,每每沮丧而罢笔,这是最主要的。

当然,与之对应的生活也是如此。总觉得一切是暂时的,是不可信任的。甚至连自己的工作,也是不可信任的。它不是一件终极意义上的工作。只能说,历史遗留下这么一本刊物,需要几个人操持,从而带来几个工作岗位,甚至有些岗位竞争得很厉害。每月编一些貌似有文采实际上只是附庸风雅的文章,版式文字倒是很漂亮,带着墨香也确实令人陶醉,只能给作者带来一丝满足,我怀疑没有读者会真正从中得到裨益。甚至,我从来没见过一篇写自己干过伤天害理的事儿而后悔的文章,甚至写自己缺点的都没有,这里见不到真正的人,充其量只写到人的浅薄虚荣自鸣得意的小小一面。因而我的工作也算是敷衍性质,我们只要把杂志打扮得光鲜就行。整个单位,几百号人,我很奇怪没有几个是在干真正创造价值的事情。最高的领导层,最重要的事就是传达上头的各种政策,不用创造价值。我在这里待了一年,总算明白来龙去脉——我们的工资是国家拨款的,你尽可不必担心自己创造的价值是否与工资相匹配。当然,另一方面,不论你多么努力,也别想获得高的收益。而我所接受的意识,似乎与之格格不入。发这些牢骚,也许对你将来找工作有所借鉴。

你不必担心,写作我还会继续,只不过我现在没有找到合适的突破口。文字是唯一支撑我精神的事物,也是维系未来的一条线,我自当不会放弃。若有作品出来,我会及时给你。

另外,我正在准备考研,比较文学或者当代文学。这是我逃离现实的最好途径。我自认为专业课不算难事,头疼的是英语。当然,由于在外地,各种消息还是不灵便。后悔当初在学校时,对系里的老师都认不全。有关这方面的导师,关于考研的报名事宜,若能为我打听一二,不胜感激。

就此匆匆。

行文之中,陈丽娜其实看在眼里,知道我如此聚精会神,决计不是在工作。待老余出去后,她走过来提醒道:"写情书吧?上班期间不能太过分。"

她一直要矫正我桀骜的部分。

我抬头冷笑道:"你想多了。"

"难道是工作?我们的工作可用不着伏案疾书。"

"我是给我们的组稿人写信,你说是公还是私?"

"即便如此,你可以下午写——你这么做,我也就无法约束老余。"

老余像个神,有时他上班上到一半,就迷迷瞪瞪地出去,然后就消失了。有时候在下班前会回来,有时候一去不返。对于我们如此无所事事与散漫的部门来说,这不算特别过分的事,但终归表明陈丽娜的统治是涣散的。我摇了摇头。

"怎么了,我说得不对?"陈丽娜问。

"无可奉告。"

陈丽娜迟疑片刻,不再纠结,便走开了。我开始沙里淘金般看稿子。老余悄悄地进来,发现办公室里人倒是齐齐整整,只是安静得不得了,警惕地环顾四周,似乎生怕遭到伏击。

下午到办公室,看了一阵《中国现当代文学史》,我觉得莫名烦躁,便骑车出门,漫无目的往东走。骑行的感觉不可谓不奇妙,风呼呼刮过,似乎把你脑洞清洗一遍,把不知身上哪里长出的愁绪彻底刷掉。街景被我甩在身后,造成能远离这种生活的幻觉,又不知要骑向哪里,便有夸父逐日般的气概。总而言之,不失为一件无聊而自得其乐的排遣方式,只不过屁股肉太少,在座垫上运动久了,隐隐酸疼,对大屁股的人实在是艳羡有加。

在路上接到小潘的传呼,找了一家公用电话回过去。

"在哪儿?"他问。

"不知道。"我看了看四周,说不出所以然。

"你在干什么?"

"无所事事。"

"你是在开玩笑吗?"

"不,我真的迷路了。"

"你仔细想想,你刚才从哪里来。"

"对了,十来分钟之前,我经过五一广场,现在往回走,十来分钟也就能到达五一广场。"

"总算脑子没坏——五一广场见。"

我掉头往回走,不多时便到了。把车往路边一靠,便坐在台阶上等。旁边是高及数人的毛泽东石像,又觉得自己过于渺小,便沿着台阶往上走,到了与石像相当之处,便能俯瞰广场了。

一会儿就看到小潘了,他坐了个出租车过来,在雕塑脚下环顾四周。我看他不慌不忙的样子,看了片刻,才叫道:"上来吧。"

他抬头看见我,道:"下来吧。"

我们争执了两个回合,他终于走上来。我指着底下川流不息像电影场景中的行人,道:"这儿视野多好,我从来没觉得自己有这么伟大过。"

他露出一丝勉强的笑意,道:"你没超过一百斤吧。"

"差不多。"

"还是先把自己吃胖点,我老是觉得你从非洲来。"

我最不爱与人谈我体重,对一个男人来说,这一定是一个耻辱,也是一个秘密,这个秘密一泄露,代表你无法与其他男人对抗。

"说说你,你找我什么事?"我问。

"上次我们不是聊到色情问题,我对你很是担心。"

"嗯,我也对你同样担心,或者更甚。"

"为什么?"

"你的未来不可限量,比如说,将来你是一个国王,你的人民偷看色情网站,你把人民都杀掉,这样的后果,我能不担心吗?"

小潘被我这一打比方,浑身一激灵,争辩道:"我会这么做吗?"

"从你恨不得除之而后快的态度来看,极有可能。"

"你的意思是,色情,不值得打击?"

"色情,乃人之常情,以我的观察,有才华的人,往往具有色情倾向,不色情的人太过乏味,不可能有什么创造力。因此你的那个战士,极有可能是你手下最能干的战士,你这么做,就是在扼杀人才。"

"你把色情夸成一朵花,这是什么谬论,难道我还要对战士嘉奖不成?"

"嘉奖倒是不必,我觉得警告一二即可,不能用有色的眼镜看待色情的人,并划入另册。"

"我的身边还没有一个人敢为色情如此辩护。"

"这是我的天职的,就如你有军人的天职一样。"

"别说得这么冠冕堂皇,我倒觉得你对色情的赞美别有用意。"

"你倒说对了。因为如果我是那个战士,也可能做出那样的举动;退一步来说,我现在是你的朋友,但也有色情的品质。你对色情的态度令我不安,有朝一日你也会将我视为猥琐的不可交的东西。你是我见过最正直的朋友,我正是害怕有朝一日友尽,才对你的态度耿耿于怀。"

"但你对色情的态度我不敢苟同,我们部队是有严格纪律的,绝对不能在上班时间有这种事。"

"色情这玩意儿就像人体内的一只妖怪,它跑出来的时候才不管你是不是上班。平心而论,难道你对赤裸裸的东西就不会有兴趣吗?"

"不,我只会感到恶心。"

"是实话吗?"

"千真万确。"

"这样处理问题就很不公平了。"

"何以见得?"

"我小学的时候就对男女之情有朦胧之感,中学就开始早恋,现在觉得活着就是为了女人,而你到现在对女人还无感,这样来讨论色情问题,明显是不公平的——你难免做出残忍的决定。"

"那你的意思是?"

"己所不欲勿施于人,你没有资格来谈论色情问题——我觉得还是等你长大后再说吧。"

"在你看来,看色情网站似乎是一件很风光的事?"

"不算风光,但也并非人人得而诛之,上次我去录像厅看……哎,还是别说了,我觉得现实世界极为荒谬,我简直不忍活下去。"

在"于山堂"三个大字与毛主席石像之间,我们如此争论了一会儿。若是石像有灵,必定能听见,不知会不会转身指教一二。不过我们与此人并肩不免有巍峨之感,看五一路上的车流与五一广场的行人,有一种为他们的未来负责之感。

争论无果,一时陷入了沉默状态。身后便是于山,福州的三山之一,已经开辟成公园与宾馆,我们便往于山公园走,以便解脱尴尬。路人见我们如刚吵完架的情侣,不免投来诧异的目光。

"你妈妈曾经偷偷问我,你有没有女朋友。"我说。

"啊,太可怕了。"小潘很惊奇道,"为什么你们总把这事当成必备的技能。"

"那可不是,如果你在这方面还不迅速成长,恐怕我们没有什么共同语言。"

"没么严重吧,我觉得每天工作就很充实了。"

"那不是个完整的人,一个不完整的人承担大任,就如一个顽童当成将军,后患无穷,这是我最担忧之处。"

到了石板路的拐角,一个厕所赫然在目,小潘说进去解决一下。我既无尿意,也无拉屎的冲动,自然不必赶一趟臭热闹。我在路边看一只篱笆上的蜗牛,看了半天也不曾动一下,我从未见过活得这么耐心的家伙,便猜测蜗牛的心思,它到底在思考什么,真是一点也猜测不出来。小潘迟迟没有在厕所门口现身,我猛然想起,有一种人拉屎是要拉很长时间的,比吃饭时间还长。于是我坚决地跑下山,骑上我的车走了。

这何尝不是一种告别。

9.

记得那是夏天的一个早晨,我眯瞪着眼睛坐在座位上,活如一尊菩萨。日复一日地这样上班,干着说不清楚忙还是不忙、重要还是不重要的事,就会坐成菩萨——对天上的事迷迷糊糊,对人间的事也迷迷糊糊。楼下一阵马达声戛然而止,接着是叽叽喳喳的嘈杂声,就知道是那辆上下班的依维柯到了。不一刻,陈丽娜的鞋跟声就到了门口,一阵香风袭来,她身着碎花连衣裙从边上掠过,似乎刻意使人在顷刻间迷醉。一样的香水味,一样的饱满而曼妙的身姿,天天如此,不免让我心生厌烦。

"有个好消息。"她漫不经心道,"买电脑的事领导审批下来了。"

这是我梦寐以求的事。此事在上次会议中不置可否,被搁浅下来,没料到此刻突然来了这样的消息。

"哦。"我淡淡道。

"怎么啦?"也许我没有预料中的惊喜表现,陈丽娜不免疑惑。

"没什么,我表示知道这个消息了。"

"但是你也不要表现得像欠了谁一屁股债似的。"陈丽娜显然有点恼火。

"我心情不好。"

"为什么?"

"心情不好是我的属性而已。"我说。

谈话到此为止。买电脑的事是我提出来的,而陈丽娜暗暗给领导写申请,我想大概是以示她的能耐吧。我如若高兴得像只大猩猩一样手舞足蹈,岂不是过于浅薄。

到了快下班的时候,我们之间那种搞僵的气氛已经在空气中消散得差不多了。之前我们讨论了封面设计的意见——老余对诸多的事不顾不问,我们习惯他当甩手掌柜——我们在美学上取得了相对一致的意见,这无形中有了和谐的气氛。另外,老余走了之后,我们说话的气氛似乎就轻松许多。

"那买电脑的事,你来执行?"陈丽娜轻轻问道。

"好吧,我可以咨询下我同学。"我说。

"别装不高兴的样子,其实你心里最高兴。"陈丽娜偷偷取笑道。

我忍俊不禁,克制住笑出来,道:"怎么我就最高兴了?"

"有了电脑,每天都上网,这不是你梦寐以求的吗?"

"瞧你说的,好似我以权谋私似的。"

"装,你继续装不高兴。"陈丽娜激将道。

我们终于忍不住,哈哈大笑起来。连小萧都不好意思不笑,也转头露出一丝勉强的笑意。

我电话咨询了一下小潘,确定了买一台联想486电脑,买一台佳能打印机,以及上网、音箱等设备,预算在两万五以下。对于电脑,小潘熟悉而且有热情,愿意为每一个想买电脑的人殚思竭虑,他答应次日带我去电脑商店选购。

下午我去邮局给家里汇了一千五百元,委托一个同学给家里装一部电话。忙完此事,心中有些落定,又想不几日可以随时听到父母亲的声音,有了少有的雀跃情绪。写信与电话,各有千秋,况味自知:我更喜欢与左堤写信,写信可以充分地准确地表达情感,不会有前言不搭后语之遗憾,又可以三五遍地看她来信,喜悦弥漫;而听听父亲的声音,则让我心里稳妥,感觉自己是个有出处的人。

盛夏时节,跟符绝响、陈平等喝了几次酒,又不免胃疼。夜里哼哼唧唧地叫着,小马极不耐烦,叫我去医院彻底检查检查,说有公费医疗不用白不用。我本来也想去,到了次日疼痛减轻,便去楼下诊所拿了些胃药,倒是挺见效,便不再有去医院的念头。但几次如此反复,渐渐得出结论,如果在喝酒前多吃主食,待肚子稍饱,再多喝酒也无恙;倘若空腹开喝,其后不论再吃多少东西,至少会隐隐作痛。慢慢晓得规律,把胃疼制服。在此期间写信给左堤,告诉胃疼以及治疗之情状,获得她责怪的爱怜,心中的暖意荡漾了许久,又觉得胃疼真是一件幸事。如此,冲淡了思念的苦楚,又故技重施,告知一些病痛乃至工作上的不乐意,收到不少关爱。

其后又有一次持续将近两周的感冒,害得身体轻飘飘,连走路脚都是虚的。感冒亦是我的老朋友,每年总有三四次如影随形。每次感冒,在一周之内可以完好,听说这是疏导体内病毒的途径,也不觉感冒是一件坏事。不过这次感冒实在深重,其间咳嗽吐出的痰黄而黏稠,与父亲那种老支气管炎的痰都不分上下了,又历时颇长,一时觉得蹊跷。因我敏感,对于蹊跷之事,必定在脑子里盘旋,缘由不出便挥之不去。过了几日,方才想起,或许跟感冒的前一晚的经历有关。那天晚上在办公室上网,手淫了有三五次,几近虚脱,十二点多了才扶墙上楼。

或许不如此摧残,不足以安宁。

对于上网,我通过夜以继日的揣摩便颇为精通。对于陈丽娜来说,是个新鲜事物,忙完公务之余,便来向我讨教,见到网络无所不能,所想皆能所见,又能通达国外各种网站,无不令其惊诧,惊叫连连,瞬间着实可爱。老余对电脑精通,对网络却丝毫不感兴趣,也对我们无视,在一边冷冷地看稿,不插任何一句话。他纹丝不动的专心劲儿,似是正常,但又觉得有些不正常。

"你的香水味,太呛了。"我悄悄地说。

陈丽娜和我并排坐在电脑前,我们好像没有比这更亲近的时刻。我不但能清晰闻到她的香水味,而且能看清她耳边的柔软而细的发丝,那是头发中最为柔情的部分;眼角的淡妆覆盖着几乎觉察不到的鱼尾纹,确切而言,那不是鱼尾纹,只是鱼尾纹的前兆而已,非我这般敏锐难以感受;还有如显微镜下的白皙的脸颊,不过居然有几点极淡的雀斑,在日常生活中极易被忽略。这种细微的观察令我更加了解女人的细节,但我实在难以说明这是美还是丑。

"胡说,很淡的。"她有点假意的恼怒,低低道,"这是很贵的香水,哪有那么难闻。"

"总之,我没见过女人身上有这么浓的,我觉得不舒服。"

"倒显得你见识过很多女人似的。"陈丽娜不无讽刺道。

"没吃过猪肉还没见过猪跑?"

"你的脸皮倒是够厚的。"

我们尽量小声地调侃对方,但不确定故作专注的老余与小萧有没有听到。

小萧只有在领导都不上班的下午,才偷偷玩下电脑,她脑子转得很慢,不论电脑知识还是其他的事情,我给她讲解,她总是不太懂,等我对她绝望的时候,突然又懂了。对于这一点,她倒是有自知之明,屡次强调自己考试确实不灵,所以考不上一个好学校。

"是不是考试的时候好多题目不会,不过等考完了突然就会了?"我问。

她愣了一下,突然道:"对呀对呀,你怎么知道,我考错的题目,出来一讨论,很快就冒出正确的答案。"

"这没什么诀窍,你就是节奏比别人慢一拍,但并不表示你就不够聪明。"

"真的吗,我没有那么蠢?"

"其实不蠢,我觉得除了你不漂亮之外,其他品质几尽完美。"

"哪有你这么夸人的。"她脸色转红,略显羞愧道,"如果我的老师也像你那样认为,我也就不会那么差了。"

她对于自己没能考上一个像样的大学耿耿于怀。

"我觉得倒有一个办法让你能考好。"

"哦?"

"就是你推迟一年考试,那时候你什么都明白了。"

"说得也对哟。"

小萧因为略微自卑而显得谦逊,因略微迟钝而极其温和,长久相处,便渐渐觉得是再好相处不过的朋友。不过有一次我偶尔听见她接电话的时候,有点发怒,不知道是跟她哪一个亲近的人,语气也是极为凌厉的。

对于杂志的封面,我们一直不是很满意。我们没有自己的美术设计,封面设计请的是《东南文学》的美编老陆,内文版式设计请的是美协的画家刘一公。老陆的设计偏向传统,虽然也是尽心尽力,言必创新,但依然摆脱不了八十年代的气息;刘一公倒是很大胆尝试,极为前卫的构思,有一次因为内文版式竟然被读者怀疑是印刷错位，实则是故意"留天不留地"的构思所致。如此，杂志的风格是外焦里涩，十分狂躁。相对而言，陈丽娜更认可刘一公，毕竟创新才有可能有出路。我们跟老陆也有过交流，希望他有耳目一新的表现。老陆不为所动，一点一点地分析他的设计处处都是创新，直到我们哑口无言。

既然如此，陈丽娜建议我在网上找到国内外的设计，我们先选定合适的风格，然后让老陆参考。这样既不必与老陆各种争辩，也让老陆自尊心受不到一丝一毫的伤害。我在网页上收藏了一些国际上获奖的杂志设计，准备让陈丽娜敲定。

"过来看看这些获奖的设计。"

我听到陈丽娜进来的声音，便头也不回招呼道。她刚从三楼领导办公室回来，每周她总要去跟书记汇报一两次，我想这大概是她能立于不败之地的秘诀吧，初时我颇为刺目，后来也习以为常。

陈丽娜径直回她的座位，并没有回应我。我觉得气氛不对，转头去看她，却见她表情铁一样凝固，说不清是愤怒还是沮丧。八成是受了领导的什么气。有些事我觉得不过尔尔，在她看来却极为扼要，所以有时我自然体会不到她的痛楚。虽然我不是很了解女人，但我知道被惹毛了的女人是极不理智的，此时还是不理她为妙。

我继续寻找些图片，只待她平息下来后再讨论事宜。整个上午，她冷下来的脸再没能升温，办公室的气氛极为沉闷，待着有不适之感。我想，什么倒霉的事将她打击得太厉害了。不过又何必殃及我们呢，想想这也是她少有的没有风度的举动了。

次日，她的情绪倒是平复了，在走廊上遇见电视艺术家协会的秘书长老蔡，便爽朗地笑起来。老蔡是一个特别爽朗的、能说笑的人，一开口说话必然有一个笑点，经常惹得女人们笑得花枝乱颤。老蔡便眯着眼睛看女人们的情态，似乎是他的杰作。随着笑声，老蔡便跟着陈丽娜进来闲聊，像我们这种单位，你随便进一个办公室,几乎都可以见到串门闲聊的人,只是老蔡讲得更为精彩。办公室在一阵欢声笑语之后,老蔡便出去了,毕竟是工作场所,自有分寸。陈丽娜脸上笑意犹存,与昨天一比,更显得春意盎然。我想这是个解开她心结的好时机,走到她的桌前,问道:"要不要讨论一下封面设计?"

她抬头看了我一眼,脸上的笑意顿时退去,眼神黯淡道:"以后再说吧。"

由于她的表情变化如此之快,我很快意识到她的态度是针对我个人的。我受了冷落,除了莫名其妙之外,自有一阵愤怒。似乎老蔡是神,而我是个魔。

接连两天,我们就这样保持着不明所以的隔阂,我也懒得问她。得罪女人的事,有时候你自己是毫无觉察,平时我对她刻薄的话可不少,我以为她适应了,但也许哪一句话触动了她的痛处,也未可知。如果小题大做,我不理也罢。

我心中愤怒渐渐平息,好奇心又逐渐冒了起来,究竟在什么地方得罪了她?疑问像一个胖大海被扔在水里,胀得心都要被挤出来。

工会打电话通知我们去领月饼,似乎我最合适这个差事,不言自明,便上楼去,提了四袋月饼下来。把一袋月饼送到她眼前,她抬起头,我的眼睛直视她,很明显,既是询问,亦是挑衅。

她吓了一跳,随即镇定下来。

"中秋好。"她迟疑着问好,也许不知道该说什么。

"中秋好。"我也点了点头。

"你回去不?"

"不回。"

"那中秋节一起吃饭。"

"也好。"

本来是要质问她的,但话题转到此处,我也不好再说什么。吃饭倒是个好主意,可以把疑问解决了。

到了下午,整个大楼的人都因节日而散去,像一个废置的蚁巢。曾经想过中秋节回去,但是想想一路呕吐着折腾到乡下,各种忐忑是够令人不安的,还是打住。在办公室跟父母打了个电话,问了下身体状况此类老生常谈的话题,想打得长一点,又没什么话可说,沉默了片刻,便挂了,觉得意犹未尽。比起别离的纠结,这点意犹未尽还不算什么。在家中无所事事,离家时却又留恋重重,饱尝这种况味的人,生性是极为软弱的。我知道这是一种缺陷,却无法克服。

符绝响倒是来了一个电话,问我晚上是否一起吃饭赏月,他那里还有一些各色朋友。我婉拒了,一听说还有我不认识的人,我便有点恐惧,我告诉他另有饭局的安排。

"是薛婷婷吗?"他问。

"不,我想她节日必然要跟家里一起过的,也没跟她联系。"

"是谁?"他有一种很直接的好奇心,在外人看来颇失分寸,于我却是自然而然。

"我们主编陈丽娜,你也见过。"

符绝响曾来我们办公室串门过,他在一分钟之内就跟陈丽娜熟识了。我从来没见过另一个人有符绝响这种本领,好像他的口水是一种催熟剂。

"陈丽娜请你,挺有意思的。"他没头没脑又意味深长道。

"应该是许多老乡的聚会,你多虑了。"

陈丽娜的人缘颇好,不论是各行各业的有为之士,抑或是有成就的老乡,结交的人颇为庞杂,也算是一个立身之本。这样的节日是应该交际的日子,也应该是她和老公团聚的日子,所以饭局应该很杂,我有些后悔应邀。但因心中藏着一团巨大的疑问,与之私下交流还是有必要的。

傍晚的时候,我便往三角井走,之所以不骑车,一方面是时间多得很，大可不着急，另一方面是走路可以驱散心中的郁结之气。马路两边的小饭馆、面馆、洗衣店、五金店等几乎全关了，只看见一间小杂货铺还开着，老板在门前杀一只不知是鸭还是鹅的可怜的家伙，准备丰盛的晚餐。街市的萧条倒是显出节日气氛来，因你可想而知这些人正在难得地团聚呢。这种气氛也难免使人孤独，但我感觉自己也愈加强大，我可以融我的父母与姐妹于一身，可以分裂成几个人同时对话，可以在脑海制造出其乐融融的、不曾经历过的景象。我那可怕的脑子甚至能想象出左堤此刻的情景，她母亲去世了，与父亲相依，她会准备一桌酒菜，而桌子上应该有她母亲的一杯酒，温馨中亦有凄凉，我想想也是心酸的。

学会脑补各种不曾经历的景象后，对于人事我颇为倦怠，想象的事情远比实际美好。

饭局在三角井的风来轩，果不其然，是一个大大的饭局，同乡会的蔡文组织的，他在省委工作，自然是同乡中的领袖人物。来的人有的一家三口，有的两口，还有像我和陈丽娜这样独自一人的，倒也是其乐融融。我也想融入其中，但总是差了一点，且不明究竟。到底是诸如攀援关系、家长里短的话题我没兴趣，还是我真的就不能在一种世俗的礼仪中感受幸福？这么说并非表明我高人一等什么的，是我真的不知道自己快乐的开关在何处。

我还是喝了不少酒，也是在犹疑着喝与不喝之间突然放开的，这样能掩盖我的心不在焉。对了，还有一个原因是被蔡文激起的，他说，你的领导是女的，都能喝，你有什么理由不喝呢。我认为这个理由非常扯淡，喝酒跟男女有什么关系，但问题是在蔡文嘴里说出来，就好像变成文件式的普世道理，不容分辩。

遗憾的是这样热闹的饭局下，我无法跟陈丽娜沟通。她今晚倒是正常得很，似乎跟我毫无芥蒂，但我相信，心结必然没有化去。她喝得脸有点绯红，被蔡文一直劝酒，又不能拒绝，想维护各种关系，确实不易。

八点多,饭局便散去,拖家带口的便告辞走了,蔡文意犹未尽,要留下一拨人马,重组一个喝茶或者唱歌的局。我是决意要离开的,说我更想去看看月亮。蔡文倒是不多挽留,大概他也意识到我的格格不入,他挽留的重点是陈丽娜,不论是喝茶还是唱歌,有这样一个女人,显然增色不少。陈丽娜在婉拒中被一伙人簇拥而去。

月亮确实是极好的,它还没有圆到完美的状态,但因为过于饱满,你可以认为圆得不能再圆了。它把薄薄的月色盖在大地上,甚至连凌厉的建筑也显得温婉,我怀疑这是一种仪式,让人类体验温柔的一种仪式。也许古人认为这样的节气,这样的月色,与亲人团聚最为贴切,是故有了中秋节。不可不承认,这是一个直觉很了不起的家伙定义的。当然,如果我来定义的话,我认为将它定位成恋爱节再合适不过,在这样的月光下,唯有在爱人额头轻轻一吻,才足以畅叙幽情。

当然,这仅仅是一种不煞风景的言辞,若依我真切的感觉,月光就是一把薄薄的刀子,把人的肠子都削断了。

穿过一条水泥路的巷子,巷子被月光照得宛如瓷器,生怕踩碎。有一个瘦瘦的青年看着自己的影子走来,擦肩而过时他也看我一眼,我也看他一眼,但没有说话。他或许在想我为何如他一般瘦,而我却在想他何去何从。又有一对情侣谈笑着走过,我并不侧目,带着自己的影子,专注于这一方宁静。转过一个弯,猛然见到一个院子里伸出一大簇的三角梅,影子斑驳摇曳,看不清像什么,只觉得一颤一颤的,极为优雅悦目。一些事物在静谧中展现了不经意的美。凝视了片刻,再朝前走,人便多了起来,我径直进入屏山公园,没有比此处更妙的赏月地点了。

园中人影婆娑,有的是附近的居民,穿着拖鞋,宛如逛自家的后院;又有各种情侣,喃喃私语,温馨情景令我心颤,不忍直视。如我这样的独行者,倒显得颇为尴尬,惶惶然不知所以。

如果人生是由日复一日的煎熬构成的话,上天的安排是不是过于拙劣?! 如果人生是一种期待的话,那么何时该获得回报,上天是不是胸有成竹? 对此我表示怀疑。

我在一张一对恋人刚离开的椅子上坐了良久,既不想动,也不想回去,只不过一边胡思乱想,一边与蚊子搏斗。这里的花蚊子平时是吃素的,现在有了人血人肉,便不要命地往上扑,失去了作为一只弱小的动物应有的矜持与谨慎。我想我是连一只蚊子都不如了。

如果就这样死去,也没有什么不可以,至少可以让上天反省一下。

陈丽娜出现在椅子边上,令我有点猝不及防,而且我第一眼确实没认出她,因为月光下所有的女人都会抹上同样的柔和,虽然她的装束与挎包我都太熟悉。直到听见了声音,我才确定无疑。

"你怎么来了?"我问。

"被叫去唱歌,又喝了洋酒,头疼得很,偷偷溜出来了。"她扶着自己的头,确实有点不胜酒力,在椅子上坐下。她的嘴里有微微的酒气,但并不难闻。

"怎么知道我在这儿?"

"什么呀,我只是随便进来走走,谁知道你在这儿!"

"噢,算我自作多情。"

"不过这张椅子是咱们上次坐过的吧?"

"大概是——蚊子很多,你小心点儿。"

"你不怕蚊子?"

"正好无人理会,有蚊子来吻我,也算是稍有寄托。"

"喝多了吧,一点都不正经。"

"说到正经的,我倒是有一件正经事要问你。"我正色道,"这也是我今晚出来的目的,只不过没有机会,现在正逢其时。"

"啰唆半天,你就直说吧。"陈丽娜带着酒意,说话也带刺儿。

"但不知从何说起……"

"喝这么一点酒就语无伦次了。"

"对了,你就没想过有什么要问我吗?"

"我想问你的太多了,你就是个怪物,喜怒无常,胡作非为,问了又怎么样,你能改正吗,你能变成一个像模像样的正常人吗?"

"对了,你提醒我了,我想问你的是,我是怎么得罪你的。"

"得罪?你的一言一行都在得罪我,我想换作一个人,很难容忍你这样的编辑。"

显然,陈丽娜每句话都带着发泄的成分,可见积怨颇多。我无言以对。

短暂的沉默之后,我一字一字地问:"这几日你对我颇为厌恶,不理不会,究竟是因为什么——你可别不承认。"

"你心里没数?"

"实在是摸不着头脑。"

她不说话了,犹豫了片刻,手伸进硕大的挎包,掏了半天,掏出折起来的十六开纸,折痕处有些旧了,看起来放在包里有些日子了。

"看看。"她递给我,面无表情。

是一个文件,打印的小四号字体。月光虽然清亮,但看清文字相当勉强。五米远处有一盏路灯,被塑料壳罩着,在一人多高的黑色铁柱上,晕黄,看得吃力,但足以借光看清。

我中学时最惬意的事莫过于躺在床上看书。虽然老师一再警告躺在床上看书,视力会急遽下降,我不以为意,因为这事儿太舒服了,特别是看金庸的小说。当然偶然还能弄到一本色情杂志,描写是极粗糙而露骨的,躺在宿舍的单人床上,帐子围着,在昏暗中读起来,味道好极了。如果很困了,我就会闭着左眼张着右眼看,不知道算不算我的一门绝活。我的视力也如愿下降,右眼配三百度的镜片,左眼配一百五的镜片,显然,左眼是受了右眼的牵连。虽如此,我也无怨无悔,舒服不是无偿的。但凡在昏暗的灯光中看书,我便心潮荡漾,有一种青春期偷看色情杂志的温馨感——青春的感受,是你一辈子的。

这篇干巴巴的文字不是什么妙文,是一封检举信。检举陈丽娜几件事:办刊不力,没有完成竞聘书上的关于销量的承诺;违规买电脑,滥用办刊资金;生活作风不正,上班打扮过于妖娆,招蜂引蝶到办公室闲聊,带坏整个单位的风气,诸如此类。我实在是无法认真看完。当然,没有具名落款。

"你怀疑这是我操作的?"我扬了扬手上的举报信,回来落座。

"你敢说这不是你写的?你一贯明里暗里都看不惯我,各种捣乱,打印纸不是咱们办公室的吗,除了你还有谁会用打印机。你不用不承认,你就直接说谁指使你的,我当然不相信是你一个人干的。"

我无言以对,只是蓦然间觉得,不管多么聪明的女人,愚蠢起来的时候确实出乎你意料之外。她咄咄逼人地看着我,许是早想这么跟我对质了,只是没有场合或者下不起决心,如今可算是一个竹筒倒豆子的好时机了。

"谢谢你这样误会我。如果能让你出点气的话,这也算是我平时对你不甚恭敬的一种致歉。"我压住心头的怒火,尽量做绅士状。

"你敢否认?"

"我承认也未尝不可。"我说,"只是有一件事情令我愤怒,你低估了我的品位。"

"愿闻其详。"

"对你,也许我有比这张纸上更恶毒的话要说,若有合适的时机,我倒是敢当面说你,但去领导那里送匿名检举信之类的举动,我这辈子也做不出来。对于你的判断,我表示无语。"

因为激动,我们都觉得身上的热气散发得厉害,不由自主地坐疏远些。不可否认,我的话还是有说服力的,她的脑子在运转,并恢复成正常人的逻辑。

"那……你知道是谁吗？"

"当然知道。"

"何以得知？"

"看行文呀,即便一个人有意摆脱自己行文的特征,你只要有点敏感,还是能嗅到原迹。况且这里面的助词用得混乱,我自然知道是谁的习惯。"

"是谁？"

"我不可能沦为告密者,况且这种事我简直都不想再说一句。"

我因激愤而颤抖,舌头在一瞬间突然打结了。这个舌头,平日里太缺乏锻炼了。

"我到底做错了什么,有那么多人恨我。"她带着积郁的委屈,声音从细而转粗,道,"我确实想兢兢业业地办好刊物,可是全国性的市场就是这样,兄弟刊物也都在萎缩,我有什么办法。而且你也不支持我,处处给我脸色看。你不知道,我第一次见你,就像见着自己的弟弟一样,觉得你眼神好清澈,有机会一定要帮助你成长。我刚刚到杂志社,你当面跟我发飙,给我下马威,我气极了,但我还是忍住,我总是想你太年轻,任何行为都值得原谅,等到成熟了一定会自省;你总是怨天尤人,似乎单位还有整个社会都欠你似的,你挑我各种毛病,我总是不忍心去伤害你。我想你或许天生心高气傲,而这个单位就是这样,难免产生落差,格格不入,有点愤怒也可以理解;后来又知道你跟女朋友相隔千里,这种苦楚我也能体会,不计较你的出格言行……"

她声音渐至哽咽,上身颤抖,涕泗交流,我一边从她包里取出纸巾,一边拍抚其颈部,让她平静,并继续诉说。

"你认为我世故,处处针砭我,我知道你的鄙视是骨子里的,怎能不让我怀疑这是你干的。我想你如果进入这个制度的体系,自然会理解我的所作所为。我每每想起,是极为愤怒的,但我一想到你确实太孤独、太可怜的,绝不能再加以伤害。我是写童话的,知道有童心的人不但可贵,而且要加以呵护。你想想,办公室里配置电脑,并非急需,但也说得过去,私心里我是想,你又没电视,你不合群,有一台电脑上网,或者不至于那么烦躁。我跟领导打报告,告诉他电脑经费不是从办刊经费里抽,而是从我拉的封底广告里拿,这个过程我没告诉你,只是想给你一个惊喜,我想看到你开心的笑容。但你却不加理会,装作无动于衷,我都觉得自己的用心是白费了……"

她的声音越来越小,既是倾诉,又如自然发泄。我的心酸酸的,眼眶也不禁热乎乎的。我不想让眼泪流出来,但还是流了出来,我不得不借用她手上的已经沾了泪痕的纸巾,悄悄把自己擦拭干净。

她终于无力倾诉,进入了沉默,胸脯起伏着,如火山之后的山川大地。不知何时,我的手从轻拍变成了抓住她的手。也许是在她说到最动情的时候,不得不握手相慰。

时间也在沉默,风有时来一阵,叶子就哗啦啦叫起来,有时静得近乎神秘。公园里走的人渐渐少了,整座园子也进入了休眠状态,夜鸟的几声惊叫,似乎是园子在打哈欠。该表达的已经表达穷尽,没有表达的也无须多言,我们有近一个小时没有说话,只有手拉在一起,在椅子中静静地相互摩挲着。

"不如做爱吧。"我颤声问道,从身体到舌头都在发抖。

一阵近乎凝固的沉默,她双眼在背光处凝视我,眼窝显得深邃,我看不清她的表情。而羞愧使我的灵魂出窍,恨不得回到子宫里。

"也不是不可以。"她带着温情哽咽道,声音像是从心里通过声道滑出来。

次日上午,醒来,洗刷磨蹭一下,到办公室已经十点半了。心中忐忑,因为陈丽娜上次已经警告过,上班迟到之类不要太过分,但想想已经有一周没有迟到,这也不算什么大不了的。

起得迟,主要是昨夜两点钟才回。大门口倒是好进来,但大楼铁栅栏门关了,不得不去叫门卫来开。门卫从床上起来,一脸不情愿,一边抱怨着,一边警告我以后不要再这么迟回来。我听了不乐意,心想我出入的自由还由你说了算,便反驳他,说大楼根本就不该锁门。门卫说大楼门不锁,办公室东西丢了,他必须负责的。我们就在这个问题上纠结几句,焦点在于,办公楼夜间是必须锁门,但我们的宿舍又在办公楼上,变成阻碍我们的自由了。我越想越觉得这是不合理的,但是谁也不会为这不合理负责。想想此后我的自由被门卫控制,便如屁眼被堵住一样难受,直接影响了入睡。

"昨天喝一点酒就醉成那样子了。"陈丽娜看我进来,故作责怪地说一句。我与之心意相通,明白这是讲给老余听的。

我咕哝着应了一声,有一种要从喉头喷发的恶心感,再不敢直视陈丽娜。泡了一杯绿茶,喝了几口,心头的杂乱稍稍安歇。便屏息静气,看自由来稿。有一篇稿子令我眼前一亮,题目是"猫"。这是一篇颇有情节的散文,讲主人公家住乡村,小时候生性孤僻,家里的猫是他的玩伴。有一天他追逐着猫上了楼,发现妈妈与一个男人正在床上,这一幕令他目瞪口呆。渐渐长大,脑子里不时出现妈妈与男人白花花的身子,这一幕挥之不去,又有极度的罪恶感,他把这一切归咎于猫。后来,他把猫卖给一个人吃了。但是,这罪恶感并没有消失,他深深地忏悔,此后不断地怀念一只无辜的猫。

情节大致如此,但作者写得很生动,各种罪恶感的纠结,勾勒出一个荒谬的世界。我必须收回散文就是虚情假意的论断了。

有了这篇稿子,我将它与之前遴选的通过一审的稿子一齐交给老余二审,并特意告知此文一枝独秀,可做重点。老余挑出来,看后不置可否,吸了一口气道:"倒是写得邪门,只不过这种基调能不能发,还是请三审定夺吧。"三审便是陈丽娜,此文便被快速交到陈丽娜手里。看毕,陈丽娜摇摇头道:"这种基调太灰暗,是绝对不能发的。"我愤然道:"灰暗也是一种美学,何以就不能发了,日本一些作家,要多灰暗有多灰暗。"陈丽娜笑道:"等你站在我这个位置,就知道为什么不能发了。"

我看了一眼陈丽娜的笑容,昨夜的情景涌来,就如海水吞到嗓子里,齁得厉害,转头再不敢看她,也不想听到她的声音。突破禁忌的巨大不适笼罩着我,说得具体点,也许是背叛世界的恐慌感,当然还不止于此,内在的冲突亦使得心尖儿有撕裂之感。

虽然突破禁忌符合我的趣味,亦有可能是我一生的追求,但带来的不安你必须咀嚼、消化,使其成为体内合理的营养。

这篇稿子的命运也就到此为止。这个冠冕堂皇的世界着实令人沮丧。

下午,那种齁的感觉我始终挥之不去,并思索着如何中和。想给左堤写封信,但一点也进入不了状态,脑子反而更加凌乱,甚至不能想起左堤。负罪感譬如嘴里吞下驴粪与马粪做成的巧克力。我不停地喝茶,但无济于事。出去撒泡尿,走廊上碰见同事,他们或者凛然或者优雅的气质也让我浑身不快。不知道一条鱼在氧气不足的鱼缸里是什么感受,如果鱼同意的话,我想应该异曲同工。

傍晚,突然想起薛婷婷,一阵清凉沁入体内,齁的感觉顿减。打电话到她家,运气还不错。

"晚上出来玩玩?"我问。

"不行呀,已经有安排了。"

"哦,有什么事?"

"已经约了打麻将,跟我表姐、邻居的一个阿姨,还有我妈,都说好了。"

"这不算艺术成分很高的事情,没必要那么严谨吧,可以叫你爸代替你。"

"那可不行,如果说话不算数,以后就会失去信用的。你有什么要紧的事吗?"

"要说要紧也不算,但也可以说比较要紧。"

"那就明天吧,打麻将这种事,对我来说是很重要的。"

"可以理解……好吧。"

放下电话,耳边缭绕的是薛婷婷无比单纯的声音,恐怕此生她在我印象中就是一个永远不想长大的喜欢吃喜欢玩的开心女孩了。

我下楼,骑上自行车,车子的龙头有点松,骑起来哐哐作响,不知道问题在哪里。但问题似乎也不大,没有要散架的感觉。对我而言,整个世界就是这样一架自行车,在哐当哐当作响。

穿过二环路,左拐到铜盘路,再左拐越过一条新建的沟渠,就是五凤新村。这个小区真不赖,一溜儿葡萄架,极是令人赏心悦目。几个老太太摇着蒲扇坐在其下,边上一个袖珍小卖部,铁皮屋子,老板是个壮汉,赤着胳膊在大汗淋漓地吃晚饭,吃相凶神恶煞,显然饭量极大。我把车靠在一边,用了他的公用电话,老板边咀嚼边警惕地看着我,直到我把四毛钱递给他。不到五分钟,薛婷婷就下来了。她穿着短袖的粉色睡衣,就如同刚从水里冒出来的睡莲,那模样可真是天真。

"什么事?"她乌黑的大眼睛滴溜溜地看着我。

"昨晚中秋节……过得可好?"

"我每天都过得挺好。昨晚在家吃了饭,后来符绝响叫我过去玩,一堆人倒是挺热闹,我还想你怎么没有呢。"

"噢,是吗,我有重要的事——这家伙!"

"符绝响也这么说来着,你过来就是问这事?"

"不,你睁大眼睛,看我的眼睛。"

我张开双手,固定住她的头,使得她乌黑的瞳孔正对着我,从她眼光中流出的泉水注入我眼中,渗透到心,一阵清凉冲走了我心中挥之不去的烧灼感。有一瞬间我意识到,如果把陈丽娜和薛婷婷合二为一,变成一个新的女人,那是再合适不过的做爱对手。

"你怎么啦?"薛婷婷颇为惊诧,但依然十分淡定,似乎世界上所有的事都跟她关系不大,她催促道,"我得赶着打麻将呢。"

"打麻将真的有那么重要?"

"我觉得有,在和的一瞬间,我觉得是最幸福的。"

"好吧。"

我从她眼神中吸取了足够多的清纯的能量,人可舒服多了。薛婷婷朝我摆了摆手,蹦蹦跳跳地上楼了。老板吃饱了,多管闲事地插了一句,道:"你可配不上她。"

我点了点头,深表同意,然后就愉快地回家了。

如此几日,心绪渐平。想起如从惊涛骇浪尖顶下来的感觉,真的是回味无穷。九岁的时候我偷爬到荔枝树上偷摘荔枝,盯梢的小伙伴暗喝一声,有人来了。我往下看,才发觉已经爬到树梢,掉下去够我摔个七荤八素,只觉头晕目眩,脑门发凉,似乎魂儿已经先逃跑了。那种进退两难大腿内侧起鸡皮疙瘩的惶恐,应该与此相似。人生似乎就是不断重复,你少年时经历的感觉,青年再经历一次,中年再经历一次,如此循环,越来越贱,让你死而无憾。

"再次看看月亮如何?"夜幕降临时,我不能抵制心中涌起的春潮,来到办公室给陈丽娜挂电话。我没有开灯,幽暗的办公室给人一种坦然的神秘。

"恐怕月亮都弯了吧。"她不明所以,相当谨慎道。

"弯了也不错呀……主要是我们去看看。"

"你是醉翁之意不在酒吧。"她听我犹豫不决的口气,笑了起来。

"算你聪明。漫漫长夜,何乐而不为呢。"

我觉得陈丽娜有一种童稚的爽快,便不再掩饰。

"你这个坏蛋。"她压低声音,道,"这几天你为什么不理睬我?"

"哦,这个,并非不理睬你,有一种说不出的感觉。"

"你这么聪明,还有说不出的感觉?"

"承蒙夸奖。怎么说呢,就好像我们两个人去抢银行,得手之后,整个社会都在通缉我们,我如惊弓之鸟,只怕跟你一说话,就被人认出是一对雌雄大盗。"

"我们抢银行了吗?"

"只怕比抢银行更加难以启齿。"

"既然如此,你又何必再邀?"

"已经爱上难以启齿的事。"

"你真是个……流氓,至少有流氓的潜质。"

"倒是第一次被人这么夸,受宠若惊。"

"现在不怕和我说话了?"

"惶恐消退,激情重生。"

"说起来倒是振振有词,一点都不害臊。"

"哎,爱意滋生,便是木头人也要开口了。"

"你对我是爱吗?"

"绝对是,那种无比想和你亲近的冲动,是我不曾有过的——咱能不能先别谈理论,先见面再说。"

"那可不行,今晚一点准备都没有。"

"不需要准备什么,只需要见面,一想到和你见面,我浑身都要烧起来了。"

"我指的是心理,总之,今天不行。"

"那什么时候?"

"明晚吧。"

"明晚月亮更小了。"

"那就下个月。"

"别——天哪,女人都这么折磨人吗?"

未能如愿,我怏怏上楼,翻看一本《冰与火》,算是把夜晚打发过去,睡意如约而至。睡眠很浅,做了好几个梦,许久没有做得这么频繁了。早晨醒来,细细回想,那些原本清晰的梦已经模糊了,更记不清是上半夜还是下半夜做的。能记得大概,是一个被猪八戒拿着钉耙追打的梦,而我双腿发软,做得很累。这个梦从小到大做了好几遍了,已是旧梦。还有一个貌似在悬崖边上,也有人追打,在梦中我似乎相信自己有轻功,跳下悬崖不是问题,但这个梦也做得很潦草,结局就模糊了。总而言之,各梦的基调似乎都有一种温软的期待,历经何种狼狈似乎是我大脑的有意设置。自然,又想起陈丽娜,觉得梦中没有她,但与之有关。

晨勃得厉害,带着这种暖意想想陈丽娜,未必不是一种享受。又尿急,看小马已经出门洗漱,便操起一个塑料瓶子,解了整整一瓶热乎乎黄澄澄的小便,顺手从后窗倒出去。窗外是一片篱笆,我不用探出头,内心满满予以植物的爱意。

磨蹭了半个多小时,这才懒洋洋下去。见了陈丽娜,只觉得是无比迷恋,又觉得她恐怕是女人中最完美的。中巴司机小宋进来聊天,他是这儿的常客,但我觉得他是为陈丽娜而来。他挺能说段子的,逗得陈丽娜忍俊不禁,我也觉得陈丽娜的笑声魅力非凡,既有童稚的开心又有放荡的质感,世界上不会有比这更美妙的声音了。这样心怀爱怜地不时瞟上她一眼,满足又忐忑,手头工作自然是马马虎虎,好在并无要事。突然间心中又想,她还是有不完美之处,比如她腰间的些微赘肉,透过紧薄的衣衫流露出褶皱。这恰好验证了我对完美之物的怀疑——我怀疑一切无可挑剔的玩意儿,必定要找出其伪饰之处。一时之间颇有点惆怅,一根松针刺到心尖儿,似乎她的赘肉是我招来的。酸楚劲儿过后,又想那赘肉其实正是她区别于他人之处,又有何不美?又瞟了一眼,发觉那腰间的一圈小肿胀,正是她身体的出彩之处。

中午出去吃饭,特意叫了一罐青岛啤酒,饭后便可以昏睡,把下午的时光一闭眼打发掉。不料适得其反,酒精只会让脑子兴奋,越发睡不着了,便侧躺着看《麦田里的守望者》,已经看了十几遍,但每一遍也未必看完。也是翻到哪一页都可以开始看,并无违和,这些文字有一种亲和力。说亲和力未免太过轻浅,恰当地说,那些文字是个充满磁力的黑洞,看不见底,但总觉得有朝一日穿过黑洞,似乎可以找到未来。在黑洞里,眼皮耷拉下来,就着了,睡得不算好,大概做了几百个梦,做得筋疲力尽。

天黑得迟,七点的时候,还没黑透。我已经忍耐不住,给陈丽娜打了电话。陈丽娜颇不耐烦,说有客人要陪着。她的语气过于疏远,我心里颇为悲凉,又是失望,也不敢再追究何时。只觉得时间难熬,坐也不是,行也不是,整个人好像不是自己的,只是自己租借的一副皮囊,极不合身。

时间越久,情绪越坏,终于崩溃。我只不过想和你在草地上睡觉,你若不同意,便直说,我好去床上睡觉,又何必这么折磨人呢。便绝望了,又觉好悲凉,自己低贱到臭水沟里,在人间晃来晃去有碍观瞻。这么想着,浑身再无一点儿劲,爬到楼上瘫倒在床,把失望蘸点泪水,加点埋怨,调好了一口吃下去,颇为可口。吃饱喝足,闭上眼睛,似睡非睡,沉浸在悲戚的氤氲中。

大概十点钟的时候,腰间一震动,瞬间惊醒。一看呼机的号码,飞奔下楼,到办公室回电话。整栋大楼被震得咚咚响。

"现在可以出来了。"她说。

"噢……"

"客人这时候才走,没有办法。"

"哦。"

"公园门口见。"

"嗯。"

放下电话,我跑到走廊尽头的洗手间,用水冲了冲头,脑子清醒许多,也顺便确定这不是在梦中。我下楼,骑上自行车,哐啷啷就往外冲。后轮的挡泥板螺丝松了,一直懒得紧一紧。

在屏山公园门口,我见到陈丽娜,心都在哆嗦,舌头也在哆嗦,似乎说不出话。她上身穿着紧身的棉质女式T恤,下身穿着长及脚跟的黑丝褶裙,肩上挎着一个很大的挎包。这么深更半夜还带着这么大的包出来,实在令人诧异,但只是有一点点诧异的直觉,并无暇多问。

"月亮都小得可怜了。"她不无矜持地看了看天上。

"管它是小还是大。"

她抿嘴笑了笑。我把自行车停在门口,恨不得将她抱进公园,但首先是我根本抱不动,其次是在公共场所我们必须保持默契的矜持,这矜持里有一份隐秘的情愫,我也乐于享受。我们肩并肩进去,此刻出园的人多,进园的少,迎面碰上不少形形色色的人,虽然陌生,但在擦肩时无法不流露出察看的神色,以及心照不宣的气息。

"别走那么快。"她要保持优雅的脚步,便跟不上我的速度。而我只想找个合适的地方,快点驻扎下来。

"春宵苦短。"我回道。

"你这坏蛋。"她笑着说,恢复了她的可爱劲儿。

"就在这儿吧。"我指了指湖边的一块草地,有水有风,有青草的气息,以及渐渐进入深夜的静谧,夫复何求。

她环顾了四周,摇了摇头。

"对面的灯光会过来,大煞风景。"她沉吟道。

"又不是建别墅。"我烦躁道。

大概绕了大半个公园,最终在一株亭亭如盖的樟树下停了下来。夜晚不是看得很清,应该是樟树,精致油润的叶片能反射出粼粼月光。有一溜高高的篱笆,把树下的草地与小径相隔开来,把草地一角圈成怀抱的弧形,真是绝妙的偷情所在。

陈丽娜弯下腰来,把挎包放在草地上,先从包里掏出一张床单,打开,铺在草地上。又掏出浴巾,铺在床单上,并且坐在浴巾上。接下来掏出的玩意儿更让我匪夷所思,短短的带底托的蜡烛,一瓶葡萄酒,精致的酒杯,湿纸巾……

这些摆设似乎与我的趣味背道而驰,更会浪费时间。我扑上去就要把陈丽娜生吞活剥一口吃下去,陈丽娜推开我道:"猴急什么,一点情趣都没有。"

"我可不是来开烛光派对的。"

"谁说不是呢。"

陈丽娜把蜡烛点燃,又倒了酒,道:"来,干杯。"

我无奈地举杯,皱着眉头黑下来。此情此景,说实在的浪漫极了,而且富于想象力。可是我此刻实在不想要他妈的浪漫。

我那一颗狂热的心实在按捺不住,再一次扑过去。陈丽娜一边拒绝,一边严肃道:"你太粗鲁了——今儿我们可是来赏月的。"

"我操,赏月?"

"那可不是,你自个儿说的,可别想歪了。"

对于女人的复杂性,此刻我总算是有所涉猎,复杂到让我一头雾水。好吧,我从小学生做起吧,真是无奈之举。

她很享受草地、清风、虫鸣以及人越来越少的天籁,在轻抿葡萄酒的间隙,一边往自己身上喷驱蚊香水,这使得她更像一个散发香味的水蜜桃。

"月亮虽然弯成一个驼子,但还是很清秀的。"她说道。

"操他妈的月亮。"

"月亮怎么又得罪你了。"

"得罪倒是没有,我就是不喜欢一切有情有调的东西而已。"

"你心里有肮脏的想法,自然不喜欢优雅的情调,我说得没错吧?"

"算是吧,像我这么肮脏的东西,又怎么能邀到你一起赏月,真是百思不得其解。"

"坐在这边,聊聊天,像个真正的男人一样好吗?"

我索性坐在她身边,又饮了几口酒,苦涩从舌头直达腹部。把这么好的酒喝得如此寡淡生涩,似乎隐藏真谛但我又一无所知。

"要是有什么配酒就好了。"

她不说话,从挎包里摸了摸,摸出一袋牛肉干。她简直是生活的魔术师。

"如果我想要一头牛,你也能从包里掏出来吧。"

"如果需要的话,也许。"她笑道,"你可别忘了,我是写童话的。"

"蜡烛也是童话世界里的吗?"

"是呀,蜡烛的火代表希望,虽然弱小,却是光明的火种。"

"这么说来,你倒是个真正热爱童话的人。"

"原来你不这么认为?"

"原来也不多想,只不过泛泛觉得,一个人不论是写童话,还是写小说,都是一门安身立命的手艺而已。"

"我从小就喜欢幻想,喜欢超越现实,看到非同凡响的事物,我的心就跳起来。"她自我倾诉起来就越来越像女孩,我似乎能看到她小时候的样子。

"什么是非同凡响的事物。"

"就是与现实逻辑相悖或者不吻合的,给我的固有观念造成咣当一声撞击,我就把持不住。"

"这倒是个优点,回头要好好看下你的童话。"

"原来你都没看过我的童话?"

"不是已经过了看童话的年龄吗?"

"其实长大后更应该看看童话的。"

聊天让我们两个都平静下来,不由自主地依偎在一起。我说话的时候,越来越靠近她的耳边,说完便吻住她的耳垂,这种文雅的亲近她倒是乐于接受。我的手揽住她的腰,摩挲着凸起的那一圈赘肉,唯有此处能代表她的迷人。

"这一圈肉。"我轻轻在她耳边叹道,"真是魅力非凡。"

"什么?"

"我一整天都在想念你的这一圈肉,她是你身上的标志性建筑。"

这下她听明白了,把我的爪子拿开,陡然生气道:"你不能这样讽刺我。"

"不是讽刺,实在是赞美你。"我无奈辩解道。

"哦。"她气得语气都不连贯,喘气儿道,"去找个人评评理,这到底是讽刺还是赞美,难不成我都看不出你的刻薄了。"

一个人为一圈肉生这么大的气,我还是头一遭见着。我唯一能做的就是沉默。

"是不是说我老了,是不是嫌弃我了,你直接说呀,怎么不说了,不这么刻薄你会死吗?"她尽情发作,以往我对她在职场上的冷眼讽刺,她倒是没有这么在乎过。

我只不过想来这里偷情,结果却节外生枝这么多破事,离主题越来越远,我真的感觉到世事如棋。对于这般误解,除了咬牙吞下苦水,你还能怎样。

此刻即便是沉默,她也不允许,非要我发声。好像我触动了她身上某个开关,使得她精神错乱。

"我说了一句百分之百的实话,这句实话在别人看来,却是百分之百的谎言——只能说我为自己的与众不同付出代价,我真的不想解释。"

"你解释吧,如果解释得通的话。"

"解释是懦夫所干的事,我愿意承受你对我的惩罚,因为我也获得了奖赏,我明白了误解本身就是交流的属性之一。"

"不,你一定要说,它就像一根针刺痛了我,你得拔出来。"

"这么严重?"

"我最讨厌人家说我丑,而且是有过肌肤之亲的男人,不可饶恕。"

"说来话长,从昨天晚上到今天,我无可救药地想着你,准确地说,想着要你,那种欲望,那种想念,在心里生长,把你美化成世上最美轮美奂的女人。就在早上,我偷偷地瞄了你,觉得你是完美的尤物,女人就应该如你这样,成熟有韵味,偶露少女的天真,再也没有更完美的了。你该知道满则亏的道理,这么想之后,便不由自主去找你身上的缺憾之处,刚好瞟见微微发胖的赘肉,又觉得很心痛。凡是我迷上一件事,脑子便会不停地想,感受越来越深,见解也随之变化。又想我认为你之完美,是一种普遍意义上的完美,与他人的完美并无不同,而那一圈赘肉,却是你的特性,唯有它,你才是你,于是我便觉得它是最美的。一整天我便这么想着,越想越美,方才我抚摸它,觉得它如此丰腴,微微凸起,不多不少,是你的年龄、性感和任性的标志,着实是越摸越爱了。但说给别人听,自然是一百个不相信……"

两个蜡烛,被风吹灭一个,只有一个摇曳着,着实让人担心。但火光犹如暧昧的精灵,自有动人之处。陈丽娜安静下来,似乎破涕为笑,又噙着泪敲我的肩,叫道:"真的是这样吗?坏蛋,夸人哪有这么夸的。"

我心平气和地躺在草地上,手在自由地摩挲着她,如钢琴手在触摸琴键。她穿宽松的裙子,是相当有道理的。

"啊,没穿内裤?"我问。

"就是呀,我换裙子出门的时候,突然想,从来没有不穿内裤上街,不妨试一试。"她笑着说,语气带着一点挑衅,当然挑衅的对手并非是我,好像是生活。

"天哪!"我赞叹道。

"你觉得不妥?"

"妥当极了,而且,你的可爱震动了我的灵魂。"

此刻我很想表达我有多喜欢她,但已经多余,我翻身上去,驰骋在舒适的浴巾上,前方已是一马平川。

　　夜真的静下来了,使得响动特别刺耳。先是沉闷单调的撞击声,接着是水拍云崖,转为清脆,声音有点触目惊心。一个脚步声从小径过来,停住,潜伏在篱笆那一头。我也停了下来。

　　"不要停。"她带着懵懂的哭腔叫道。

　　"有人在偷听。"我压低声音道。

　　"让……他听。"

　　我也想,这孤独而狂热的声音,有知己欣赏,又何乐不为。又如潮水拍岸,做了良久,大概那人也听不出新的乐趣了,脚步声又起,远去。我像个少了听众的演奏家,亦索然,便水落石出。

　　我们并肩躺在床单上,仰望天空,呼吸悠长,是释放后的疲惫感。陈丽娜枕着我一点也不粗壮的胳膊,虽然酸痛,但可以承受。我闭上眼睛,整个世界软软地压在脑门上。

　　她转过头,伏在我耳边:"亲我,跟我说话。"

　　"让我睡五分钟,好吗?"我闭着眼睛,舌头都不想动,几乎用嘴唇在说。

　　"讨厌!"

　　"就五分钟。"

　　我大概也就打了个五分钟的盹,头上乌云褪去,精神头又回来了。不知道此刻是上半夜还是下半夜,反正月亮已经看不见了,虫鸣稀落,一点一滴的声音,都让人惊觉有故事。神秘而不羁的夜,着实迷人。

　　我尽我自己所能吻她,因我不知道正确的舌吻该是如何。原来有看过介绍法式舌吻的文章,觉得与自己关系不大,没有用心,如今悔之晚矣。即便是狂乱之吻,依然吻到舌头发麻。

　　"爱我吗?"她问。

　　"爱到不行。"

"怎么爱？"

"把我淹没的爱。"

"这种话都能脱口而出，你够可以的。"她坏笑着。

"你不信？"

"这还用挑明——你要考研，然后和爱的人一起重新进入校园生活，这可是你告诉我的。"

"我已经决定放弃考研了。"

"为什么？"

"我咨询师弟考研事宜，他来信提醒，我英语四级没过，是考不了的，而且考研英语要过六级，对我来说难于登天。本来我心中就勉强，现在有这一道过不去的坎，索性放弃，也算是天意。"

"你告诉她了吗？"

"没有，我希望她能考上，她考上了，我直接去北京找个事做，又何必泡在学院里蹉跎岁月。"

"瞧，这才是真爱——你对我的不是爱。"

我沉默良久，细细品味心中缭乱的感觉，不知道要说什么。

"说呀。"在陈丽娜眼里，我是个说谎的孩子，她坏笑着，要我自掏心肺。

"不要把你们两个混为一谈，这让我心疼不已。"我抚着胸口叹道。

"怎么呢？"

"我和她就像饮一杯苦茶，和你就像饮一杯蜜水，你把苦茶和蜜水搅和一起，只会让我发疯。"

"那我们就谈谈蜜水。你真的爱这蜜水？"

"这话题真的有这么重要？"

"那是当然，我可不想一个人躺在我身边，还说着言不由衷的谎言，这我难以接受。"

"我千真万确是认为这就是爱。如果你有什么不同见解，也可以提出,这么静谧的夜晚不仅适合做爱,也适合探讨学术,只求你不要胡搅蛮缠。"

"依我看来,这不是爱,你只不过在我身上发泄情欲而已。"

我又说不出话了。我生怕一言不慎,把陈丽娜变成一只发怒的母狮子,今晚她的各种情绪可让我大开眼界。

"没关系,你不论说什么我都能接受,只要是发自内心的,而不是随口敷衍。"

"就当学术探讨吧。首先你说发泄情欲的时候,语气中包含着对情欲的蔑视,似乎那是一只人人都可以踢一脚的流浪狗。我借题发挥吧,有什么理由鄙视自己身上的情欲呢。是的,情欲在我身上潜伏,像一只小兽,而你这个不穿内裤的妙人儿,每个毛孔都散发着成熟女人的风韵,对我确实是个极大的诱惑,想迫不及待地扑向你,我们有什么理由鄙视造物主设下的玄妙的机关!爱情是个深邃的东西,也许一辈子都摸不清楚,我不想提及,因为一谈到爱情,便是盲人摸象,不及万一。我现在所能感受到的,确实就是情欲。我这样的年龄,每天都要跟滚烫的身体道歉,跟小兽道歉,对不起,让你压抑了。所以,我说情欲是伟大而痛苦的创造,坦然面对是唯一的途径。"

"你这么说,我也释然——你不是爱我,只是受不了我的诱惑。"

"也不尽然,整夜你的影子在我脑子里盘旋,苦涩又甜蜜,不安又神往,说个爱字,绝不过分——反正我觉得是真真切切的。"

我和陈丽娜面对面躺着,鼻子几近贴在一起,互相吸进对方的呼气。她扑闪着眼睛,在我的诉说中露出疑惑,像个被诱拐的少女。

"这么说来……"她用妖娆的食指尖挠了挠我胸口,"你这心里有一个叫爱的房间,里面同时住着两个女人?"

"不,现在只有你,她不在。"我挑衅道。

"哈哈。"她神情雀跃道,"我知道了,绕了半天,你就是那种喜新厌旧的花心男。"

"虽然这个称呼过于轻浮,但也未尝不可,总好过认为爱情就是终身不负白头偕老的白痴许多。"

她对这个问题似乎释然,用灵活的指尖刮着我的鼻梁,道:"你说说,我什么地方吸引你。"

"你这分明是讨夸。"

"就夸一下我嘛。"那口气像个要糖果的孩子。

"很难说清,最早我是反感你,后来慢慢有好感,又渐至于狂热,每个阶段的吸引确实不同,又很难说个一是一,二是二,就说现在呢,你最吸引我的,是一种少女般的天然……淫荡。"

"你这是骂我?"

"天地良心,这是最美的赞赏。美人不淫,犹如一池死水,终将恹恹发臭。"

"这是什么歪门斜论?在你看来,天下的淫妇都可以立牌坊。"

"非也,人尽可夫的淫,那是低级的;只有对我之淫,才值得赞赏。"

"你?"

"我非'我',每个美人应该都能遇见能欣赏自己的人吧。"

"跟你讨论这些简直是自取其辱,反正不要把淫字加我身上。"

"你这是接受了虚假文化教育后的不适感。换个通俗的说法吧,不会偷情的女人就是天然呆。"

"不知道你这海淫海盗的本事师承哪里,听一听也倒是觉得耳目一新——你好像又被我吸引到了。"

她用腿碰了碰我下面,几至复活。

"可不是,有你在,它爬也要爬起来的。"我说。

"说得这么生动,不看看它都过意不去,能让我看看吗?"

"悉听尊便。"

她起身,点了蜡烛——这一点我已经适应了她,哪怕是看个鸡巴也需要仪式。借着烛光,她三百六十度无死角细细端详,道:"帅得一塌糊涂。"

我心中一软,几至泪下,我抓住她的手。

"怎么?"她惊觉道。

"我听得出来你是发自内心的,我快哭了。"

"为什么?"

"我已经八百年没听见有人夸我,感动得不行。"

"原来你比我更爱听到夸——虽然你是个不讨人喜欢的家伙,至少是个优秀的学生,应该经常得到赞美才对。"

"我记得中学的时候,我拿了很多三好生的奖状,都是藏在宿舍的床垫下面,因为我想不出周围有谁会因为奖状而称赞我。总之,这是我记忆中得到的第一次赞美。"

"难怪你说话那么刻薄,是因为自己得不到赞美而不懂予人赞美吧!"

"这问题倒是没有想过,但没有想到被赞美的感觉如此美好,就像肉包子砸中狗嘴——来,为赞美而干。"

"了不起的借口。比起上一次,你可是判若两人。"

"承蒙指教。"

上次在公园,做得相当失败,第一次我几乎怀疑自己早泄。还好陈丽娜安慰我,说是过于冲动往往如此,如果相信自己,往往会有意想不到的效果。事实果真如此,我内心充满接受启蒙的感恩。

又一次漫长的劳作。惊涛拍岸的声音在公园中愈显孤独,像一个人跑着自己的马拉松,他不想赢得掌声与鲜花,他只想历经长长的旅途,在神秘的体验中找到孤绝的自我,淹没在人群中的自我。中间有一段时间相当乏味,乏味也必须干下去,二十多年的旅程中,这样的夜晚寥寥无几。未来必定也是,那是我悲观的直觉觉察到的。

在一阵如幼兽咆哮声中,我们终止了漫长的跋涉,几乎死去般地度过不应期,而后呼吸渐起,成功复活。此刻我已经很累了,铺上床单的草地如此浪漫但依旧不够柔软,我很想躺在自己床上,一觉睡到未来。但我还是舍不得回去,舍不得让夜晚结束。不知道陈丽娜感受如何,在她的缱绻中,似乎这里与卧室没有什么区别。

"正经地说一说,你是怎么看待爱情的?"她还纠结着。

"爱情是深邃复杂,即便我们做了一辈子爱也许都无法触及九牛一毛,脑子里认为爱情是这样是那样的人,只不过叶公好龙,自以为了解而已,我们又何必费这脑筋。在爱情面前,我们只是刚学步的儿童,一步步摸索便是,也许等到七老八十,才能放胆说个一二。"

"你又怎么知道它是如此复杂?"

"古人吟咏爱情千年,也没给我们一个明确答案,它必然是个层次感很强的问题。只有了解皮毛自以为是的人,才敢说,哦,我这才是爱情。"

"你这是回避答案。"

"那不如你来回答,对于我们,你是怎么想的。"

"我脑子一团糟,我的事情也比你想象的复杂。唯一可以确定的一点是,我有偷情的理由。"

"愿闻其详。"

"我丈夫,他那个不行。"

"因为他不行了,所以你才找我?"

"也不尽然,我是喜欢你才这样,难道你以为我人尽可夫?"

"喜欢我什么?"

"有一种看不到尽头的不羁,甚至是邪恶,很是令我着迷。"

"真是物以类聚。"

"这将是一场没有结果的欢爱。"

"我自然知道,所以异常地美。我要是知道一件事情的结局,便索然无味了。"

"你和她呢,会有结局吗?"

"没有信心,不敢设想。"

"饿了吗?"

"饿到快死了。"

"我包里有苏打饼干、牛肉干和巧克力,要吃哪个?"

"有牛奶吗?"

"有。"

"天哪,那全部拿出来吧。"

也可以把这当成夜宵,美味得魂飞魄散,似乎从来没吃过这么好吃的东西。我想,在意想不到的地方,吃到意想不到的食物,这才是美味的诀窍吧。

远处似乎有黑影一闪,先是吓了一跳,但后来并不在乎。夜晚自有夜晚的神秘,就让神秘继续神秘下去,不必追究是什么。谁也没有要回去的意思,接着在草地上聊,或者困了,睡了片刻,又开始亲密。下半夜有点清凉,不过两条浴巾盖在身上足以御寒,浴巾上弥漫着精液的气息。大概总共做了四五次,也许是七八次,做到最后都麻木了,只是觉得不做对不起良宵,直到天色亮了,方觉把夜晚完整地度过了。确实如此,我们两个都有点完美主义,心照不宣地不想打破夜晚的完整。我觉得自己把一辈子的爱都做完了,以后不会再想做了。此刻谁再跟我提"做爱"两个字,我的脑仁儿就要疼了。

"我觉得不仅仅是情欲,现在我的情欲都透支光了,我还是迷恋跟你混在一起,你的赞美还在我心里温暖着。"我说。

"你这个水性杨花的男人。"她娇笑道。

"这个评价出乎意料地准确,让我认识到真实的自己。"

"现在不想她了?"

"一点都不想。"

"你一点都不感到可耻?"

"那倒是做不到。不过我活着可不是给他人做道德标杆的,我只想发现真实的自己到底是什么货色。"

"你浑身上下,就这一点可爱。"

"还有一个你说帅得一塌糊涂的东西吧。"

"也是。"

我头晕目眩地起来,跟她一起收拾东西,像两个夜市收摊的家伙。清晨的空气湿漉漉的,我们身上还沾着露水,透着一股凉气,有一搭没一搭地说话,沿着小径出去,直觉脚下的石头特别坚硬。公园里除了鸟,并无更多动静,而外边的行人已经颇多,也不知道这么早出来干什么,机动三轮车的声响更大,大多是些小商小贩,开始一天的劳作。我绝少这么早起床,觉得这样的清晨像吃冰淇淋一样清爽。

"索性吃了早饭回去。"我说。

马路对面的人行道上,早点摊已经忙活上了,如果我们过去,应该是第一拨客人。

"饿了吗?那陪你吃。"

"不算很饿,只是还想和你多待一会儿。"

"真这么想?"

"当然,恨不得以后每天都跟你在一块儿,一起吃饭,一起拉屎,一起睡觉,一起探讨关于爱的学术话题。"

"这不仅仅是爱,我看还是一种病。"

"什么病?"

"爱的饥渴症。"

"恰如其分。"

"哎,你这孩子,不知道是从什么贫瘠的土地上长出来的。"

我们要了两碗锅边糊。此时不到五点,大概是刚刚开市,老板,一个瘦削的女人气的中年男人对我们特别热忱,而且关心,问我们这么早出来要去干吗？这让我们很难回答,我们两个对视笑着,谁也不愿意说话。

"我们吃完要回去睡觉的。"最后我对老板说了实话。

"那一定是值了夜班了?"老板脑子转得很快。

"差不多吧。"我说。

锅边糊也叫鼎边糊,是用蚬子汁为汤,在锅里烧开取其鲜味,再把磨好的米浆沿着锅边一圈浇过去,米浆在锅边烫成干皮后用锅铲刮到汤里,加芹菜、葱、虾皮、香菇等佐料,烧开后起锅就是一盆滚烫的"锅边糊"了,是福州著名的小吃。在做了一夜爱之后,这么一碗新鲜滚烫的玩意儿妥帖入胃,再舒适不过。

"栀子花开燕初雏,余寒立夏尚堪虑。明目碗糕强足笋,旧蛏买煮锅边糊。"我边吃边吟道。

"什么乱七八糟的?"陈丽娜问道。

"这是清代诗人郑东廓写的一首关于锅边糊的诗。"

"你真是博学,连锅边糊的诗都能脱口而出。"

"那可不敢,我在办公室看到一本《福州风土诗》,便记下这首。心想有朝一日吃锅边糊时吟咏出来,也许有女子为之侧目,也算是勾搭的手段之一。如果一个男人没有貌也没有钱,用文化来吸引女人,算是无本的生意吧,你觉得呢?"

"只怕行不通,这里的女人不会这么傻。"

"那就算我白费功夫了,不过我还是会继续。"我说,"这是我唯一搞得起的投资。"

吃完后我们道别。她骑上摩托车,我骑上自行车。

"上午会来上班吗?"她坐在车上问。

"不知道,尽量吧。"我说。

然后我们汇入了行人车流之中。太阳此刻慢慢升起,热气即将笼罩大地。我一鼓作气爬上六楼,一头倒在床上。我觉得要睡上一千年才能起来。

10.

文联这两三年招聘进来的应届毕业大学生挺多的,有十几个人吧。年轻人性格各异,有的嚣张,有的颓废,有的木讷,有的认为自己进了一个好单位,有的并不以为然,与想象中落差颇大。在组织看来,单位里年轻人多了,应该增添许多朝气,实际未必,一个个跟孤魂野鬼一样散落在陈旧的院落,反正有一种不安的情绪。领导以敏锐的嗅觉感到,如果不加强思想方面的教育,这些年轻人不能迅速融入组织,思想上必然五马分尸。

团工委(共青团的工作委员会)书记与工会主席召开了关于年轻人的会议,决定成立单位的团支部。文联以往的聘任方式都以调动成熟干部为主,这几年才招聘大学生,所以成立团支部也属于首次。

"这是一个热血沸腾的、非常有意义的日子,你们这些大学毕业生很快就有自己的组织,这个组织将传递你们的心声,实现你们的诉求。今天这个会议呢,我们先来听听大家的意见,畅所欲言,一定要畅所欲言。"

客观地说,团工委书记曹女士戴上玳瑁眼镜,穿上假胸之后,也是一个干净利落的颇有修养的中年女性,颇给人信任感。她的发言相当亲和,似乎是与一堆儿女交谈。

平日里年轻人颇有怨言,这时候倒是鸦雀无声。我想原因有二:第一,大概是脑子不够使或者表达能力差,不能把自己的诉求表达成可上台面的语言;第二,或者还是怀疑或者犹豫,不确定书记说的话到底是不是真的。

"那就一个个说起吧。"老杨建议道。

工会主席老杨是个平易近人的胖子,据说他生过一场大病,死里逃生,之后从身体角度考虑,才调到看起来比较清闲的工会主席的位子上,性情也十分平和,凡事不会拒绝,必有答复。当然,他答应了也没用,权力有限,仅是个二传手。

从会议桌右手边起,从最早进来的戏剧家协会的小于开始,他不咸不淡地说了几句,把不为难领导的基调把握得好极了,一看就知道是后备领导的人选。他开了个好头,大家也如此,阐述了自己对组织的信任与期待。轮到我时,我想也不用浪费大伙的时间,便说了两个字:"同上。"

这下把团工委书记惹恼了,她终于按捺不住,语气软中带硬道:"李师江同志,你这样敷衍是不对的。我们这次代表了党委和团工委,代表文联的整个组织,与你们的交流是百分百的真诚,领导非常重视,这也是你们提出诉求的很好的机会,请不要不珍惜。"

"我们的诉求领导会解决吗?"我问。

"只要是合理的,党委有能力做到的,必然能够解决,是吧主席。"曹女士把目光转向老杨。

老杨像如来一般低眉颔首,微笑道:"是的,这是我们之前跟领导谈过的,要给年轻人办实事。"

"第一,由于我们单位没有食堂,大伙一日三餐都在外头解决,又不卫生又不方便价钱又贵,希望领导考虑给我们建个小食堂。第二,既然要建团支部这种组织,就不能没有组织经费,有了经费我们就可以到外面活动,身心愉悦,事半功倍,避免整天在会议室里纸上谈兵。"我提出两点。

大伙都沉默了,等着两位领导表达。领导矜持地鼓掌,大伙也鼓掌了。

"很好。"曹书记在笔记本上煞有介事地记录,又道,"这种要求完全可以向上反映,也完全有解决的办法,是吧主席。"

"关于办食堂,以前也有提议,领导也颇为重视,但是一直找不到空间,这次算是重提,即便办不了食堂,也会考虑年轻人的膳食问题。第二,关于团支部的经费问题,我觉得多了不敢说,但五千元绝对是没有问题的。"老杨胸有成竹道。

掌声更热烈了。

接下来提出的需要领导解决的问题更务实:比如说一直找不到女朋友,希望领导有解决方案;比如宿舍居住问题;比如说年轻人娱乐的场所问题。看领导的态度,这简直是年轻人翻天覆地的一天。

最后一个议程是选举团支部书记。

这个烫手山芋谁也不敢接。总体而言,大伙都习惯了自由散漫的生活,谁也不愿意当个组织与年轻人之间的二传手;即便是有上进心的年轻人,也不能确认这个位置有多大的效益。大伙毫不犹豫地推举了我,原因非常简单,我在会议上发言过多,大伙认为我是他们最佳代言人。

推辞了数次,实在是推辞不了,就像被人摁进水坑,挣扎的力气都没有,便从了。但是附了个条件,如果领导对提议没有解决方案,则一秒钟辞职。

果然麻烦不断。要把会议诉求形之于文,到中层会议上发言。如果我有从政的意向,倒是不错的一次锻炼,怎奈对此一点兴趣也无。学生时代,我成绩虽然还不错,但从未当过班长,只当过科代表、宣传委员或者学生会宣传部长之类的职务,总体而言,是一个有专长但无统筹能力的人。在会议上发声代言之类的活儿,对我而言过于大而无当。

好歹写了提纲,参加党委书记领导的会议。底下是各部室的负责人,神情满满,对其而言,开会是最能代表身份和成就感的一件事。这种场合,我觉得胸闷气短,不知道为什么。发言时,猛然瞥见陈丽娜凛然正坐在人群中,一脸严肃,判若两人,瞧不出一点夜里的可爱劲儿。就那么猛地心中一酸,十分难受,皱着眉头,再也不想说下去。众人见我停了下来,都把埋下的头抬了起来,投来齐刷刷好奇的眼光。我神情落寞,指了指自己的胸口,一副难受的样子。

曹主席倒是有应变能力,把话题移到她嘴边道:"小李太紧张了,这个场面规格太高,把他吓坏了,让他下去休息吧。"她代我念完稿子。我在后排坐了片刻,便溜出会场,呼了一口新鲜空气,不适的症状赫然消失。

领导果不食言,对于团委提出的问题,倒是一一研究,虽说不至于落实,倒是都有答复。比如说对于建食堂的问题,暂时无法落实,但可以与红星饭店达成做快餐的协议,并且每个月给每个团员补贴九十块的快餐票。住房问题领导可以考虑,慢慢解决,女朋友的问题,争取以后招聘时偏重女生,以达到自我消化;团委经费每年审批五千元,活动可以报上去批示。诸如此类,暂时皆大欢喜。

我在会议上语无伦次的表现很快作为段子传了出去,连陈丽娜也调笑我上不了台面,我有点惭愧,但并不以为意。天还是很热,但在傍晚时偶尔有一阵风会有一点点的秋意,这种错乱的节气引得我一阵阵伤感。年年此时,都是莫名的伤感。但也许今年有点不一样,我想与陈丽娜有关,甜蜜之后总有苦涩回味,其中有不可言说的内心规律,知者自明,不知者无从所知。我也少有出去,甚至连给左堤的信都少写,把自己包裹起来,各种惆怅在心中打转,往往在走廊上往闽江的方向望去,似乎想看见自己以后的样子,而后一秒中就有眼泪在心中打转。

时常想写点什么,也许是一个出口。写了几句诗,又觉得轻浮无力,像诗而无诗,连自己也骗不过去,不写也罢。拳不离口,曲不离手,诗歌许久不操练,节奏感已失,更别说妥帖与韵味了。夜里上"八闽论坛"混BBS,跟一些网友调侃,倒也乐在其中。后来偶尔在论坛上看到转帖的《第一次的亲密接触》,痞子蔡的网络小说,火红一时,看了不禁心有所动,更重要的是,突然找到了一种可行的表达方式,亦可行之。下笔之后,发觉写小说是个很好的出口,它不嫌啰唆,随便什么情绪都能容纳得下。

夏天的时候,跟随作家采风团去采风一周,走了漳州、永定、沙县等处,其间正处于世界杯,几个爱看球的队友在宾馆熬夜看球,跟老叶混得气味相投。老叶喜欢罗纳尔多,我也相当喜欢,这样我们就成了忘年交。老叶是出版社辖下《海峡》杂志的主编。我费了一周写下了小说的处女作,名曰《这个女孩有点酷》,大概是一个女孩不着调的爱情故事,寄给老叶。老叶看后大为赞赏,说小说有朝气,有新意,与传统的小说不一样,一定会支持我。这让我深受鼓舞。

至于小说的人物原型,我后来想想,应该是薛婷婷,并加以臆想的夸张。为什么第一篇小说不是以陈丽娜或者左堤为原型,我也比较困惑,后来积累了许多经验之后,才悟到,越是亲密的人,越难以塑造。

心绪竟然得到出奇地平静,此刻体会到文字的妙处。思绪飘远,又想李白如果没有写诗,何以完成幻想人生;杜甫如果没有写诗,何以度过颠沛潦倒的旅程。这似乎是一个通往未来的洞口,但又不明所以,宁静的欣喜弥漫心中,这是以往不曾有过的。

便给陈丽娜打电话,没有接。打她传呼,将近七点打了一次,又到九点打了一次,都没有回。心中十分忐忑。以往的话,她即便当时不便回,一小时之内必定会找地方回的。不安的感觉像一丝云飘荡在脑海,云层渐渐加厚,颜色也转向灰黑。她是不是遇上不测?是不是和别的男人在幽会?是不是她对自己的所为忏悔?是不是我又有哪一点惹怒了她?

自第二次极为酣畅的幽会之后,我们保持着数日一见的频率,相当默契。我爱上了在草地上的性事,同时担忧入秋之后便不能如此。去开宾馆之类对我们而言是不用想的,一次就足以耗尽半个月的饭钱,对于陈丽娜也是同理。我们工资微薄,所有的用度都尽量摊到公款,比如打个车,请朋友吃个饭,必有可报销的理由与凭据。对于幽会这种事,只能尽量利用城市的公用设施。同时我们的激情也一次次消退,理智越来越浮出水面,完事之后便是理智的碰撞,探讨的话题以我们的关系为主。

"如果一定要追究的话,只能说我抵御不住诱惑?"这是最近一次我得出的结论。

"什么诱惑?"她问。

"性爱的诱惑,叛逆的诱惑,总而言之,一种不拘常理的生活的诱惑。日复一日的生活味同嚼蜡,这种秘密的生活可救了我,似乎打通了五脏六腑。"

"那可就怪不得我了。"

"本来就没怪你,是我自己的定力问题。"

"为什么不定力强一点,让自己的爱情一尘不染?"她倒挺操心我和左堤的关系。

"摆脱诱惑的唯一方法是服从它。"我说。

"你总是有歪理邪说来骗自己。"

"这可不是我说的,这是王尔德说的。"

"是吗,这个王尔德,恐怕跟你一丘之貉。"

"我心中早就这么认为。我喜欢干违反常理的事,但是又胆小,便记住一些个离经叛道的名言,给自己壮胆。"

"这样看来你的盟友还不少,难怪整天鬼点子频出。"

"不敢,全靠踩在巨人的肩膀上。从你的角度说说我们的关系,我觉得我一无是处,凡是长眼睛的女人都不至于跟我会这样。"

"同理,对我也是一种诱惑。"

"此生没有受过如此褒奖,这回终于知道受宠若惊是怎么一回事了。但还是好奇,我身上有哪一点对你诱惑?"

"觉得你身上有无数种可能性。"

"说具体点。"

"打个比喻的话,你就像一颗快要孵出的蛋,但不知道孵出的是麻雀、老鹰还是会唱歌的黄鹂,这一点颇令人期待。"

"绝妙的比喻,令人振奋的评语,我比任何一次都看清了我自己。"

"我也受不了诱惑,你当然可以认为我不是一个好女人。"

"对我而言,再好不过了。在最适合偷情的时光做出最正确的选择,就如花朵傲然绽放,怎一个荼蘼了得——没有偷情过的女人简直是枯槁朽木。"

"胡说八道,该遭鞭刑。"遭到这么猛烈的欣赏,她有一种发自内心的害羞。

"时刻准备为说出真心实意的真理而遭受惩罚。"

我不记得这是第七次还是第八次的幽会,总之是最近的一次,对话之清晰历历在目。对于幽会,我倒是更喜欢完事之后的高谈阔论,脑子里晴空万里,无一丝云,此刻也不会被情欲乃至生活琐事纠缠,沉浸在一片通透澄明里。此刻的陈丽娜极为聪颖,我们的交流毫无障碍,携手进入生命极为深邃的洞穴中,探究日常少见的景观。不管怎样,她是了不起的知己。

整个夜里不回我的传呼,这是极为少见了。我从担心到沮丧、愤怒,然后如此反复,翻来覆去。脑子由凌乱至失望,而后平静,一种熟悉的恐惧感从远至近飘浮而来。之所以熟悉,它是有根源的,这个根源是如此熟悉,但一时想不起来,就像,你碰见一个亲人,想不起她是七大姑还是八大姨,但你能确定此人与自己有血缘关系。

终于想起来了,那个场面已经模糊。我忘了是初二还是初三,一天中午放学,还没到宿舍,同学便告诉我我妈妈来找我了。我心里一惊,这是不曾有过的事。妈妈是个四十多岁的农村妇女,个子矮小,皮肤粗糙,我从来不允许她到学校找我,觉得很丢面子。

妈妈神情悲戚,坐在我脏兮兮的床沿,说:"我决定离开家了,过来看看你,以后妈妈不能做饭给你吃了,以后你照顾好你自己。"

"你要去哪里?"

"随便了,在外面给人当保姆都行,不想再留在你爸爸身边,整天受骂当奴才了。"

我大概知道妈妈要出走的原因。客观地说,她是喜欢唠叨的人,而爸爸则是简单粗暴,以训斥作为交流的主要方式。我大概两三周回家一次,对骂骂咧咧的环境习以为常,而且以为每一个家庭都是骂骂咧咧的。没有想到的是,妈妈终于忍不住爆发,而对于爆发的具体事件,我并不知晓。

我的心瞬间凉了下来。我有一种想跟着妈妈出走的愿望,但我没有说出口。我习惯把所有的愿望放在心里隐忍不发。我也没有要求妈妈留下来,我觉得自己的愿望十分卑微,不足以说服任何一个人。

妈妈见我无动于衷,摸摸我的头就走了。

我的心就碎了。对未来的茫然恐惧让我额头渗出细密的汗珠,一种针刺般的感觉袭击我的大脑皮层。这种心境并不影响我日常学习,我照例每天一大早去墙角背英语,夜里熄灯后在厕所里背政治。几日后,我捋清思路,一等放假就去找妈妈,再决定是否继续上学。惶惶的恐惧这才消退。

妈妈在姑姑们的劝说下,终于没有出走。一场风波平息,但是该经历的已经在我心底经历了一遍。那种风吹草动的警觉,在我的神经末梢如蜻蜓飞过。每次回家,如果看到爸妈的脸色颇有异样,就不由自主地忧心起来。我甚至想,如果这个家,只有我一个人住在这里,会怎样呢?荒凉的感觉很快就淹没头顶。我不敢再想下去,有一个难言之惧:一到黑夜,我会觉得村庄里都晃悠着鬼魂,因为有父母在,那些鬼才不敢进门的。在我成长之中,恐惧的东西很多,以鬼为最。妈妈是鬼神的忠实拥趸,她有各种办法,比如烧香、祈祷、奉献贡品等等,使得我们与鬼神和平共处。我无法想象她不在家的情形。

往事已远,余韵缭绕。我侧躺在床上,因久久不能入睡而臂膀酸疼,不得不翻来覆去。这种隐隐的忧惧,居然与中学时的恐惧有异曲同工的渊源,让我颇为费解。我就是这么一个被直觉牵着鼻子走的家伙。小马被我的动静惊醒,睡意全无,不得不起来点了一支烟来缓解,问道:"怎么啦?"

"心痛。"我说。

"什么事?"

"说不清楚,只是一种预兆,感觉心上一块肉即将被割掉。"

我的回答让小马更加糊涂。他把烟狠狠地抽完,继续睡觉。有一个随时可以拿出来抽两下的朋友真好。

次日,上班间隙,我问陈丽娜为何昨夜传呼没回。她淡然惊奇道:"哦,你有打传呼?"我先是一阵喜悦,这么来看,昨夜臆想的一切全算我多想。但我细微的直觉很快明白,这是她的敷衍之词。她透亮的眸子里明显有躲闪的光芒,言语之间亦是游移,似乎边说边判断我是否相信。

说谎的女人也有一种云里雾里的美,微微的胆怯也让我心疼。我不忍再逼问,只是把忧伤的眼神投过去,言外之意是我不大相信。她避开我的眼神,专注于眼前的工作,一种貌似的专注。隔阂已经存在,这是心照不宣的。

我不想再纠结于此事,走到门外呼吸了一口新鲜空气,靠着走廊立定,什么也不想。老余也出来了,递了一根烟给我,我顺手接过,煞有介事地抽起来。就这样和老余一起抽了片刻,默默无语,突然警觉,问道:"你有事吗?"

老余欲言又止了几次,纠结道:"赶明儿一起去看看淡墨吧。"

我不置可否,道:"有必要吗,她在报社好好的,咱们总得有一个理由。"

"哎,感情这东西,不需要理由。"老余语重心长道,"小李呀,我也知道你待着压抑,你不想淡墨回来吗?"

我豁然见到老余的心机。

"我明白你的苦心,但我不想卷入此事。"我不耐烦道,"我自己一屁股屎都没擦干净。"

老余悻悻地离开,又把自己包裹到深深的壳里。

天上的灰云一片片堆积,像仙女们扔下的手纸,颜色也越来越深。马路上的行人步履越加匆忙,随着天色越来越阴暗,整个世界便空荡了。我看差不多下班的时间了,便上楼去,把自己包裹进去被子里,我希望自己醒来的时候,这场雨已经过了,目之所及,是光明与彩霞的世界。

整整两天,我不停地找小马聊天,以驱除不快的阴云。换而言之,我在享受不明所以的煎熬。是的,说得没错,是在享受。

大学时期,有一次在西单逛街,突然便急,茫茫人海,找不到厕所,又见22路车来了,迟疑之间便挤了上去。一路上自然苦不堪言,全靠超顽强的定力顶住。一到铁狮子坟,直奔去处,自不待言,只是那瞬间怎一个爽快了得。煎熬后自有快乐,那煎熬也成为快乐的一部分。屎中之爽,非俗人所能品味得到。

很显然,与陈丽娜的隔阂也越来越深。我打电话过去,她总是把我当成泛泛之交,如果谈到私情,必定回避,好像这个女人从来不曾与我亲密过,也不曾推心置腹。

大概至第三日,已经到我不能控制的阶段,疯狂的心境譬如野狗,下午骑车在街上漫无目的地狂奔。在一个杂货铺,我用公用电话打了陈丽娜家里的电话,大概她午睡刚刚醒来,声线迷蒙。

"我就在你楼下,我必须见到你。"我说。

她迟疑了片刻,道:"那你上来吧,如果碰见同事,就说给我送来文件。"

下午的楼道,安静得一塌糊涂,我都能听见自己的咚咚的心跳。我敲了敲门,她打开了,见到她的一瞬间,我眼睛一热,同时万千情绪也消散成云烟。

她穿着一套淡黄丝绸的睡衣睡裤,造型俏皮的女士拖鞋,就好像刚从床上起来。客厅里有一张地毯,地毯上放着榻榻米高的茶几与茶具。她取了一个圆布坐垫给我,我们就在茶几旁对坐。她泡了茶,给我倒了一杯。那杯子也够可爱的了。

如果我与她之间没有阴霾,这一切多么美好。那杯子就跟一个婴儿一样可爱。

"喝杯茶,这是咱们老家的白茶。"她眼睛不看我,看着茶。

"不感兴趣。"我说,"压根儿没有喝茶的心境。"

"那需要培养一点喝茶的心境,凡事不要着急,坐得住容得下。"

"够了,去他妈的茶。你该告诉我是怎么回事。"

"什么怎么回事?"

我伸出手抱住陈丽娜。她叫了起来,想摆脱我,此刻我的手像藤一样有力。

"别这样。"她说。

"几天前你还跟我灵肉相通,现在却形同陌路,我要问的就是这个问题。"

"你先别这样好吗?"

"你这么矫情令我不胜厌恶。"

我抱住她。她无奈地叹了口气,抬起头,正对着窗户,蓦地一哆嗦,惊叫起来。

这是老式的宿舍,客厅窗户对着走廊,用窗帘把玻璃窗隔起来。刚才不知为何,窗帘并没有拉紧,留有一道巴掌大的缝隙。我似乎能看见缝隙中人影一闪。

我松开手。她突然抱怨道:"都是你。"

"怎么啦？"我也觉得有异。

"哎，那个老女人，王主编的老婆，刚刚退休，整天趴在窗户上偷听我，这回可不得说什么了。"

她伸手把窗帘整了整，使之分毫无隙，但为时已晚。大妈已经得意上楼，稍远一点，从蹑手蹑脚变成脚步笃定。我也觉得兴味索然。

我默默地喝茶，喝完自己续上，此刻我才意识到口渴极了，鲸吸一大海缸的茶方能尽兴。

"你不准备说吗？"我着实不耐烦，冷冷问道，听起来颇有威严。

"我也不知从何说起。"她语气孱弱，内心张皇一览无余。

我心中一软。这个与我有过难忘交融的女人，不管发生什么，我都不该如此逼问。

"肯定隐藏着一个故事吧。"我换个角度问。

"是的，一个很大的故事。"她低声低气地接了过去，"我也觉得对不住你，与你保持距离，也是费了很大的勇气。"

"就是这个故事，让你我不能再保持原来的关系？"

她沉吟片刻，道："嗯，只能如此。"

"你再说一遍，你不想和我再保持原来的关系。"

她凝视片刻我的眼睛，然后小声说："对不起，是这样的。"

"既然是你亲口说的，我倒是释然了。"

我把茶一饮而尽，站起身来，在门口换上鞋子，出门，把门轻轻带上。动作的冷静和轻柔，像一个丈夫出门上班一样。我尽量保持着一个男人的尊严全身而退，似乎这样可以洗净这几日的张皇带来的羞愧。

是的，内心变得风轻云淡，骑着车在街上闲逛。没有任何时刻比此时更悠游自在了，也没有比这更能看淡人间的时光了。

小马到巴山的桑拿浴室里唱歌。巴山托了朋友，找了一个《都市报》的记者做了一个市井新闻,居然事半功倍。令小马不满的是配了一张光屁股的照片,虽然有马赛克,还是让小马颇为不满。巴山却暗自得意,他就是这样一个喜欢出其不意的家伙。

直到有一天,一个喜欢在桑拿浴室打瞌睡的家伙被小马惹烦了,把小马一拳打了出去,这才结束了小马的浴室歌手身份。巴山为了补偿小马的损失,做了很多善后工作。

"巴山这个人,最好还是别跟他交往。"小马的脸被揍了一拳,已经看不清肿起的痕迹,但他每天必须以热敷爱抚。我第一次见到如此热爱自己脸的家伙。

"何以见得?"

"他居然带我去找小姐,你说,堕落不?"

"大概是为了表示歉意吧。"我说,"人家是一番好意,说到堕落,也不至于。"

"他表面上写诗作赋,背地里干这种勾当,这种人不该被批判?"

"我倒是没想到你的观念这么端正。"我说,"光以这一点,我无法推断他的人品。"

"所以你跟他会玩得来?"

"我倒觉得他就这一点颇为可爱。要是人人都那么一本正经,这个世界真的糟糕透了。"

"看来我们没有什么共同语言。"小马总结道。

关于此事的争论我们到此为止。即便我们同居一室,我和小马也不会成为知心朋友。况且有一天我们总会从一个宿舍分开,此后变成点头之交,乃至彼此从生命的轨迹里消失,不存下任何记忆。

像交朋友这种事,真的是勉强不来的。对于朋友颇多的人,我总是怀疑,我认为这是开朋友超市。我跟朋友多的人实在是做不成朋友。在心里想想自己的朋友,也是寥寥无几,几近于无。这是宿命般的孤僻，真理一样的聊赖。倘若同一个学校，同一个宿舍，乃至同一桌上吃过饭，便是朋友，那也够奢侈。人群之中，我也仅是喜欢跟沉默的人来一两句交心。女性的朋友可以通过做爱彼此信任、深入，交心还不算十分难，只要心有灵犀的话；男性的朋友，外相繁多，相通真是难得很，不交也罢。古人与梅兰竹菊为友，这倒是有一点可信。静静地开着便好，话说得越多朋友越是当不成了。

关键的问题在于，很多朋友是个幻觉。

我最好的朋友就是另一个我。我一直相信有两个自己，一个负责活着，一个偶露峥嵘。

每当我闭上眼睛的时候，另一个我就出现了，他取出一杯苦酒，对饮而尽，醇厚的汁液顺着喉管流进去，也有芳香，那是生活的原浆，肠胃渐渐适应了这一切。对于甜蜜的浅薄，不再有感。

小马站在我的床前，一把掀开我的被单。我睁开眼睛，条件反射地蜷缩着身子。此举似乎与我的某种预感甚为吻合，我并不惊诧，只是看着小马的下一步举动。可怜的小马，我想，他一直活在一个不为我所知的世界，循规蹈矩，三观端正，把自己包得紧紧的，没有丝毫的缝隙得以窥视。在我内心中，早就渴望他露出破绽。只要露出破绽，只要得以窥见真相，惺惺相惜未必不能。

"他们说的是真的吗？"他质问我。

"说的什么？"

"你还不知道呀，都在说你和某某某的绯闻，都来问我你有没有夜不归宿，我只好如实说了。"

"这个，我想没有必要回答。"我把被单拉过来，道，"你为什么要掀我被单呢？"

"师江，破坏别人的婚姻，这是不对的，你不能这样。"他正直而严肃，好似我把天捅了下来。

我倒是不知道如何回答了。我想不清楚这件事跟他有什关系。

"我问你为什么要掀起我被单?"

"我就想看看这件事是不是真的。"

我不再交流,把自己包在被单里。两个截然不同的人的交流是世间最荒诞的事,更何况我本来就口齿不灵。

小马恨恨不平。他的凛然正义让我着实吃惊,但又有点害怕。在我眼中,他神经已经错乱,在他眼中,我亦如此。

客观地说,我心境亦是惶然。这样的绯闻,太不光彩,虽然我内心里爱做不光彩的事,现在是,未来也如是,但变成众人谈资,犹如裸身行走,又是另一码事。

冰心文学馆开一个儿童文学研讨会,抽调人手过去做会务工作,我也趁此机会离开文联,前往长乐待几天。忙活一点,是忘却现实的最好办法。距离福州一个多小时的车程,虽然是短短的旅行,但足以使得心境焕然一新。冰心馆是近年来新建的场馆,中西合璧,比起文联大楼是清新洋气得多,白色的馆楼、天井阁楼与周边草坪巧妙连通,气韵天成。唯一的不足是太新,草坪上的石雕太新,楼中木质部件太新,沉着不够。倒也符合冰心的气质。

也不太忙,不外乎引导专家学者、作家入住,安排饮食。人都不熟,不必过多理会,倒是省心。他们开会时,我便在四处逛逛,在水池上打水漂。这个技能从小就会,只需一个人玩,带来的乐趣颇多,瓦片在水面上一跃一跃地滑行,宛若奇迹。晚饭后闲着无事,也难以与半生不熟的人聊天厮混,便在街边闲走,被一家卖石头的门面吸引过去。那些光怪陆离的大石头看看则已,而门首柜台里的两块比巴掌略大的石头倒是吸引了我,一个有太阳的图形,一个有月亮的图形,相映成趣,一见就心动。跟老板略微商量片刻,以一百元成交。喜不自胜回到文学馆,在楼下遇见陈丽娜。她也是参会发言的作家之一。

"什么玩意儿?"她笑吟吟地问。

"买了两块石头,巧夺天工。"我指着太阳和月亮的形状。

她貌似无感,不过总算替我捧场,道:"看起来不错,没想到你还有这爱好。"

"不算爱好,只是碰巧遇见,心想这是自然造化的,图像又是永恒的寓意,只有缘分才能得到,这样隽永之物放在案头,只觉得心里美滋滋的。"

难得聊得如此风轻云淡,又有闲暇,便说些会议的话题,径直在草坪上漫步。草皮的质量不是很好,看似好看,若坐下来,便会扎破裤子,直抵皮肤。走到草坪尽头,有一个不深不浅的池子,养着几只不死不活的鱼儿,也算是个景致。坐在池边的石凳上,做观鱼状,池子一片幽黑。

"听到诸多风言风语了吗?"我话题一转,问道。

"没听到。"她笑了一下,"不过也知道了。"

"有何感想?"

"说便说去呗,无暇理会。"她笑了一下,漫不经心地自我解嘲。

不知道她的心态是真是假,但我真是佩服,并且受到感染,不,受到鼓舞。

"就是,闲吃萝卜淡操心的人可真是多。"我也淡然道,"不如说说你的故事。"

"什么故事?"

"因为那个故事,你和我形同陌路。那天回来之后,我还后悔没来得及听你的故事,一定是精彩得不得了。"

"还是不说吧。"

"说吧,你应该理解被一个谜底憋着有多难受,你不至于残忍到连一个小小的交代都不给我吧。"

她在昏暗中沉默许久,似乎在权衡。草坪上路灯的光照不到我们这一块,因此显得幽暗,但看别处却是清清楚楚。

"是因为我跟他和好了。"她吐出一句话,言简意赅。

"哦,那挺好的。"我说,"想必不久他也会调来福州了吧。"

又是一阵沉默,似乎她不愿提及这个话题,或者,我和她之间的亲密破坏了他们夫妇重归于好的氛围,我颇感歉意。

"如果我给你留下不好的记忆,就请忘记我吧。"我感觉自己此刻像个历经沧桑的爱情老手,只不过不敢确定有几分真实。

"不是他,我和他的关系已经彻底破裂。"她幽幽道,"是另一个他。"

内心像被一个大锤子敲了一下,差点喘不过气。我深深呼吸两口,让自己处于若无其事的状态,也像个处变不惊的男人。

"看来他是个极有魅力的人。"我抚了抚自己的胸口。

"他是学油画专业的,但却对音乐精通,他聊天旁征博引,历史、文学、哲学无所不知,各种融会贯通。这也倒罢了,无非知识渊博而已。更要命的是,他的一举一动,有一种专注的体贴,让你觉得漫不经心却又针对自己,离开了他,便会不断地思念。"

"这位体贴的神人,在我们单位吗?"

"不,他是个和尚。"

"天哪,我知道你喜欢干匪夷所思的事,但你怎么能够……总不至于要犯此天条?"我几乎心力交瘁。

"他是比丘,没有受戒,度牒交回去,就可以还俗的。"她争辩道。

我站起身来调整呼吸,舒活一下筋骨,把一块石子扔进池塘,发出一声清脆的细响,确定自己是个玩世不恭的人。

"想听下去吧?"她问。

"说吧,可真是个好玩的故事。"我笑着说。

"去年秋天,我感觉自己的生命是抽离的,那种感觉就像,你奋力爬到高处,结果发现自己坐在云雾之中,脑子也有一头雾水,不知道来此处做甚。不知道哪根神经发作,我突然想学古琴,特别想,就好像在空虚中找一个空虚的知己。他是经过一个书法家介绍而认识的,第一面是在西禅寺,我原想他应该是一个高古枯瘦的和尚,但见到的却是一个俊朗而颇为超脱的同龄人,虽着僧服,却有人间的勃勃生机,自然心中有所触动。

"他是中央美院毕业的,毕业之后却觉得一辈子画画颇为无聊,便出门旅行。在一个寺庙经一个老师父点化,想当和尚,老师父见他年轻,便说,也许你还有尘缘未了,你就当个比丘吧。去年他游历到西禅寺,见是个闹中取静的好去处,就住了下来,读书弹琴种菜。说是学琴,但我们谈的东西可多了。虽然一见钟情有点夸张,但差不多我很快就喜欢上他了,并觉得我茫然寻觅,就是想要这样的一件事物,能使我空荡荡的内心瞬间充实,填得妥帖无缝。我并非滥情之人,也少有男子能进入我眼中,更不是你认为那样能放得开的女子,我纠结了很久,就好像自己与自己进行一场拔河比赛。

"你别以为我是个多么浪漫的人,我的婚姻其实是父母介绍的,对方算是干部子弟,门当户对,年少的时候对男女关系毫无洞察,初期也有过美好,就是生活惯性的美好。后来性格相悖,他在生理上又有所欠缺,我感觉厌烦,又不能提出离婚,只想调离当地,过得清爽一点。我什么都懵懵懂懂,但只有一条,就是我不想生孩子,至少之前不想,我想一生就被缠住了,我自己还要玩,我所期待的生活还没有到来。你也可以说我自私什么的,但我从小就是这样,非得让自己满意。虽然我好幻想,但现实中还算传统,我喜欢他,但我每日都在劝说自己,这是不对的,这样的事太疯狂,我玩不起。问题在于,他遇上我,也承认他迟迟在生活中没有找到答案,我就是他的答案。他愿意为了我还俗,当然谈不上还俗,他没有受戒,只不过原来喜欢僧人的生活方式而已。

"和他在一起,大概是我最用心的人生,我们认为彼此属于对方,蕴藏了几十年的激情潮水一样涌来。当然你知道,激情这东西是靠不住的,随之而来的是麻烦。提起来就头疼,哎,你如果不爱听,不说也罢。"

"这么鲜活的事,就是花钱也买不到,我怎么会不爱听——更何况发生在你身上,不听只怕是活不下去了。"我说。

一个路灯下淡淡的人影投了过来,大概是一个参会的学者,看到有人在此闲坐,也过来凑热闹的。我们止住了话题。到了近处,此人又折了方向,往湖边远去。大抵是看清了一男一女在交谈,便得知趣。

此处属于郊外,草坪之外,目之所及,有灯火处是人家,其余便是旷野。夜风醇厚,那是海上吹来的,带来海的气息,比清风多了一点人生况味,敏感者自能觉察。人不说话的时候,蟋蟀的声音便响了起来,人说话的时候,它便悄然静听。还有另外一种虫鸣声,据说是蚯蚓的声音,我是不太相信,我不信软塌塌的玩意儿能发出这么清脆的声音。

"他想让我离婚,跟他远走高飞。我自然没有说走就走的魄力,虽然爱他,但必须权衡。他认为我陷入世俗太深,这是最好的抛弃一切追求真爱的机会,就这样互相辩论、争吵,直到陷入僵局,激烈断绝——就连那把古琴,也被摔残了。"

我吐出一口气,道:"然后你就和我?"

"算是,也不算是。我只想找个人倾诉,当然,未必是倾诉隐私,只要能谈谈心,我的纠结也能驱散很多。你说话直抵人心,自然是最佳选择。至于后来发生的,倒是我未曾所料。"

"这话真让我伤心,似乎这一幕戏是我一个人自编自导自演了。"

"我和他好了之后,就好像打开一扇门,对生命的感悟也豁然开朗。之前我的人生禁忌颇多,绝对不会跟你发生那种事,之后发现没有什么是不可以的,随着自己的心念即可。当你提出做爱时,我的心里有个声音说,这是平常事,可以顺心而为,就答应了。因能驱除不快,我自己也是乐在其中,这一点倒要如实相告。"

"后来呢,又缘何结束?"

"我和他断了一个多月,我大概想忘掉吧,就当是一场梦。他突然又跟我联系,忏悔他的不是。他的声音让我瞬间就崩溃了,我控制不住自己,再一次确认我是爱他的,无法放弃,那种爱的感觉,就像往杯子里倒水,瞬间就满了,我不能欺骗自己,我必须去享受它。"

"那就恭喜你了。"

"谢谢。"

谜底讲到此处,原来的兴趣也就索然了。我们毫无预兆但心照不宣地道别,回房就寝。

我开门进房间,便一头倒在床上,人如纸片,头脑也虚空得似乎不存在了。曾一闪念想去洗个澡,但知道已经没有这个力气,只怕会睡倒在浴缸。

被闪电击昏的人是不是这种感觉?那闪电从心瓣炸起,无声无形。

我轰然睡死,被睡神完全压在身下,毫无反抗能力。醒来时已经夜里两点多,发觉自己和衣而卧,呈对角线俯卧在床,白色床单上流了一摊口水。灯还是开着,门也没有关紧,露出巴掌大的门缝。卫生间发出清晰的滴水声。

力气尚有恢复,我挣扎着起来,翻了翻会务手册,找到她的房间号,便打了电话过去。

"是我,我的心,疼极了。"我说。

陈丽娜语气惺忪,愣了片刻,道:"怎么了?"

"不要抛弃我,好吗?"我发觉自己泪流满面,乃至于号啕大哭。

她没有说话,我们在电话里倾听彼此的呼吸。我怀着一丝期待,自然觉得这呼吸是甜蜜的,又如耳边风铃,不知道会带来什么好的消息。

以今晚看来,这几日的谈笑自若,全是强撑的,在今夜轰然倒塌。不知道是哪根神经被冲动了,尊严也荡然无存,像狗一样吐着舌头,像狗一样不再当自己是人,乞求施舍的温存。我以前多么鄙视这样的人,现在成为自己鄙视的人了,竟如宿命一般。而且我料到,此生我必将彻底成为一个自己鄙视的人。

"对不起,我的心满了。"她轻声但坚定地说,"再装不下另一个人。"

"早知这么短暂,你又何必要和我开始?"我哽咽道。

是的,这甜蜜的开始与苦涩的结尾,毒药般的不堪,而她这般果断,我不能不幽怨:像一只被钉在墙上的壁虎。

"因为我知道,我们都不会动心。"她沉默许久,胸有成竹道。

11.

火车缓缓启动,从站台的阴影开到站台外的阳光下,车厢为之焕然一新。自毕业之后,再没坐过火车,虽有采风或者回家的旅途,均是汽车代步,坐上火车的感觉可谓非同一般:它代表告别与远行,代表远方的不可知,代表即将到来的全新的生活。先是穿过楼宇,然后是村庄与旷野,两边林立的树木、山川与河流、黑乎乎的隧洞,闽江弯弯曲曲,一路陪伴,忽隐忽现。往日少见的喜悦浮上心头,真该感谢自己这般决绝。

十一岁之前,我待在乡村,除了到镇上看过一次《少林寺》以及几次买小人书,对了,还有一次三年级集体徒步到城北烈士墓,除此之外没有离开过村庄。从家门口一条颇为宽敞的巷子,往北望去,目光掠过靠海的屋子的瓦片,远方是隐约的马路、海岛群山和白云。这种眺望历经整个童年,在心里酿造,最后酿出一杯酒:它叫远方,闻之芳香馥郁,在人生失意时小饮一口。

这是普通的硬座车厢,乘客可谓五花八门。要我融入人群真是一件太难的事,单是人群的气味,便让人觉得孤单是一种享受。我身边一个脸色黝黑的中年男子点起一根烟,极为霸气。我劝他到走道去抽烟,他听后根本不予理会。乘务员经过时,他却机警地把夹着的烟藏到桌子底下,乘务员一过去,又极为得意地抽起来,恰如一个变化多端的魔术师。又有一民工,把鞋子脱了,跷了二郎腿,味道自然不爽。身边的人也不以为意,我若屡屡抗议,倒显得我多事,真是莫名尴尬。

我走到车厢之间的过道上,这里的空气新鲜许多,车缝外景物风驰电掣,脑子里浮现手风琴的旋律,数日来跌宕起伏的生活,如电影镜头一样一次闪过。我诗意翩然,在乘客意见簿上写下这样的句子:

> 一片叶子漂流远方
> 其上蚂蚁引吭高歌:
> 世上有太多疯狂
> 我还未曾经历
> ……

"不要抛弃我。"这句可怜兮兮的话浮现在眼前,使我羞愧难当。当年妈妈要离家而去的时候,这句话我没有说出口。十年之后,我对另一个女人说出这样的话。我是更加勇敢了,还是更加懦弱了?不得其解。

我也知道,那个晚上我必须死过一次,深深地溺在绝望里,之后的复活,才能让生命有转机。内心的尊严,对不可预知的爱的勇气,对陷身庸碌里的自卑,一样一样地,在肌体中悄悄发芽。而无比甜蜜的失败的爱,成为它们的腐料,成为新的滋养。如果恐龙没有灭绝,人类有可能进化出来吗?死去与新生,相依相辅,亲密得让人心碎。

不多时腹中空空,泡了一杯方便面,美味得不行。我生于南方,却酷爱吃面食,也许是慢性胃溃疡的原因,吃面后腹中极为舒服,似乎有一只柔和的手掌轻抚胃壁。面条,从南到北倒是吃了不少,最喜欢吃的是手工拉面,定阜大街的那家国营面馆,大一时经常吃的,筋道,加少许的辣椒油,想想都醉了。但说到最妥帖的面条,那非得是方便面不可:总是在你最需要的时候出现,比如夜半三更狂饿之际,比如在宿舍里窝藏酒精炉的年代,比如在前不着村后不着店的关口。对我而言,方便面不仅是面,更是一种爱:当世界都不理会你的时候,它就来了。它是日本人发明的,我亦觉得它是日本女人殷勤备至的延伸,我直觉只有心思极细充满爱意的人才会发明它。至于方便面的口味,我也是喜欢得不得了,原则只有一个,煮得越烂越好吃。许多人说方便面没有营养什么的,我是不在意的,我只要想到在夜半狂饿时它带来的快感,吃到汗流满面热泪盈眶,温暖的陪伴贯穿青春年华,便一点都不想贬低它。

从天亮到天黑又到天亮,吃了大概四盒方便面,吃到想吐时,火车便抵达终点。成都天色灰蒙蒙的,大概所有的火车站都是一样的,行色匆匆的人群,拖家带口或者背负行李,脸上挂着异乡带来的期望,以及人在旅途的疲惫感。虽然是个值得赏玩的城市,但与我并无多大瓜葛,并不做停留,直接到汽车站,三四个小时的大巴,到达乐山。刚出车站,被一个阿姨拉进一家快餐店,刚好肚子也空,顺水推舟。看看没有一样适合胃口,便要了一碗宋嫂面,被辣得直跳脚。阿姨看着我满头冒汗,笑道:"吃得可爽?"

"太热情了。"我说。

吃完,我借阿姨的水龙头洗了把脸,并问她脸上是否干净。阿姨倒是实诚,道:"干净着呢,就是太瘦,你该多吃点。"

我点了点头,以表谢意,顺便问了路,向西走去。随身只带个牛仔布包,几件衬衫背心,走着也是省心,顺便一路看看。这个小城来过一次,似曾相识,最深的印象是这里的女人都很热情,说话带着川音,跟炒豆子似的,打交道用不着多么含蓄。

按道理说,我已经相当疲惫,实际情况也是如此,脚步浮虚,在薄暮斜阳下,如果有一阵风,是可以随时吹走的。但神经兴奋又让我充满力量,如一只风筝,虽然摇曳,但自有轴心。不久便找到一中,它的南边便是乐山大佛,东临岷江,在此工作倒是个不错的所在,至少比我工作的地方开阔许多,也有韵味许多。

我在门房做了登记,接受指引,很快找到高一的办公室。老式的办公桌,坐着稀稀落落几个老师,我探头巡视一周,不免显得贼头贼脑。坐在门口的一个大概五十岁上下的女老师带着警惕的眼光问我:"你找谁?"

"左堤老师。"我说,"我是她大学同学,从外地过来看她。"

我见她眼神警惕,怕她误会,一口气自报家门。她的普通话带着川音,我的普通话带福建口音,彼此勉强能懂,但是说得多了,还是会影响沟通。

她转头,快速道:"云爱,你不是要去看左堤吗,带她同学一块儿去哟。"

云爱,一个二十来岁的老师,看起来很是利落,正在刷刷刷地批改作业。她招呼我一旁坐下,道:"等我改完,我带你去。"

我点点头,由于云爱长得颇有可取之处,我再不便跟她说话——碰到漂亮的姑娘,我便心生害羞;如果是平凡的姑娘,倒是可以谈笑自如。我看她这一摞作业本,至少也要改二十分钟吧,便坐在一把空椅子上,方觉得身体好累。无所事事也不行,便把口袋里一封信取出来,逐字逐句再次细看。

亲爱的:

请原谅我这段时间少有给你写信,甚至于几乎把你忘记。这个行为让我再次意识到自己意志的薄弱,以及对我们的爱没有信心,如浮萍一样的人生。

这是一件难以启齿的事。按照常理应该是这么说的,但我觉得凡能做出来的,便没有什么难以启齿。我不可控制地陷入一桩办公室恋情,确切地说,是与一个少妇的偷情。这种事无耻甜蜜到我一头扎了进去,几乎忘了我们之间的爱,真是该死。我不知道此事对你意味着什么,因为我们从未在这方面有过深切交流,不管如何,我觉得一定要告诉你,否则无法继续我们的爱。道德这玩意儿我不太相信,但坦诚一点倒是必需。

还好她快刀斩乱麻,使得此事延续不到两个月,我便从梦中醒来。真的恍如做了一场梦。醒来之后我感到耻辱,并非觉得偷情耻辱,而是自己的哀求的姿态耻辱——我像乞丐一样到处乞讨爱,来排解孤单。我亦知道这是一桩没有结果的情事,迟早要完蛋,它过于甜蜜,而我饥渴难耐。我并非为此事找一个理由解释,而是说我的现状——从毕业到现在,我们之间若断若续的爱,确实是苦得很。再想想爱情的未来,有点像苦行僧的取经之旅,而从我的决心意志来判断,却只是个八戒。让一个八戒去取经,何其荒诞——但我发觉这就是人生真相。

不过我此刻真的厌恶自己如巨婴般嗷嗷待哺。这种厌恶也滋生出勇气,暂时不知何用。

说这些,并非为此事忏悔。在女人面前喋喋不休的忏悔是低级而无聊的,我只不过吐露心迹。

对于我们的未来,有时候我踌躇满志,有时候又失落得很。我无法在现实中做出什么以让我们团聚,只能等待我们的计划。你的成绩比我好,一定能考上,要加油。至于我,考上考不上,我都会追随你而去。已经在此工作了一年多,我想如果在此工作一辈子,大概也是如此,日复一日,面对这些不算糟糕却也没有肺腑之言的文章。能看见的未来,就不是未来了。我做梦都想离开这种生活,看看外面行色匆匆的人到底在忙什么,只是不知何时是个时机。

从梦中醒来之后,才发觉我们的爱是如此清新,如此清晰,如春草在发芽长叶。客观地说,我现在的心情很糟糕,但是跟你一吐肺腑,又清爽很多。希望能够尽早收到来信,也希望能够见到你对此事的态度。这一点尤其重要。

凌晨,在冰心文学馆的客房里,这封信写得很慢,甚至犹豫着写与不写。但笔下流淌的每个字,都能让心不再疼一些,舒坦一些,也能让自己专注一些。写完,像下了一颗蛋,终于轻松几许。我把留在眼角的泪痕擦去,窗外有青薄的天色,冷峻而温暖,但猜不准天大亮以后是什么天气。

后来我握着这封信,就像握着一根救命稻草。

我们单位的信,会统一放在信筐里,然后送到收发室,邮局会每日一取。当我把这封信放在一堆信里时,心中隐隐觉得不安。我与左堤之间,从前隔着的是心膜,是横刀夺爱的情敌,是误会丛生的师生恋,现在这些都不存在了,横亘之间的只是千里之遥,或者说是一层薄薄的空气。啊,这个懦夫,居然把薄薄的空气当成天河,每日只有排遣不尽的哀怨,只有等待饭来张口的爱的施舍,只有让羞愧布满青春的脸。为什么不能亲手把这封信交给她呢?你连一点爱的行动都做不起?一阵难以掩饰的对自己的厌恶之后,恶从胆边生,我收回信筐里的信,前往福大旁边的火车票代售点。

每个人生阶段,我都会讨厌前一阶段的自己,这样的经历倒是循环了多次。就如蛇蜕皮一样,在厌恶中剥去旧妆。遗憾的是,蜕皮之后,蛇依然是蛇。

大概不到三十分钟,云爱老师终于批完作业,俏皮地叫了一声

"走起"。我吓了一跳,才心领神会地跟在她后面。

她绝对是个本地姑娘,口音很重,与环境融为一体。她说:"你倒是挺有心的。"我听了两遍才听懂,不知如何回答,只能微笑颔首:也许是左堤与我相恋之事,多多少少透露给了云爱。这无疑让我倍感甜蜜。

她又跟我扯了几句不咸不淡的话,我屡屡听错。我想,这应该归结于我自身的问题,大学时带河南口音的老师讲课,我一个字听不懂,山东口音的同学,也无法交流,英语考级的听力,那更是鸡同鸭讲。如果有一种"音盲症"的话,我想我是此类患者。

我跟在她身后,因无聊而左右看,街边一间担担面馆,只有一个客人在吃面;一间杂货铺,老板不知道跑哪里去了,倒是有一间茶铺里热闹得很,一桌子人在打麻将,观战的人指指点点。诸如此类,小城的气象倒有温馨的诗意。如果在此开一间小店,远离是非,享受家长里短,未尝不可。这是一种把人生凝缩的构思,如果告诉左堤,不知道她赞同与否。

对于人生,在学校时我早有模糊的期待,总觉得有恢宏的篇章。工作一年多来,我已将幻想拧干,但依然不乏期待。这期待像一朵云,能看见却不可触及,有时候下起雨,也算是能间接感知,但不知如何抵达。至于偏居小城的想法,客观说来,全是基于左堤的出发点:有了爱,何处不是家?但长远来讲,还是想与左堤远走天涯。与爱情绝配的,就是不可预知的生活。

路过一家医院时,云爱老师走了进去,我不知为何来此,默默地跟在后面。医院大厅里,穿过大理石地板,圆形的柱子,忙碌有序的人群,挂号以及取药的窗口,径直到一台略显陈旧的电梯前。我本想问为何来这里,但话到嘴边忍住了。自小的习惯,能不开口的事尽量不开口,她带我来自有主意,片刻便能知晓,又何必浪费这结巴的口舌。电梯打开,一大堆人挤进去,我唯恐走丢了,更是专注跟在云爱后面。在这陌生的地方跟在一个陌生的女子后面,为了不知所以的目的,也是别有意思。到了五层,出了电梯,她突然转头道:"好久没见左堤了吧?"

"毕业以后就没见了。"我如实回答。

"变化可大了。"她漫不经心道。

我觉得她在夸张,略微一笑,并不回应。此刻左堤的形象很清晰地浮现在脑海,她姣好的脸蛋,紧致的皮肤,嘴角的弧形妩媚但不失气质,也许是最让我觉得可爱之处。她的眼睛是湿润的,稍一对眼便能让我感动不已,我觉得这是爱情的神奇之处。她的瞳孔是黑色的,而我的瞳孔是褐色的,这一点我做过比较。有一次我让她睁着眼睛别动,然后看她瞳孔里我的影子,百看不厌。夏天里,她有时候把衬衫的下摆打结扎起来,露出腰间一带的皮肤,令人浮想联翩,也极有情趣。一年多不见,我想她也不至于会变化到什么地步。

走道里有护士、病人走动,但十分安静。云爱径直进入一间离电梯不远的病房,病房里有三张床,我扫了一眼,就呆住了。云爱叫道:"左堤,你同学来看你了。"左堤穿着病号服,白底浅蓝条的,松松垮垮,坐在病床上。她胖了一号,若是在陌生的场合,我一眼看过去,未必能认得出来。只有她微笑的时候,嘴角的弧线闪出,确认那就是我日思夜想的左堤。她怀里抱着一个婴儿,衣服上面的两颗扣子并未扣好,那姿态,可以判断是刚刚喂奶结束。左堤看见我,没有说话,微微地笑了,似乎预见我会来看她。

又一把锤子击在我的胸上,我瞬间觉得身体发软,眼前渐渐发黑。我眨了眨眼睛,眼前还是黑的,整个世界就乌七八糟地消失了。

爸爸在不到五十岁的时候,患上慢性支气管炎,对于体力农活,感到力不从心。有一天他到一个远房亲戚家,有位大姐给他一个主意,道:"你若在家养一群鸭子,这活儿你禁得住,生下的鸭蛋也足以养家。"爸爸笃信了她的建议,筹资买了六十只鸭。买的是毛茸茸的小鸭苗,走路跟绒球一样慢吞吞的,胆子又小,煞是可爱。把米煮到半熟来喂,兼以各种虫子,平时就围在小河里。稍大的时候,就赶到田里吃小鱼小虾和昆虫,鸭子长得不赖,下的蛋足以供我们度日。爸爸和姐姐成为专业的放鸭倌,把田地便租出去了,我有时候也要帮帮手。虽然不是个重活,也颇为麻烦,春天的时候,怕鸭子会到秧苗田里踩坏秧苗,必须时刻守护;夏天的时候,乌云密布,打雷下雨,鸭子会惊得四散逃窜,或者顺着洪流漂散远处,虽然次日它们会凭着彼此的叫声集结,但总会失落几只。放鸭倌必须一整天待在旷野中,真是锻炼独处忍耐寂寞的好机会。我带班有限的几次,待了一天之后,我会觉得自己把前世今生都想得好清楚。

要说的重点是,有一回,清晨,夏天,我跟爸爸把鸭子放出来,沿着堤坝,赶到小河里,再由小河进入要觅食的河段开阔处。我在河堤上来回,裤脚沾满了露水,并且已经湿透。这样的天,虽然日出后便天热难当,但此刻凉意袭人。当我走到高处时,突然觉得眼前黑下来,以为眼睛出了问题,再眨眼看别处,还是一片越来越黑的茫茫之感,脑子里也像一股小小的电流刷过,便倒在地上失去知觉。过不多时,悠悠醒来,眼前渐渐发亮,觉得十分美好,片刻站起来后,便恢复了正常。这是我记事起的第一次眩晕症。

后来久病成医,我知道这是冷气入侵导致的寒痧症状。

这种眩晕症会上瘾。后来有过两次,一次是中学时因自行车与人相撞惊吓而眩晕,一次是大学时踢球过热而眩晕,每次都会失去知觉几分钟。

"终于醒过来了。"云爱老师说道。

我睁开眼睛,发觉自己靠着桌子,坐在白色的凳子上。

"这是哪里?"

"这是护士室,你刚才昏迷过去了。"云爱道。

"有几分钟?"

"十分钟左右。怕影响到产妇,我们把你扶过来。"云爱说。

"大概是太累了,这个喝下去。"

旁边的护士递给我一小瓶葡萄糖水,我也正口渴,一口气喝了下去。站起来定定神,发觉摇晃的世界已经稳定下来。现实依旧如此,而我已能承受。

"我们到左堤病房。"云爱老师道。

"不,我得走了。"

"你不是来看左堤吗?"

"已经看过了。"

关于左堤的情况,我也再无勇气多问一句。

我拎起还耷拉在身后的牛仔包,道:"你告诉她,我走了。"

我没有从电梯下来,而是一口气从楼梯跑下来。我穿过人群跑到医院门口,看了看天空,满心是被整个世界背叛的愤怒。

我在乐山的一间小旅馆睡了两天,整整两天,几乎没有下来。哭着,睡着,再哭着,没力气哭了就吃点泡面,哭是唯一一件舒服而爽快的事,别无他法。最难受的是心里想哭但是眼泪已经没有了,而且脸上肌肉已经麻木,这个样子肯定非常难看。

我也犹豫着是不是这样离开,但踌躇的结果是别无选择,我摇摇晃晃上了从乐山到成都的汽车。一下车,我径直到火车站售票处买车票。对于生活,已无抗争能力。买票的队伍有数十米长,偶尔还有人插队,我不以为意,漠视眼前的一切。或如一粒尘埃,低到极处,心中不再有波澜。排了一个多小时,到了窗口,发现口袋空空如也,钱包已经被人掏走。我走出队伍,想了一会儿,终于忍不住笑出声来。

顶替爸爸放鸭子,我独自在田间旷野中待上半天或者一天的时候,大概也是脑子里最活跃的时候,会不由自主地自己跟自己说话——并不发声,只是在脑海里对自己侃侃而谈。在这种对话中,你会感觉突然冒出一个第三者,那就是一个神,它浮在你头顶,兴致勃勃地听着交谈,它不言声但心知肚明,并且洞晓你的正确与错误。它宽容地微笑着,因为长久相处而与我有了情感,不是在万不得已的时候,它不用出手来主宰你。有了它形影不离的庇护,会觉得周围空气都是暖暖的。

八岁的时候,有一个秋天,我在晒谷场里看着大人扬谷子,猛然想起一个有趣的玩法。我取了一把瘪谷子,在路边的池塘撒在水面,只片刻,池塘里的鱼儿就浮上水面,红色的、青色的鲤鱼,小嘴儿一张一合,着实可爱。我是真心喜欢鱼呀、鸟呀这些玩意儿,见到活的便怦然心动,但我确实不知如何把这些鱼收入囊中。以我八岁的智商,情急之下,取了一根小木棍来打水面的鱼。有瘪谷子的诱惑,鱼倒是不怕我,只是往远了躲一躲,我的身子越发探出去,扑通一声闷响,就掉进水里。秋天的水里其实是温暖的,我在水里并无挣扎,只想要死了,不可抗拒。静静地待了片刻,也不觉自己身子有移动,大概是风往岸边吹,突然间就摸到岸边的石头,湿淋淋地爬了上来,站在路边不知所措。回过神来的时候,我想,是浮在我头上的神救了我,它让我不要挣扎,将我推向新生。

随着年纪渐长,忙于事务,大多时候会把神这一茬也忘了,但情绪碰到困境的时候,我便会想起它来。头上三尺有神明,说的是另一码事,但我确信每个人头上三尺,都有一尊自己的庇护之神。他看着你受苦,看着你欢欣,他看你干坏事的时候,总会找个碴儿来教训你;相反,他看你受委屈时,日后必然有所补偿——一切在它的掌控之中。

是的,此刻我想起来了,这绝对是庇护之神的安排:它让我爱情荡然无存,钱袋子空空如也,然后看着我,会发生什么。这是神顽皮的一面,我甚至能感受到它含笑不语,看我之后如何表现,而我此刻猜透了它的心思:这是对我的惩罚,亦是对我的考验。不论如何,它能保证公平,这一点我尽可放心。就如学生已经知道老师的考题了,不免相视而笑。

这样一来,反而轻松,也不必回去,就呆呆地在广场台阶上坐一会儿,像个无父无母、忘记过去也不想未来的身无所系的流浪汉,心情真的轻松极了。也像空空的塑料袋在风中飘,连人生的意义也免去了。

饶有兴致地观察了一会儿广场上的人群,猜测他们的去向,倒是一件乐事。这里的旅人,大多是匆匆的过客,没有旅行的放松,从这个角度看来,我倒是独一份:我放松得怕要在此处参禅了。

后来在街上逡巡一番,找了个小小的面馆,看老板面善,便要了一碗担担面,一屉小笼包。吃完,用纸巾抹了抹嘴,叫道:"老板,有个事和你商量一下。"

"干啥?"老板问道。

"我是外地来的,钱包被人偷走了,身上没一个子儿,也没钱给你,我就想在你这儿打工,给你做帮手,行不?"

老板愣了愣,回身拿起一个炒勺,变色骂道:"你个傻儿,有手有脚的,来吃我霸王餐。"作势要打我,我并不躲闪,真诚道:"我是真心实意想给你打工的。"

"你是真心实意想白吃白喝的。"他怒声道,"还不快走!"

事情到了这一地步,真的很难合作下去了,我拎起包道:"既然你不要我,也不要生气,我赚了钱还你,我记得你的店名,群贤面馆,是取之于《兰亭序》中'群贤毕至'的意思吧?"

"滚。"

有佛相的人未必有佛的慈悲,这是我获得的一个常识。诸如此类的常识,被课本一一蒙蔽之后,都需要次第澄清。当然,也许白吃白喝的人太多了,老板根本无法体会我的诚意。他如果收留下我,我想我会和他成为至交朋友,倾心相待。在这个城市里,我现在很需要一个朋友。但我并不孤独,心中有爱才会孤独,此刻无牵无挂甚至连自己都不爱,倒与周遭融为一体。

又问了几家饭馆要否招人,都是人满为患,社会连个缝隙都没有。这与大学时期的想象大相径庭。这一番的滋味咂摸起来,亦受益匪浅。后来在一家花店问是否要帮手,有两个姑娘正在忙碌,主要是插花。她们抬起头,一个个面带微笑,倒是大方得很,其中一个身材苗条嘴皮儿薄薄的姑娘笑道:"要呀,我们太忙了,可是要女的。"

"性别歧视好厉害。"我笑着回答。

"谁叫男人都是笨手笨脚的。"她嘴皮子倒是厉害,"隔壁的蛋糕店倒是要人,你去看看。"

我不忍拂了她的意思,去隔壁蛋糕店。一间不大的蛋糕店,各种形状的蛋糕在柜台上透明塑料罩里,活像长眠于水晶棺。店长是个跟我差不多年龄的黑瘦个儿,正往"水晶棺"里添置蛋糕,听了我的来意,眼皮也不抬地淡淡答应道:"那你明天来上班吧。"

听那口气,似乎是个乞丐也可以应聘。

"不需要什么条件吗?"

"来了就知道啦。"他漫不经心。

他的态度颇令我无奈,气咻咻地回到隔壁花店,对嘴皮儿薄薄的姑娘道:"托你的福,我被招聘了。"

"他们根本不挑人。"姑娘快言快语,根本不认生,"你是不是要请我们吃饭?"

"倒是想呀。"我说,"就怕你们不给面子。"

"给,绝对给。"她笑了起来。

我没皮没脸地找了个塑料凳子坐下来,也是累极了。

"能帮你们干点什么吗?我也是心灵手巧的,见了这些活就爱不释手。"我说。

"你坐着就可以,别糟蹋它们了。"她清澈地笑着。

两个女子,个子高容颜秀丽但不怎么说话的是阿春,瘦小苗条的是明英。我跟她们闲聊半小时,便熟络许多。

"拜拜。"忙活得差不多了,阿春有事先道别而去。

"你们不留下来吃饭真是遗憾,我可是真心实意请你们的。"我说。

"谢谢了。"她说。

和明英的闲聊给我带来莫名的开心,自然而然地,她把地上的残枝叶片打扫完毕后,便关上下拉式闸门。明英小小的身材显然很吃力,不知道平时她是怎么拉下来的,我替她轻松完成此事,干得很漂亮,她这才问我道:"怎么称呼?"

"李师江,你叫小李就行。"我说。

在一家小川菜馆,明英勉强地点了回锅肉、麻婆豆腐和一盘青菜,我吃了两碗米饭,已经有好几天没这样正儿八经地吃饭了。我吃得满头大汗,简直要虚脱,但我还是边吃边和明英聊我的经历,吃饭完毕的时候,我刚好讲到我的钱包被偷,身无分文。

"那你还请我吃饭?"她问道。

"请客倒是诚心的,你没把我当外人让我暖心极了。"我说,"但埋单的事,就是另一码事了。"

明英很不情愿地埋单,埋完后情绪低落,不怎么理会我。走出饭馆后,我提议我们继续逛一逛,她终于愤怒了,道:"你是不是还想让我给你开酒店,骗子。"她气咻咻地走了。

"明天见。"我说。

我在街上漫无目的地走,倒也不是毫无目的,就是盯着街上看看有没有钱捡。在大学里没有饭票的时候,我也去干这种事来着。当然,我也认为这是与庇护之神的一种契约,如果我捡到钱,晚上能够有吃有住,就是庇护之神对我的考验到期了,该到回报的时候了;如果未遂,就是庇护之神认为我的罪还没有受够,那也没有什么的,我做过各种不靠谱的缺德的事也蛮多的,这种惩罚不算过分。

一毛钱也没有,这也在意料之中,捡钱捡的是心情,这一点更为重要。晚上回到火车站的售票厅去睡觉,为了不让自己感冒,下半夜把所有衣服都穿上。这种狼狈的样子,一种流浪狗的心情,庇护之神见了,只该有一点满意了吧。所受的苦,就当是与神较劲吧。

去蛋糕店里上班,问店长几个问题。给吃饭吗?给住宿吗?给预支点工资吗?店长连着回答了三个不可能。想想也没地儿去,不如待下来。这里的蛋糕是按斤两卖的,虽然没干过,但这种小买卖难不倒我,生意也清淡,乐得清闲。唯一的好处是可以趁着店长忙里忙外,往自己嘴里塞一块蛋糕。

中午外出吃饭的时间,藏了两块小蛋糕,到花店给明英吃。只有她一个人,正在给一对情侣做生日花篮,不知道是没空理我,还是故意不理我,把我当成空气。因我亏欠于她,自然不在意,给她收拾了下地上的残枝。接着她吃饭,从外面叫来的快餐,才五块钱,倒是丰富,菜肴应有尽有。她吃饭,我则吃蛋糕,要了一杯开水,两相无语。后来店长过来叫我上班,我没有好气道:"我辞职了。"店长悻悻走了。

"怎么就辞了?"她吃惊问道。

"没什么前途。"我说。

"什么样的工作才有前途?"

"想在你花店里帮帮忙,我不要你工资,给我快餐就行了。"

"可是没你干的活,即便是送花,也是摩的师傅干的呀。"

店里除了来买花的,还有电话送花的业务,有固定的摩的师傅,他们熟门熟路,很快就能把花送到客户手里。

"我也是心灵手巧好不好,缝缝补补的针线活我都会。"

"这事我做不了主,等阿春来了我问下。"她说。

我起身出门,在街上闲逛,各种念头在心中升起,比如行窃,比如抢劫,只要能够获得生存的机会,便觉得没有忌惮。心中的恶念频生,既使人颇有力量,又使人不禁怀疑,我所受到的教化是多么虚弱。教育并未使心性改良,只是使我胆子变小,没有养成作恶的惯性。而在内心中,逼到绝处,我便与小偷强盗骗子没有不同,平时还以知识分子自居,教化他人,叫人情何以堪。想到此处,便是一阵虚无,觉得此前的努力算是白费了。以往的自轻自贱,还算是有几分矫情,内心其实是倨傲的,如今可算是彻底露出心性了。

但又想,既然是神明的考验,又何必把自己的处境迁怒于社会,而生出如此不堪的念想。人之所以为人,生死应该都有姿态的,不禁又生出庄严之感。一边闲逛,一边是庄严与猥琐在内心搏斗。

傍晚又到明英的花店,她们仨都在。明英问道:"昨晚在哪儿睡觉呀?"

"火车站。"我说。

"怎么样?"

"舒服极了,从来没有和那么多人在一个大厅里睡觉过,感觉像过节似的。"

两个女孩笑了,觉得我是个可笑的傻子。后来阿春又提前走了,似乎后面的事顺理成章是由明英来处理。明英说:"阿春不同意你来帮忙。"

"为什么?"

"对你不信任呗。"

"那你呢?"

"我不太清楚,不过我觉得你挺狡猾的,还有点玩世不恭。"

"托你吉言,如果我能够更狡猾点就好了——晚上我帮你看店吧?"

鲜花店有个小隔层,仅有一张小床,可能是她们中午休息的地方。

"那可不行,别看大事小事都是我管,其实都是阿春说了算。"

我想过联系此处的同学帮忙,但若是这样,那么神对我的考验便宣告结束,此次行程也了无趣味,况且我跟同学也没有什么交情。总之,即便是窘境,也要以一种体面的方式收场。

对我而言,肉体的困境是摆脱心痛的最好的办法,如果此时我已安然回到单位,也不过是继续坐卧不宁的日子而已。身无分文地漂在一个陌生的城市,不失为度过情绪低谷的最好方式。

中学的时候,我就开始锻炼忍耐能力。在食堂窗口买到一盆很烫的菜,直接用手拿回饭桌,手指发烫,但是用意念忍住,把自己的注意力转移到别处,忘记烫的感觉,于是烫的感觉便不存在,手指受热处只是一团模糊的麻木感。有一次手指被烫出水泡出来,也能忍受。我想锻炼出超常的意志,以提防将来的困境。现在的处境,全把它当成意志的锻炼,那么在这个城市生存下去,不但不是问题,而且乐在其中。我尽量以不失做人尊严的手段,获得生存资本,使得自己如尘埃,不生不灭。

我想,人的生活完全是由心生,由意愿生成的系统。工作、结婚、生子,安全而又计划地度过一生,这是一个系统;漂泊、流浪、历险,朝不知所终的未来走去,这是另一个系统。当你决定以另一个系统生活时,那种不知道下一餐在哪里的窘境,就变成享受了。

那天我经过花店时看见一个白衬衫男子在咆哮,相当愤怒,语气急促,听不清楚具体骂的是什么,明英争辩了几句,白衬衫越发愤怒,突然飞起修长的腿,把花篮和花束踢得乱七八糟。明英瞬间就吓哭了。我看不过白衬衫的盛气凌人,又碍于他的嚣张气焰,只好护住明英叫道:"嘿,不要欺负女孩呀。"

我一出声就知道错了。白衬衫正愁找不到一个值得操练的对手,他一脚踹向我,我居然浑身无力,即便是想躲闪,也不知所措,接着就摔倒了。我腰间一阵麻木,脸刮擦到货架子,一阵热辣,但第一反应想到的并非反抗,而是觉得脸丢大了。

很快阿春就来了。她伶牙俐齿地跟那人解释,道歉,不知道采取了什么方案,白衬衫终止了发作,满意而走。

令人意想不到的是,阿春接着噼里啪啦地呵斥明英,似乎说她没脑子,不懂处理问题。明英并不回应,噙着眼泪无语。我想替明英说几句,但是阿春的话说得很快,实在没有插进去的缝隙。

事情的原委是该男子订了花篮,给领导做寿,但是送货的摩的师傅把花篮送错了地方,而且也被人误收了,导致该男子暴跳如雷。

阿春走了,明英扶我起来,问我怎么样。我扭了扭腰,还能走动,只不过腰部受他一脚的地方酸疼还未褪去。

"问题不是很大,小时候被人打惯了。"我安慰她,"想不到打人可以打得这么爽,还一点事也没有——真是民风彪悍!"

"如果报案,阿春会更生气,她就怕惹麻烦,就知道和气生财。"

"可是那小子也太爽了吧,要是我不这么瘦弱的话,可没那么便宜他。"

"还是别惹他吧,他黑道白道都有关系。"明英道,"如果不碍事,我请你吃饭去。"

"对了,我今天觉得连躲闪都没力气,自己觉得奇怪,看来跟几天没吃好饭有关系。"我自省道,"不过还是我请你吃饭吧,哪有女人请男人吃饭的道理。"

"你有钱了?"

"钱倒是没有,我意思是我请客,你来埋单。"

"这个时候你还玩笑,我可憋屈死了。"

关了店门,我一瘸一拐地跟在明英后面,找到一家饭馆,狠狠地吃了一顿。吃到全身的毛孔都魂飞魄散的时候,腰间却愈加酸痛。

"要不要去医院看看。"明英关切问道。

"那倒不用,被人打的部位,当时都不痛,过后才痛,这一点经验我倒是从小就知道。"我说,"你要是关心我的话,就给我找个地方洗个澡。"

"哦,你这几天都没洗澡?"

"那也不是,在火车站卫生间洗洗擦擦,你说没洗呢也算洗了,你说洗了也算没洗。"我说,"说实在的,没想到有那么多人在那里洗刷,场面太宏大了,这世界上流浪的人真是多呀。"

"看来你适应了这种生活?"

"算不上适应,顶多算体验到另一种活法,使我眼界豁然开朗。"

"有这么夸张?"

"是呀,我以前觉得老老实实找份工作,可能是社会上每个人都必须遵循的道路。现在猛然发觉,这条道路之外,还有无数条道路,流浪也不失为一种活法。"

"那你愿意继续流浪下去?"

"这个得看心情——生活无限广阔。"

"可是你连饭都没得吃。"

"是呀,这是唯一的一点点遗憾。"

明英的出租房是一套两居室,但其实只有一个房间,另一个房间是锁死的。房东是一对离婚夫妇,但是这套房子他们并没有分割清楚,或者说是每人有一半的产权,锁死的那间堆满了他们的私人物件。从这套房子推测他们的婚姻,也是纠结得不得了。我在卫生间里洗澡,舒服至极。

"嘿,没事吧?"明英在外面喊道。

"没事呀。"

"怎么洗那么长时间?"

"待着舒服。"

后来我快要昏倒时,才出来,坐在外面的沙发上,昏昏欲睡,只觉得神仙端坐云头也不过如此。

"怎么啦?"明英看我一副死相,问道。

"别怕,眯个十分钟就走。"

"嘿,我也不是赶你走,只是关心你。"

"噢,那我误会了。"我说道,"你今天的大方可真是不同寻常呀。"

"你这说什么话,好像我平日很小气似的。"明英坐在单人沙发上,嗑着瓜子,我觉得她的薄嘴皮天生就是用来嗑瓜子的。

"不怕你生气,你第一次请我吃个饭,然后就各种不理我,那可不是小气吗?"我笑道。

"那你可小看我了。我不理你是因为觉得你是骗子,我挺讨厌嘴上说一套心里想一套的人。"

"骗子? 那倒是,我成了骗子,自己却浑然不觉。"

"要嗑瓜子吗?"她指了指果盘里的瓜子。

"不,这玩意儿太费口舌,所获颇少。"我说,"如果能给我一杯开水,再加点糖,再好不过。"

她起身给我去倒水。

"为什么喜欢喝糖水呢?"她问。

"补充能量。"我说,"而且从口味上来说,我喜欢一切甜味的东西。"

她给我泡了一杯糖水。我洗澡半天,已经口渴,如饮甘霖。

"受宠若惊。"我说,"貌似今天你对我形象已经改观。"

"毕竟为我跟人打架了。"她说,"我自己有一个由来已久的观点,能为我打架的男人是值得信赖的。"

"你的想法倒与我不谋而合。"我因兴奋侃侃而谈,"小时候,我想过练各种武功,就想能派上英雄救美的场,什么轻功呀,沙袋呀,还有《射雕英雄传》里的九阴真经呀,对了,口诀还记得,'天知道,地有缘,开天门,六道合,两脉六回拳……'诸如此类,练得很带劲,但均一无所成,导致无力还手。所以打架根本谈不上,客观地说,是被打。"

"这我倒不在意。"她用手轻轻抚了一下我脸上刮擦的血痕,道,"在我心目中,都算是英雄啦。"

"你能让我在这儿睡上十分钟,然后继续聊天吗?"我请示道。

"你睡呗,我要不要到里面嗑瓜子?"

"不必,这种轻微的响动正好催眠。"

我合上眼睛就睡着了。做了一万个梦,每个梦都没有什么情节,似乎刚刚想做,就被沉重的睡意给压没了。不知过了多久醒来,明英还在嗑瓜子,瓜子壳倒是一大堆了。不过瞧她那嘴皮的麻利劲儿,似乎没睡多久。

"你嗑瓜子可真是敬业。"我打了个哈欠道。

"不,我还看你睡觉呢。"她说,"你睡觉时眼睛使劲眨,时不时自言自语,可好玩了。"

"不知道为什么,总是有那么多的梦要做。"

打盹之后,我脑中的乌云褪去,精神十足,自然也无所顾忌。俗话说,饱暖思淫欲,我想不论何时,我们躲不过老祖宗流传下来的箴言。

"要是有啤酒就好了。"我得趁着明英还对我印象不错的时候,加点非分要求。

"你运气可真不赖。"明英边说边到冰箱里掏出两罐易拉罐青岛啤酒,道,"这是房东留在冰箱的,我一直没喝。"

"就是为了等我嘛。"

"你得看看保质期,我看放了有一年多了吧。"

"不用看,看了就不能喝了。"

我打开爽爽地喝了一口,然后不由自主地谈到我心中的一个疑问:"第一次见你们的时候,我觉得阿春和你像一对好姐妹,但是昨日我看阿春不但没有安慰你,还教训你的样子,觉得你们的关系似乎很不好,很是不解。"

这一话题让明英瞬间脸色一变,心情灰暗下来。

温馨花店原来是阿春开的,明英是打工的,倒是勤快。这花店虽然很小,利润可不小,几年阿春就颇有积蓄。物质能够改变意识,阿春觉得自己应该多一点时间享受生活,追求品质,于是就把股份让出百分之二十给明英,由信得过的明英来主打,她也乐得悠游自在,想来就来。明英虽然也算是股东,但显然,她与阿春的关系还是老板与伙计的关系。店里出了问题,照样是要拿明英开刀的。

我见明英诉说得一脸委屈,便道:"我都洗澡了,你也去洗个澡吧。"

"你什么意思?"明英警惕道。

"我的意思是……洗澡可以缓解情绪,如果洗澡的时候唱唱歌,心情就更好了。"

"那还差不多。"

正是秋老虎天,一天洗二十次澡也不过分。

她洗完澡出来,身上穿着丝绸浴袍,脸上红扑扑的。我问道:"怎么样,开心了吧?"

她的眼泪瞬间就出来了,抽泣道:"想起阿春,我越想就越憋气。"

我站起身来,扶她在沙发上坐定,气氛已经发生逆转,好似我是这里的主人,而她则是一个伤心的客人。

"就连她的男朋友,原来也是我的。"明英气呼呼道。

"抢人男朋友?天理难容!"我与之通气连理,道,"不过这事蛮好玩的,可否谈谈?"

"他是我高中同学,一米七五,可帅气了,到店里来看我,我们仨一起吃饭,后来他们就好上了,同居了都不跟我说一声。"她说起来耿耿于怀。

"你们原来是男女朋友吗?"

"我们关系很好,就差最后的表白了。"她愤怒道。

"如果这也算抢男朋友的话,我们可算是同病相怜了。"我说。

我把大学里与左堤的事简述一遍,明英破涕为笑。

"我们太有缘分了。"她说。

"那可不是。"我说,"同是天涯沦落人,相逢何必曾相识。"

"你说,是我好看还是阿春好看?"

"你说呢?"

"我觉得我比她好看,比她苗条,不知道他怎么会选择阿春。"

"人各有志嘛。"我说,"自然有喜欢你的人。"

最早明英还有点拒绝我,后来就渐渐投入了。我从耳垂开始吻她,从点到面,恰到好处。关于吻的知识,倒是从陈丽娜那里得知的。与比自己有经验的人为友,总归能学到知识的。事实也证明,知识在生活中作用非凡。吻到喘不过气的时候,她突然拨嘴问道:"我还是很好看,对不?"

"你要我说真话还是假话?"我问。

"还是真话吧。"

"柳叶眉,樱桃小嘴,窈窕身材,每一样都是教科书上写的,能不好看吗!"

"噢,吓我一跳。"

再吻下去也吻不出什么味道了。我们转而相拥而坐,电风扇的风从脚面吹上来,拂着她睡袍的裙裾,一涌一动。

"你说阿春身上有没有我好看?"她问。

"你把阿春当成心上人了。"

"她是我心上的疙瘩,说句实话,我每天见了她心里都不舒服。"

"既然见了不爽,何不离开?"

"能行吗?"

"我那么大一个国家正式单位,我说走就走,没人拦得住我,你一个小店算啥。"

"也是哟,我可以自己回家自己开店哟。我以前也有这个念头,就是不敢再想下去。"

明英特别兴奋,好像一根火柴被点燃。她计划离开阿春,回她老家内江开花店。对于这个行业,她可是熟门熟路,知道哪些客户好,也知道开在什么地段好,总而言之,驾轻就熟。

"你可以帮我吗?"她问道。

"求之不得。"

"太好了。"她紧紧抱着我,好像我们已经恋爱了好多年,信任之状无以言表。

"不过开店还是需要投资的,你可不能光高兴了。"我提醒她道。

她从沙发上跳下来,拉着我赤脚走进房间内,从衣柜里取出一个鞋盒,打开,只见里面是一大沓红通通的钞票。恕我孤寡,从未见过这么一大摞钞票,当真是心扑通扑通地跳。世界上有一种东西,嘴巴里十分鄙薄而内心却爱得不得了,那一定是钞票。从小就知道金钱如粪土,可它活生生在你眼前时,你才发觉这话的变态。

"你看,我攒了一大笔钱,有两万元,足够开店了。"她兴奋道。

"为什么不存进银行?"

"我要放在家里,可以不时地看看它,看得心里美滋滋的——它可比一张存折好看多了。"明英像看一个刚出生的婴儿。

"确实如此,一堆活生生的钞票的魅力真是无与伦比,不过要当心小偷。"

"不会,即便有小偷,也不可能来鞋盒里翻东西,我总比小偷要聪明吧。"

"嗯,聪明极了,聪明都写在脸上了。"

我们继续详谈未来计划。花店是一个朝阳行业,随着经济的发展,市民们越来越懂得美化生活,用鲜花来传递美好的祝愿,乃至行贿(在花篮中夹带大量现金),泡妞(无赖的流氓也因此变得斯文),总之,鲜花使得泥沙俱下的生活有了温馨浪漫的色彩,这便是商机所在。根据明英的经验,如果竞争不激烈的话,年收入可在十万元之上。

"山重水复疑无路。"我说,"柳暗花明又一村。"

"发财了我们怎么办?"明英忧心忡忡地问。

"我们可以雇一个伙计经营,然后我们去旅行,西藏、新疆、云南、内蒙古,把整个中国都摸索一遍。"

"不。"她坚决道,"有钱了也不能这么糟践,我们应该买一套房子,现在住着别人的,太不方便,一想添置东西就矛盾。"

"买套房子把自己关在一个小县城?"我鄙夷道,"这是名副其实的自投罗网。"

"你就喜欢一辈子没着没落地漂泊吗?"她质问道,"如果真是这样的话,你现在就给我出去。"

我站起身,去洗手间撒了一泡尿,返回道:"这件事以后再说,反正钱归你管,你想怎样就怎样——我这人说实在的,见着红通通的钞票就头晕。"

"这还差不多。"她满足地笑了,"再说是我投资的,当然我说了算了。"

这个问题解决掉以后,我们继续有一搭没一搭地畅想,反正不费什么本钱,几乎谈到了八十岁该怎么过。从二十来岁到八十岁,一路走来,总是我迁就她,难免使她得意,也觉得找到一个心满意足的伴侣。

"我又饿了,咱们出去吃宵夜吧。"我提议道。

"那不行,我瘦到这个程度可不容易。"

"那家里有没有啥可吃的?"

"方便面?"

"再好不过,而且我手艺不可小觑。"

我自己从冰箱里取了一袋方便面,煮烂了,吃得满头大汗,不得不再去淋浴一次。等我洗完出来,明英已经到卧室房间里。她听见我的响动,叫道:"你进来一下。"

我推开虚掩的门,她穿着睡袍躺在床上。

"什么事?"我问。

"刚才有话跟你说。"她调皮地一笑,"不过现在忘了。"

说罢她轻轻闭上眼睛,睫毛在隐隐闪动。她的脸比较瘦,所以看上去全身都很瘦,实际上这么细看,却没感觉那么瘦,睡袍之下,凹凸有致,比日间所见完美许多。我咽了一下口水,转身离开。

"你不睡吗?"她听见我的脚步,睁开眼睛。

"睡觉的事,随时都可以。"我说,"我倒是心潮澎湃,想写点东西,能借你纸笔一用?"

"抽屉里面,你自己找吧。"她说,"那我先睡了。"

那其实是一张化妆台,勉强可以当书桌,就在她大床的右侧。我从镜子里看到自己的嘴脸,瘦削,甚至有些狰狞,与我所熟悉的自己相去甚远。我找了好一会儿,找到一张广告图片,背面是空白,可以一用,却找不到笔。想来她是用不着笔,把她叫醒来问大概结果也是一样,便从化妆台取了一支口红,以指甲沾着口红,就在化妆台上一笔一画写下来。

许多年前,我就想象自己在一条无尽的路上走着,不需要终点,自有起伏不断的风景线,因为前方总是自己不曾预料的景致,自然时时刻刻心中都有期待。这样的情景也多次在梦里出现:一条自己看不见尽头的路,像油画一样的清晰又朦胧。

而这样一个萍水相逢的女子,确实是让自己生活变得不确定的一个契机:一条曲折遥远的道路。整个出租房干净简洁,即便是刚吃完的瓜子壳,也被她不知道收拾到哪里去。窗明几净,一只放了一两天的百合依然在水瓶里开着。对于不修边幅的我来说,这些细节令人感动,自然生出一种亲密感。而她睡在床上的静谧感,更是令我如置梦境。

夜很深,再是安静不过,我一边写字一边百感交集:要与过去作别,不能不令人心痛如割。从前我觉得泪蘸信笺着实夸张,现在才知恰到好处:俯首写字,情感如乌云在心中相撞,不禁眼眶一热,那热泪无处可去,一头往纸上撞去,把红色笔画砸成一团血丝,又似憔悴的花瓣。

许久,看到窗外天色既白,我从卧室出来,在沙发上蜷缩成一团,就像在子宫里睡觉一样。睡了片刻,天色更亮一些,外面的嘈杂声更大,我提了牛仔包出门,轻轻反锁上门,蹑手蹑脚下楼而去。

在任何城市的清晨,都有这样忙碌的人群,像工蚁一样天一亮就出动,是城市运转的第一助力。而我汇入人群实在是有点尴尬,我必须快速离开此地。在经过"群贤面馆"的时候,我看见老板正在做餐前准备,进去还了他六块钱。他惊愕地看着我,恍然记得我吃霸王餐的情景。我说:"你看,我说话算话吧。"他咬着牙盯着我,还是那个字:"滚!"

我在火车票退票大厅,买了一张当日的二手票。上了火车以后,我舒了一口长气,精气神一落定,身体马上感到不适。后来我只好找到乘务员,问道:"有没有药?"

"什么药?"

"心跳加快,还痛。"

回到福州,我的心痛加剧。

我还是连夜给陈丽娜打了个电话。她听说我回来,舒了一口气,责怪道:"以后不能这样了,不声不响就走了,我只好跟领导说,李师江回去治病了。你要是再不回来,我真不知道怎么交代。"

我无言以对。

"你到底去哪儿了?"她还是忍不住问道。

"本来是可以告诉你的,但是我现在实在不想提这个问题。"

"那你明天来上班,就说回去养病了。"

"来不了,我还病着。"

"你可别这样,我替你担了不少事情的。"

"无所谓了,如果你能开除我,再好不过。"

"你究竟怎么啦?"

"一言难尽,我实在是不想废话了。"

一不留神,脑子里就出现左堤身穿孕妇服的样子,一脸微笑,似乎无视我的来与不来。这一幕像闪电劈过脑海,之后各种后遗症就来了。我甚至后悔不该这么早结束流浪的生活。在身无分文居无定所的日子里,我可以忽略内心的隐痛,甚至我觉得,流浪就是一味药。当你身体一旦安逸,内心的魔鬼就出来了。

在大学里我尝试过以割腕的痛楚来抵御内心的痛楚,这一招数已是旧招,已不想用。我不允许连自残都没有新意。实在没辙的时候,用衬衫的袖子勒住脖子,装成一副想把自己勒死的样子,让自己接近窒息,似乎对这世界毫不留恋。因窒息产生的脑中空白,有一种疯狂又超脱的快意。在实在受不了的一瞬间,松开手,似乎从云端跌入凡尘,狼狈至极。落差中也自有一种快感,这个瞬间足以忘记周遭之痛。当然,那放开的一瞬其实是需要理智的,完全丧失理智有可能使得窒息成为事实。那最后的理智就是:我的生命不是我的,至少是我父母的,一旦完结,自有愧疚无法与他们交代。虽然他们都不曾说过爱我,但我知道他们爱我胜过自己,就如一片荒原之上,你感受不到一点热量,但下面储存厚重的煤——我无法点燃它们取暖但我知道它们存在。

这种窒息的游戏实在是荒唐甚至羞于启齿,有些人会用大麻取而代之,但是没有办法,我的资本只能玩一些猥琐的勾当。

喝酒倒是个不错的办法,符绝响他们又来跟我喝过几次,喝高了或哭或笑倒是一件爽事。但是喝高之后想呕吐以及头疼的感觉极为不爽,两者权衡,互相抵消,所以对于喝酒我一直不是很上心。

也想过和薛婷婷一起玩儿,但几乎一有念头,就马上止住。薛婷婷的心理年龄是个十二三岁的少女,而我则觉得自己沧桑如许,内心里已然是四十来岁的中年男人,跟薛婷婷在一起,则要扮成一个十三四岁的少年,实在是太过纠结。但薛婷婷又有女人的模样,我又想,如果与之恋爱,会有何种感受:大概是连做爱都一脸茫然的样子,实在是过于幼稚,想想就索然无味。这一方面,没有人的魅力超过陈丽娜,不免又想起陈丽娜与一个秃驴相亲相爱的样子,口味十分不适,又因妒生怨,心有不甘,徒给自己增添难受。

撑了几天,有时上上班,也无话,别人见了问候,因若有所思也不知回答,宛如游魂。同事自然有所议论,觉得此人病得厉害。种种议论的氛围,自然身心感应,我也乐得享受这种隔阂,以便与这些庸常的凡夫俗子有所距离。

自团委成立之后,还没有像模像样地搞过一次活动,这既是我的失职,也是团工委曹主席的失职。也许书记在会上提过此事,曹主席立马责成我搞一次团委年轻人的思想交流会。此举我无言以对,思想这玩意儿通过交流而泄露,从而被整理并且上报,组织再给年轻人做清洗工作,扼杀其异端或者不良倾向,改造成听命俯耳的有为奴才,这无异于世上最大的罪过。但我又知道,在我们这群年轻人脑子里,可称之为思想的玩意儿并不多,脑子里装得满满的,无非个人的小利益而已,怎么交流也流不出熔化的黄金。最多是一些个牢骚,当然牢骚是个不错的玩意儿。但这些年轻人自有一些从家长那儿遗传的生存之道,在领导面前是不会发牢骚的——他们的家长大多是五十年代乃至之前出生的人,哪一次大风大浪的运动没见识过,自然练就了缝隙中求生的本领。我唯一提出的要求就是不要在会议室开,这是我当时提出的对等协议。领导对此颇为重视,周日我们驱车前往一个叫观音湖的地方,水草丰茂,我们想不到出来之后大家的心情都相当好,野炊的、钓鱼的、看风景聊天的,因其乐融融我们几乎忘记了开会。虽然同行的工会主席老杨和团工委曹主席也觉得在此开会不合适,但怎么说必须走个过场,回去有所交代。我们在用餐过后,准备在三点拿一个小时来交流思想。大概在我们正准备开会的时候,老杨接到了书记室的电话,说有急事必须停止活动,回去紧急开会。对于年轻人来说,这未免过于残忍。我提议,两位领导先回去开会,我们按照计划晚上再回。但老杨说不行,有紧急指示,必须中止整个活动。我们无法,只好全体坐上中巴返回。回到单位后,让团支部里的年轻人回家,等候命令。中高层马上集中,连夜开会,极为严峻而神秘。

我内心不免冷笑,对年轻人的重视简直是个玩笑。

次日挨个儿排查年轻人,有没有去广场去练气功之类。排查结果,只有《台港文学选刊》的小武有在光明广场被一个大爷拦下来练习香功的经历,于是组织对他做了工作,禁止以后再去接触此类事宜。此后中高层日日开会,都极为严肃而神秘,整个单位重中之重的工作便是它了。

自此我对组织工作就不再迁就,坚决不再参与了。我的团支部书记的职务也名存实亡,最主要的工作是每个月给大家发补贴饭票。

这些琐碎能够分散一些注意力。偶尔也会闪过明英的印象,心中又是一紧,这是我干过最残忍的事,自然难以释怀。

可以预料的情景是明英醒来后不见我的惊愕,但不知她见到信后是如何感想。

那封用口红写下的信,着实是我心路的一个转折点。

明英:

恕我不辞而别。而且拿走了你三百元钱,作为路费。准确地说,是偷。

写到此处,我已经不知不觉滴下眼泪,因为从此以后,我将不再是我自己想做的那个人。而我此举也表明：此生我决定做一个小人——必须做有限的坏事，才能巧妙地度过一生。我只能在坏人的尺度上尽量做到好。对我而言，这是人生观的一个巨大转变。

除去小时候偷摘人家果树的顽皮之举，我从未想过自己会成心去偷。虽然我认为如果向你借，你大概也会答应，但是我必须用此举来完成蜕变——做一个君子一样的理想主义者，在满是谎言的现实中前行，只能使我崩溃，而且无法完成人生。这大抵是人生导师们的一个骗局吧。

当然，这也算是你的一笔学费。

初次相识，你因我请客没钱便认定我是一个骗子；接着我为你仗义挺身，你便认为我值得信赖。想来你的见识一定是从某些鸡汤文，或者哪个电视里的桥段学来的吧。说实在，这种鉴别极为幼稚，会让你不断交学费。比如像我这样的人，连我自己都分不清楚是好是坏，值不值得信任。在正常的时候，我总以为自己身上优点颇多，乃是受过高等教育者的典范。一旦到了窘境，觉得邪念横生，才发现自认为的我只是一个幻觉。当然，我也不认为我就是一个坏人，此举我只是想重新认识真实的自己——我的好能好到什么程度，我的坏能坏到什么程度。总而言之，对于一个窘境中人，才认识几天的人，你把财产与自己的未来倾心托付，便是一个错误。

我不敢动你身子，并非你无魅力，至少在那一刻，你是极诱人的。也并非我是一个道德之士，以坐怀不乱为傲，不不不，我绝不是这种人。乃是因为我知道，沉溺于性爱之后，再被舍弃，是极为心痛的事——这样的痛，我一个人受过也就够了。

你的愿景，是可以继续的，但我绝非你路上的同行者。我只能给你美好的祝愿。

12.

有一天打电话回去,爸爸说:"哎,你这么久没电话来,你妈念叨你有没有什么事呢。"

眼眶一热,差点哽咽。

我跟父亲都属于沉默寡言之辈,在家极少交流。上学寄宿的时候,有时因为极想家而回去一趟,妈妈总是忙里忙外的,有她干不完的事,似乎一停下来便是罪过。我和爸爸则默默无语。通常状况是,我默默从他身边走过,我们彼此都希望对方能说一句有共同主题的话,但未遂——我们的沉默便是交流。也有例外,一旦谈到一些往事,爸爸倒会说得多些。

有一回,妈妈说起村里一个天主教的老阿婆,颇懂得儿科的草药,小时候我有些小病都吃她的药。妈妈提了一句,你三姐就是她救活的。

妈妈就忙活去了,余下的好奇有爸爸来满足。

爸爸说:"那时候你三姐刚刚一岁吧,脸上蜡黄,奄奄一息了,再过一两天就要不成了,我已经准备草席卷了扔出去。刚好阿婆来家看见了,说这孩子是怎么啦。我便告诉她,是你大姐二姐刚好玩一桶鲫鱼,带着一身鱼腥味到卧房里去,你三姐让鱼腥给冲了。阿婆说,哎哟,那能活的。她用手指甲掐婴儿的指关节,每个手指关节都掐过去,终于婴儿能觉察到痛,哇的一声哭起来。随后又吃了阿婆的三天草药,把鱼腥冲了才给解了。"

我听傻了,好久没缓过神来:爸爸轻松的口气刺痛我了。

疙瘩在心中盘旋良久:他为什么不主动去找阿婆?为什么像扔一件旧衣服那样轻贱?

就像闲暇之中,喝着蜜糖与砒霜搅拌的热茶,度过一个温情的下午——情何以堪!

风暴终于在内心爆发,电闪雷鸣,促使我做出一个决断:啊,就当我不要这个父亲了,以后我是我自己的父亲,我自己指导我自己,我爱抚我自己。

不需要继承,我是我自己的源头。我抱着石头睡觉,倾诉。

有一回妈妈跟我说:"其实,你有一个弟弟,两岁的时候夭折了。"

天哪,为什么要告诉我。我觉得活着多么多余——死才是存在的样子。

我耿耿于怀,不能原谅父亲对于死亡的轻率,更不能理解。

我能独立于他存在吗?恐怕不能。为何他视生死如同草芥?这个疑问就绕不过去。

唯有更多关于死亡的故事,才能抵消他给我的刺痛感。在我们少有的聊天中,我说,你就说说关于死亡的往事吧。

"一九六〇年的时候,我在修鹰厦铁路,每次回来,又死了一批人,村里没剩下什么劳动力,一回来我就抬死人,抬到村北大榕树的万人坑一扔了事。没力气了,抬不到更远的地方去。有一个我伯伯,饿死了,躺着,就等人来抬。我把他挪到门板上,他突然睁开一条眼缝,说,让我死透了再抬走吧。到了第二天才死干净,抬到万人坑草草埋了,过了两年再去找尸骨,早被野狗翻得七零八落,也不知道哪个是了。"他还是用轻松得不得了的口气。

"这样的事,你就不会害怕?"

"哪有心情,只怕没饭吃。"

"死了也不悲伤?"

"能死倒是舒服的事。那些死不了的,吃了粗糠大便拉不下来,腿脚浮肿,想死死不了想活活不成的,那个才不爽。"

这些往事能让我情绪稍微缓和。

接着谈到他自己,他出生的时候还是民国,一九三三年。

"那时候村里有学堂,我去上过三天。第三天放学的时候,隔壁有一个婶婶,家里刚死了人,她把放死人的席子草垫往路边一扔,一股风扑过来,我就出麻疹了。你爷爷把我扔在床上,不知道能不能活。三天之后,麻疹终于发了出来,脸上坑坑洼洼尽是痘,留下了一脸坑,后来就没去上学了。"

在陈述他自己时,虽然也是漫不经心,倒是有一点点侥幸的语气。

我一丝一点地接受他的生死观。理解他人也是损耗自己的过程,不可避免地,生命在我眼中已经不再庄严,它是那么偶然,又是那么轻飘飘的。

下午,和小萧去商场买礼物。

由于陈丽娜交代,一定要去大商场,我们不得不骑车到东街口。无非想买的东西档次高一点,能拿得出手罢了。

不过,一进去,东街口百货的货品也太多了,让我恍然觉得人类何必如此奢侈。当然,我们也变得不知道买什么是好,关键是,陈丽娜也没有交代我们具体买什么。

"买点能拿得出手的酒?"我提议。

"那不见得妥当,酒是送给老朋友的。"

我们相视一笑,心照不宣。我们送礼的对象是常主编,他刚从拘留所里出来,我们可不愿意跟他交朋友。

"根据习俗,应该是买被面什么的。"小萧倒是略懂一二。

"那就买两床桃花被。"我说。

"那是可以。"小萧踌躇道。

我觉得哑然失笑:为一个贪污犯费尽脑汁,且成为我日常工作的一部分,真是再滑稽不过。

常主编是《新故事》的主编,而该杂志销量达到二十万册,是我们单位唯一能赚钱的杂志。去年查账的时候,被查出问题出来,听说被做手脚贪污了几十万元,主编一直在拘留审查期。通过各种关系以及单位的通融做法,目前吐出赃款,以非法借款处理,不对主编提出刑事诉讼,撤销其职务,降为一般的编辑待遇。我对其中内幕不太了解,大抵了解事情的概貌。

"就买这个,会不会太轻?"小萧自语道。

"我觉得太重了。"我说,"对一个贪污犯也太客气了。"

"我是怕陈主编不满意。"她踌躇道。

"他永远不会满意的,这事就算我决定的吧。"

我不愿再为此事多费脑细胞,匆匆而回,似乎带着情绪。我自己也不知情绪从何而来。不过那一阶段,我常常莫名其妙地愤怒或者悲伤,隔个十天就把眼泪泄出来一次,这是我惯用的招数,能让内心清爽不少——眼泪是激越情绪的液体状态。

"有一件事,我觉得本不该提,但我觉得还是征询你的意见。"小萧犹疑着开口道,"有人老是跟我打听你和主编的事,我都不知道该怎么回答——多事的人真是太多。"

我苦笑一下,道:"你就实话实说呗。"

"可是我不明究竟呀。"

"所以,你的答案就是不知道呀。"

"那……有没有这回事呢?"

我看了看小萧的表情,多么老实的人亦有狡黠之处:她的眼神充满求知欲。

"从某个角度来说,千真万确。"我冷笑道。

小萧表情瞬间僵硬,乃至苍白。她张了张嘴,想说什么,但还是打算把话吞回去——活生生像一只缺氧的鲫鱼。

次日,陈丽娜将礼物准备送出之际,发现了不妙之处。她沉下脸道:"怎么买了这么一个玩意儿。"

礼物的塑料包装上有一个洞。

当时办公室只有我在,并且我决定跟她一起去看望——我想看看一个从拘留所里出来的人是如何面对同事们的嘘寒问暖。

"被什么划破了吧。"我淡然道。

毕竟是女人心细,她眼里怀疑闪烁:"这明明是被什么捅破的——我看是故意的吧。"

我微笑地看着她——我觉得我和她之间太他妈的心有灵犀了。

"被我猜中了?"她问。

"猜对了,我用鸡巴捅破的。"说这句话的时候,觉得有种突如其来的抒发的快感。

她脸色一变,尴尬难以言表。我们沉默在那里,我感觉我们终于得以交流。

"为什么要这样呢?"她质问道。

"买这么完美的礼物送给有经济问题的人,我觉得不合适。"

"我是问你为什么这么变态?"

"你认为变态的,恰是我的常态。"我说,"我每天都死去活来的。"

"不要这样为难我,我的烦恼已经够多了。"她无奈道。

"看来你跟和尚过得并不美妙。"我幸灾乐祸道。

她终于愤怒了,道:"你不要太过分了,李师江。"

我心里一颤抖,是的,当我的名字从她牙缝里钻出来的时候,我确实有点害怕。自小以来,我很怕被人指名道姓。

"我只是觉得,有瑕疵的礼物送给有瑕疵的人,非常合适。"我辩解道。

"我回头再找你算账。"她警告道。

"那就太棒了。"我说。

好在塑料包装的破损,对内里并没有影响。她将捅破处捋平了,径直朝五楼走去,高跟鞋踩出笃笃的声响,自有威严。我跟在她后面,这是说好的,我并非出于礼貌,纯粹是好奇。

在《新故事》的编辑部里,常主编——现在已经不是主编了,但出于尊重大家还是这么叫他,而且目前编辑部也未设新主编——笑呵呵地坐着,一连几天都在接受同事们的道贺。似乎他并非从拘留所里出来,而是刚从西天取经回来。陈丽娜献上红包和礼物,他坦然笑纳,据说这是礼俗,除旧布新之意。陈丽娜表达了对常主编被降为编辑的遗憾,常主编顿时豪气干云,意即大丈夫不论在什么职位,任凭世事轮转,都能实现自己的理想。陈丽娜倒是受其鼓励,不再对他表露怜悯。陈丽娜向他介绍我,一个编辑新人,常主编轻抚虎须,颔首表示欣赏之意。

"一个城府极深而又幼稚肤浅的怪胎。"出门后我对陈丽娜表达了对常主编的评价,"足以证明中华文化之扭曲深厚。"

"年纪轻轻就喜欢对他人评头论足。"陈丽娜冷笑道,"常主编是我们这里最资深的主编,怎么样都应该得到尊重。"

"是哟,我们这里热衷于鄙薄男女道德问题,对于犯罪却如此宽容,他在这个单位肯定能得到足够尊重。"

"总之,这个社会不管如何,你都有意见。"

"是呀,你都没意见。"

"你又开始老跟我较劲了——不如把你窝在心里的事开诚布公。"

"知我者,莫若你。"我赞叹道,"我心中悲伤还未褪去,不想提起,况且你现在也不是一个合适的倾诉对象。"

"算我自作多情。"

"那倒也不是,只觉得在这个世界上,只有你还是我最亲密的朋友,也是我最亲密的敌人。"

有一个方法能够让我心平气和:跑步。从单位开始,跑出门口,往福州大学跑去,在操场上跑上几圈,筋疲力尽,心中出现未曾有的平和之感。究其原因,乃是身体疲惫至极,只想喘口气,早已顾不上脑中的妖魔鬼怪。当然,有时候也不往操场跑,直到跑累了,恍然在一个不知东南西北的地方,也别有一番情趣。

非洲人善跑,牙买加人善跑,也许是他们不喜欢动脑子的缘故。跑步是另外一种探索世界的方法。当然,跑步也是身体的延伸、欲望的延伸,乃至精神的延伸,这一点是毋庸置疑的。

有一天跑到符绝响的楼下,便径直跑上去敲门。

"我正要找你,你怎么就来了?"他开门见我,大吃一惊。

"我跟着我的脚步而来。"

"真是天意,看来我大可放心了。"符绝响神秘兮兮地往天上合掌拜了一拜,道,"这么回事,我爸爸刚来,我有急事要出去,你陪他吃饭。"

他随即引荐,一个胡子拉碴、眼神黯淡的五十来岁老头,一副谁也不屑的样子。我想拒绝,但架不住符绝响的热情。

"我爸挺好相处的,像个小孩子。"符绝响推销父亲起来也绝不害羞,随后又附着我耳朵道,"你要是不陪他喝酒,回头他又唠叨我,可难听了。"

对我而言,陪一个陌生人吃饭与逼良为娼异曲同工。符绝响把一百块钱塞在我手里,急匆匆地走了。

我和老符面面相觑,相对无言。即便是我自己的父亲,这样默默相对,也比倾心相谈要多得多。

许久,他把烟蒂一扔,用带着浓重闽东味的普通话问道:"去喝酒?"

我点了点头,道:"我洗把脸就走。"

我去卫生间洗了脸,洗脸途中便意来临,又解了一泡匆匆的屎,搞得老符颇为不满,脸色更加黯淡,下楼的时候长吁短叹地跟在我后面,我不胜其烦,心中想:似乎每个人都有一个幼稚任性、不近人情的父亲。

三杯惠泉啤酒下肚之后,老符的脸上转好,精神气一下子上来,连说话的声音也硬朗了,咧开嘴笑道:"这小子为了女人,连老爹也给丢下不管,不愧是我生出来的。"

我没明白这是骂还是夸,谨慎问道:"为了女人?"

"不是为了女人他会这么着急?嘴里说为了客人应酬,那眼神我还看不出来,他可是我亲生的儿子,动哪门子心思撒哪种谎我可是门儿清。"

只要他肯说话,气氛陡然好了许多,我也觉得酒喝得蛮有味道,便敬他一杯道:"真是将门出虎子呀。"

他来者不拒,道:"你说对了,他搞女人这一套,完全是我手把手教出来的。"

"这也能手把手?"

"那可不是,你别看我貌不惊人,但我说话没一点含糊,绝不吹牛。"

"具体而言……"

"他十六岁那年,我带他去泡妞,他完全学会了,我就跟他说,嘿,你老爹的本事可都传授给你了,以后的路要你自己走了。"

"叹为观止,真遗憾没投胎到你家。"我由衷感叹道。

"你父亲没这么干过吧?"他得意问道。

我摇了摇头:"我父亲不太懂人生。"

"这就对了,我相信没有人能像我这样爱孩子——你也认为他对付女人上面比别人技高一等吧。"

"关于这一点,我跟他第一次见面就感觉到——想不到都是你的功劳。"

"呵呵,毕竟是亲生的儿子嘛。"

话一投机,我们之间的隔阂烟消云散,甚至,有点相见恨晚。

另外,酒对于他,相当于汽油对于车,现在他处于急速奔驰的状态。每个细胞因酒精的注入而生机勃勃,原来的颓废之气全不知消散何处。

"恕我好奇,就我目力所及,如果父亲有能力教育孩子的话,肯定都教他们不近女色,好学上进,何以你能反其道行之?"

"我是一个有着不凡思想的人,这一点你可看出?"他摊开两手,先要我肯定这个问题。

"这是毋庸置疑的。"

"男人嘛,只要有了两样本事,其他都不在话下了,你可知否?"

"一是有文化,二是能赚钱?"

他把头摇得跟拨浪鼓似的:"错,一是喝酒,二是搞女人。"

"真是高见,我从未想过是这么回事。"

"能喝酒就能朋友遍天下,走到哪里都不怕;能搞女人,就是有文化。有了这两项本事,什么赚钱呀、成功呀,就是手到擒来的事,所以你就知道我用心良苦了吧。"

"虽然还不能百分之百理解你的见解,但还是耳目一新——你说的搞女人,我知道是一种泛而言之的协调男女关系的方法,跟爱情有关系吗?"

"其实就是爱情——爱情是搞女人的一种体面的说法,搞到深处都是情。"

"醍醐灌顶。"

喝酒的话,我喝上一个小时多便已尽兴,之后便是煎熬。老符不一样,酒桌是他的舞台,他希望停留得更长一点,或者,直接把生命晾晒此处。最后两瓶,最后两瓶,每次我提出收场的时候他就如此央求,如此反复叫了十来次,最后我脑袋掉在桌子上再也不能动弹。后来符绝响回来,把我们两个几乎是扛了上去。我一头扑在沙发上沉沉睡去,脑子似乎已经变成气体,完全不属于自己。

晚上因膀胱胀得难受,迷糊中去了几次厕所,最后一次倒在马桶边上，就此睡去，极为舒服。醉是一种极妙的境界，在厕所里躺下与在床上躺下并无差别，这是难得的修为。做了一个结结实实的梦，梦见符绝响笑嘻嘻地朝我嘴里解小便，我居然不以为耻，饮之如甘。醒来后这个梦极为清晰地留在脑子里，色味俱全。

符绝响听了我的梦，叫道："好梦，你要发财了。"

"何以见得。"

"水呢，代表财，明摆着要天上掉馅饼了。"

"那是尿，不是水。"

"尿是水中之水，你要发横财的。"

"弗洛伊德？"

"不，周公解梦，比弗氏要准，毕竟中国人更了解中国梦。"

老符从房间里恹恹出来，听了"横财"二字，两眼发亮，过来问其究竟，叹道："昨晚我进进出出卫生间，居然没发现你躺在这里，也真是糊涂。"他双手抓住我的头，扳到眼前细看道："啊，你流血了。"

我在镜子前看了一下，果然是眉弓出血，裂了道口子，不知道昨晚磕到哪里了。亏得符绝响跟我说话半天，丝毫没有觉察，真是心不在焉。

符绝响给我找了创可贴，我也不觉得痛，贴上便是。老符拉我到一边，郑重道："我发现你有一个重要的缺点。"

我愕然。

"你不爱自己。"他说，"你这里破裂了，必须去医院缝针，此事事关命运。"

我心中一热，真想对符绝响求道：把你爸爸转让给我吧。

我也深信破相事关一生，抓住老符的手道："行，我听你的，我一定要爱自己。"

"这就对了。"老符送我出门，附着我耳朵道："苟富贵，勿相忘。"

几日之后,我突然莫名其妙地想起老符,再过来看他,他已经走了。我不无遗憾,坐在老符坐过的沙发上,对符绝响道:"其实跟你父亲喝酒蛮有意思,他说如果他不是住在一个小地方,绝对是了不起的人物,这一点我倒是相信,他确实有卓尔不群的气质。"

符绝响疑惑地看着我:"你真的喜欢他?"

"那可不是,他身上有一种长年累月积淀下来的烟草香味,那是男人的味道,想起来我还挺想闻的。"

符绝响正把洗衣机里的衣服拿出来,拧干,再晒到阳台上,干这种活儿他比我一丝不苟——他深知人靠衣服马靠鞍的道理。他领导拿了一台洗衣机送给他,脱水坏了,只能洗出水淋淋的衣服,活像刚从水里网到的一网鱼。

"我快被他喝穷了,只想把他快点送回去,要知道你这么喜欢他,送给你算了。"他说。

"如果我父亲能教我这么多,我指定为他鞠躬尽瘁。他教你泡妞这一招,可让你受用一生,你还真不能忘本。"

符绝响停了下来,狠狠道:"真不是你想的那样。"

"那这件事总不会有假吧,我倒是想听听细节。"

"你帮我一块把衣服拧干了,我再详告。"

我们俩各抓住大衣的一头,把它拧成一条菜干。

"何必费此周折,湿淋淋挂在晾衣架上,不也一样会干吗?"我说。

比方说叠被子,我觉得到了晚上还必须再睡,被子又何必叠得赏心悦目。我有这样的思想,所以懒得动手把日常生活搞得井井有条。

"太不一样了,简而言之,这是一种生活态度。"符绝响使出吃奶的劲儿,喘气道,"人生的仪式必不可少,仪式稍微改变,性质也在改变。"

下面他告诉我的这件事,就是一个例证。

符绝响十来岁的时候,父母就离婚了,不知道有没有法律上的离婚,但事实上就是分开了。符绝响跟着妈妈,这一点既让老符很爽又让他不爽。爽的是他很自由,无拘无束,不爽的是他又担心儿子长大了跟自己没感情,不认自己,大概养儿防老的这种念头他还是有一点。当然,他确实不乏一些奇思妙想。符绝响十六岁的时候,他带符绝响去搞女人,说得具体一点,就是嫖妓。他让一个妓女与之配合,他在一旁指导。他为了证明:符绝响的这项技能,亦得到为父的启蒙,终生不可忘——父亲是爱你的。

作为旁听者,听到此处,艳羡多于惊奇。早早学会做爱的技巧,克服对女人的羞涩感,对于一生大有裨益。虽然说不太道德,也不好听,但此举对于甩掉矫饰的道德,进入人生的本真状态,并不亚于一堂惊心动魄的哲学课。

便是吃蜜糖也会有蛀牙的后遗症。若非亲历者,决不知此事会让符绝响产生如此的幻觉:凡是一跟女朋友进入状态,听到女孩子畅快的呻吟,便觉得她是妓女。这种幻觉,挥之不去,令其不堪忍受。

"对妓女又何以如此鄙视,历史上那些青楼女子,无论是卖唱还是卖身,无不风情万种,想想也是醉人的。"我说。

"这并非鄙视,而是一种直觉上的难受,你不在其中难以体会。"符绝响悠悠道,"那些经历带来难以磨灭的创伤,留在脑海,挥之不去——他肯定还在我面前自鸣得意,以为我这辈子会感激不尽。"

"难道就没有快乐?"

"就是快乐之后跌下来的失落,绝望到无以复加。"

"我不了解这种感觉。"我回顾了自己的经历,踌躇道。

"真正的妓女和你印象中的青楼女子是两回事,她们的区别就是理想与现实的差距。我爸爸毁坏了我对女人的最初的口味。"

话题渐渐沉重,我从窗口望去,掠过密密麻麻的楼宇、街道和匆忙人群,远处的青翠之处似乎就是屏山公园。对我而言,这也是一块难以诉说之地。我把目光收回来,碰到符绝响的目光,那是绝少见的绝望之感。

"如果是这样的话,也许是一种病,得治。"我建议道。

符绝响看着我,脸上转而兴奋道:"真是英雄所见略同,不过我找到药了。"

"真的?"

"千真万确。"

年底了,每个人也都忙忙碌碌,不管是真的还是假的,必须有一副匆忙的样子,否则,就会暴露出一年的庸碌。

税务局来了两个干事,是来查账的。按照惯例,像我们这样的清水衙门,查个一两天,吃个饭差不多完事。我们的财务是作协的财务兼着,因此两人在作协财务办公室忙了一整天,晚上我们办公室请吃饭——这种必要的例行公事虽然无趣,大部分人皆忙于此。照例是我和陈丽娜、财务陈姐作陪,选了一家过得去的餐厅,既不显得奢侈,也有礼貌,真是一门微妙的学问。

姓林的干事满面红光,大大咧咧,身上有一种职业的优越感,见了陈丽娜便紧紧握着她的手,再也放不开,眼里满是热辣辣的,满嘴是爱慕之言,用些文绉绉的词儿但有心无力,十分粗陋。其人十分在意自己身份,将自己的查账本事自夸一通,然后告知,若是有单位令自己不快,便是一毛钱去向不明,他也能查出个一二,自矜得不得了。又说,自己当然不会为难陈丽娜这样的美人,说的话露骨得很,着实让人反胃。席间还要陈丽娜的私人呼机号码,希望有缘相识。陈丽娜倒也不吝惜,给了他,他愈加兴奋,话也多,气也更足,各种狂妄和粗野毕露。一顿饭下来,我们三个接待方都觉得劳累而无趣,扫兴而归。

次日,陈丽娜来上班时,一脸肃然,我想应该是昨日的不快而引起的——长得有姿色也是麻烦,便安慰道:"他们今天再查一天,也该滚蛋了吧。"

"哼,你以为那么容易打发。"陈丽娜说。

"他还能怎么样?"

"昨晚回去后,他居然打传呼,说他在宾馆里,让我过去。"陈丽娜气咻咻道。

我深感震惊,脑子被一闷棍打翻了,很久说不出话来——这个世界的粗鲁是我始料未及的。

中午财务陈姐下来,神秘兮兮道:"今天不知道怎么搞的,一点一滴地查问,我觉得,就是刁难的意思。"

陈丽娜道:"肯定是这样的,正想找你商量个法子。"

下班时间到了,我们三个关在办公室开小会,商议对策。

"莫非昨天得罪了他们?"陈姐试探着问。

我不置可否。陈丽娜犹豫片刻,坚定地点点头,道:"对,把他们得罪了。"

陈姐释然又困惑,道:"可是咱们吃完饭还其乐融融的,没见什么异样。"

"这且不谈,反正就是得罪了,现在想想有什么办法?"陈丽娜道。

"我们没有贪污受贿的账目,他要怎么查就怎么查,我想就泰然处之吧。"我提议。

"那可不行,他一点一滴地问,一块钱都要问个究竟,非得查出问题不可。"陈姐加重语气严肃道,"你昨天没听他自己说查账厉害,厉害就是没有问题也把你查出问题,他可不是吹牛皮。况且我们的账也不是每一分钱都十分准确,我记忆也有疏忽的地方,说错了一句,他就抓你把柄了。"

"上报领导,看看怎么处理。"我提议。

"这点事都上报领导,还没凭没据的,显得我们多无能。"陈丽娜道,"况且领导的批示通常就是一是一,二是二,有问题就查问题。"

商议良久,颠来倒去,没有找到什么有效的办法。没有办法的办法就是静观其变,看他会使出什么幺蛾子。

按照惯例,账没有查完,晚上还得请他们吃饭。陈丽娜肯定是不愿意见他们了,道:"你们俩陪他吃饭去,就说我临时出差了,看看他们的态度,再商量对策。"

对于这一安排,我有一点快感,有若一出空城计。果不其然,还是同样的餐厅,林干事见主陪是我和陈姐,瞬间脸色变了,质问陈丽娜为什么不来。陈姐忙与他解释,他愤愤道:"分明是不给我面子,哼,你转告她,我指定给你们一点厉害尝尝,这饭,我不吃了。"说罢要拂袖而去。陈姐赶忙解释赔罪。她直接与他们接触,得罪了麻烦最多。孙干事倒是比较通人情,劝道:"老林,别发火,谁陪都是吃,既来之则安之。"

林干事眼珠一转,道:"对呀,不吃白不吃。"

陈姐松了一口气,装着笑脸让服务员上菜,两个人一言不发,吧唧吧唧地吃,尽力往肚子里填。这样的气氛下,想谈笑风生是不可能了,我也默默地吃着,心中悲凉,目中无人,吃不多时便觉得饱了,在包厢的卫生间解了一泡小便,径直开门走了。我估计他们在里面是要小小地吃惊。到了酒店门外,凉风一吹,脑子从混沌中醒来,在夜光中一步步走着,街边的景致若隐若现,若真若幻。这一刻我确定不知道这样的生活是不是真实的,至少我不愿意它是真实的。

多想
在华北平原上
我变成一粒芝麻
我玩得很高兴

但没人发现我

　　我灵感迸发,从书包里掏出纸笔,写下以上这几句,只觉得胸闷的感觉散去,气息略微通透。我在幽暗中逡巡,脑子里出现绝妙的幻想画面:有一天我去嫖妓,那个妓女把头抬起,居然是左堤。我们无语,默默地完成了交易。我问她,你为什么要骗我?她说,我没有骗你,我根本就不认识你。

　　这样的场景因何而起,又有何指意,我无从所知。如果没有这样的狂想,我想我要疯掉的。

　　我想将她和她的谜团忘记。我几乎做到了,我决意走向我不可捉摸的、绝望与希望交织的路,一切重新开始,或者不用开始,继续边走边唱,看看此后的人生还有什么奇观,或者平庸到不值一提,一切与她无关了。但是,她不可遏制地,还是在某个灵光闪现的时刻,从我脑子里进出来,她的谜折磨着我。

　　我宁愿相信与左堤的这一场信笺来往其实是梦。是梦,我大抵不会如此耿耿于怀,乃至挥之不去。那一封封的情书,确实倾注了我太多的心力,比做爱要深切得多。

　　恍惚之中,接到陈丽娜的传呼。

　　本来我们相约,饭后我和陈姐、陈丽娜再碰头,商议对策。此刻陈丽娜应该与陈姐碰头了,我回了电话,果不其然,她们约我在华林路的红楼记茶馆见面。我是极不想去的,但又找不出一个不去的理由,只能凭着惯性到达——就像被一股洪流拥簇着身不由己而去。

　　我在茶馆的幽暗角落找到她俩,陈丽娜一脸肃然,显然商议的效果不佳。陈姐见我到了,便匆匆告辞而去,这表明她只是起个汇报情况的作用,并不参与决策,决策也是她脑力不及的事。

　　茶馆里有人喝茶,有人打牌,座位自有隔帘,安静倒是安静,唯一不爽的是有烟味由隔壁飘来。当你明白这是从别人肺里喷出来的玩意儿之后,不免有脏兮兮之感。

"你怎么自个儿就走了,不管不顾的。"陈丽娜质问我。

我无言以对。我今夜的惆怅与愁肠百转,岂能一语道来,又有谁人能懂。

"为何这样不负责任,我将来怎么信任你?你到底说句话呀。"她追问道。

我闭上眼睛,尽量厘清思路,一字一句答道:"我实在不想进入这个世界。"

"什么意思,什么世界?"

"绞尽脑汁,跟一个代表国家的无赖缠斗,这不是我想接触的世界。"

陈丽娜愣了一下,总算明白我的意思,反驳道:"你这是逃避责任。"

"算是逃避也好,反正,我不愿在此事上费脑细胞,我也不愿与之为伍或者为敌,这是我吃完饭就退出的原因——我懒得再看他一眼。"

"将来你可能每天都要面对这样的事。"

"这样的将来不要也罢。"

"我总算看清了,你是个毫无担当的家伙,哪个姑娘将来要跟你结婚,只怕肠子都会悔青。"

"这倒有可能。"我说,"提起'姑娘'两个字,我现在倒是很麻木。"

"受伤害了?"她忍住愤怒,尽量保持自己的风度,"你还没告诉我见女朋友的事呢。"

"你想听?"

"反正现实的困难你也帮不了我什么忙,想说就说说呗。"

我润了润嗓子,一五一十地将乐山之行倒了出来。由于我充满倾诉欲,细节倒是蛮传神的。过程之中,我不觉碰到陈丽娜莹莹的眼光,对于爱情,即便是绝望的爱情,她是个蛮忠实的听众。讲到我见到左堤刚生小孩时,陈丽娜不禁睁大了眼睛。

"不会是你编的吧。"陈丽娜有点疑惑道,"听说你正在写小说呢。"

我摇了摇头:"我的小说比这蹩脚得多,或者说,以我的想象力,我现在还编不出这等触目惊心的情节。"

"太好了。"陈丽娜兴奋道,"教训你这种不专情、无责任感的家伙,这样的情节再妙不过。"

我无奈地叹了口气,摇头道:"你的残忍也让我叹为观止。"

"别自我夸张了,没有狗血的青春都不算完整。"陈丽娜轻描淡写道,显然我的不幸遭遇让她心情舒服很多,她对我的愤怒也稍稍平息,"不过究竟是怎么回事,你没有打探?"

"我不想知道。"

"不是你不想知道,是你没有勇气知道。"陈丽娜评论道,"你的懦弱可想而知。"

"这个故事如果能让你舒服一点,算是我对你的补偿。"我说,"不过你现在沉浸在荒诞而神奇的爱情中,这一点舒服对你来说无所谓的。"

陈丽娜转而感叹一声:"我苦恼得不得了。"

"请讲一二?"

"我不会对你讲的。"

"是怕我听了心里很舒服吧。"我幸灾乐祸道,"想到那个被你夸上天的和尚,你们两个也出现矛盾,客观而言,我是很有快感的。我知道这种心理是人性之恶劣,但无法不享受。"

"你说我该怎么选择?"她沉吟着脱口而出。

"有哪些选择?"

"第一,为了爱情,我离婚,跟他走,他还俗,但一无所有。第二,跟他断了,继续现在的生活。"

"这是他给你的通牒?"

"嗯,他着急起来的时候真是暴躁,简直换了一个人——不过这全是因为爱我,他说我的魅力改变了他的性格。"

"你们真是天生一对。我的建议是,别理他了,跟我重温旧梦。"

"这时候你还开玩笑。"

"不开玩笑。"

"可惜我对你着实没有兴趣了,老实说,你原来的单纯和热情不见了,你现在在我眼里是这样一个人——只要是个女人,都可以爱。你是一个内心松松垮垮的人。"她盯着我的眼睛,咬牙切齿一针见血无所不用其极。

"感谢你的指点,我也是这么看我自己——能给我指明,为何我是这样的一个人吗?"

"贱!"

"我还有另一个答案:没有爱的生活,太荒凉了,内心里长满绝望的野草,看不到尽头,我需要一点点,哪怕是假惺惺的爱,哪怕是一句客套的关心。"

"所以我不会接受你,一个情感的乞丐。"

"谢谢你如此犀利,也许会让我在绝望中长出些许意志。"

"去找你那个妹妹吧,叫什么,薛婷婷。"

"倒是个选择,我在一直等她长大,等她明白情感的事。"

"你的未来不可救药。"

"我也有这种预感——长久的无果的异地恋有一种作用,让人变成疯子。"

我们互相挖苦、攻击,这样似乎能让彼此舒服。陈丽娜眼里闪烁着类似于焰火的光芒,她情欲旺盛的时候眼里会有这样的流光溢彩,但现在绝对是焦灼。

回到宿舍时是九点多。宿舍里烟雾缭绕,一只过冬的长脚蚊子从天花板上跌跌撞撞落下来,小马兄弟俩正在宿舍里长谈什么。见我进来,他们打住了话题,大概也谈得差不多了,马生成拿起呢子外套,跟我打招呼后问我忙什么。我从自艾自怜的状态中脱身而出,像个精于应付各种事务的人,道:"哎呀,被税务局的一个无赖缠着,每天开会呢。"

我便将事端详细说出。马生成道:"这种事情应该属于个别情况,给税务系统丢脸了。我还认识这边的税务局长,要不要去打个招呼?"

"有用吗?"我问。

"那当然,你们这种单位,国家拨款的清水衙门,用得着查这么多天吗,局长也不允许这样以权谋私呀。"

"那就不用了。"我说。

"为何?"

"这种事不值得我们出手。"

我对马生成颇有好感,送他下楼,他也领我的情。已经有好久不见他过来了,对于他和小马聊什么,我也颇为好奇,但又不能跟长舌妇一样打听。

"看到你跟小马兄弟感情这么好,真是感动。"我说。

"我也是把你当成弟弟的。"马生成安慰道,"最近马一鸣状态还好吧?"

"其他还好,但有一件怪异的事,不知道该不该提起。"我卖了个关子。

"哦,但说无妨。"马生成放慢脚步。

"小马有一天掀开我的被子,我吓了一跳,后来有几次醒来,我看见他边抽烟便盯着我,搞得我浑身起鸡皮疙瘩。"

"这个……有问题吗?"

"总而言之,十分可怕,有几次我都梦见他闯到我的被窝里来。"

"你就直说吧。"

"我是怀疑,他有没有同性恋倾向?"

"哈哈哈,你想太多了,这个我可以保证——我弟弟绝无可能。"

既然马生成斩钉截铁地下了结论,我便不好再加讨论。但我心中的犹疑并未因马生成的果断褪去。一个有同性恋怀疑的人与你同居一室而使你忧心忡忡,这就是生活。

为应付各种不能避免的事务与时不时突如其来的情绪,我每日做几分钟冥想:把脑袋腾空。当然腾空是个不容易的过程,嘴里必须不停地默念:

滚蛋滚蛋滚蛋滚蛋滚滚滚蛋蛋蛋……

那些个情绪的精灵便不情愿地从脑子里抽身而出,渐渐消散,最后自己成为一个无父无母无过去无未来不在现实中也不存幻想的物体,闭目养神,在空中飘浮,甚至到宇宙间逡巡一趟,抵御现实的无聊恐慌。

13.

春节回家,我觉得自己苍老许多,更加寡言少语。是一种内在的苍老,只觉得对周遭的事务厌倦,少了好奇心。有伙伴们兴冲冲来家,邀我出去谈天,我以身体不适婉拒,确实是不想去——每一个别人热情谈论的话题都会成为我的隐痛。

我是个天生阴暗的家伙。

家徒四壁,连一台电视机也没有。爸爸也只在家里头走来走去,像一只老了的鼹鼠。他无意中察看我多日,有一天突然感叹:

别人都那么有活力,你怎么跟老了似的。

类似这样的话,从小到大,他说过几次——说明我死性一直没改。

我无言以对,并且发誓以这种死样子杵在世上。我能对他谈起爱情吗?我能对他谈起往后的人生吗?我能跟他倾诉眼前的工作恰如一潭死水吗?无从谈起。

那一天是正月初三,连续几个雨天之后天气转晴,阳光好得不得了,像老天赐予的一块蛋糕。我便说:"要不我们出去走走?"

爸爸不假思索便答应了,他认为出去自有出去的道理,但不用多问。妈妈不同意,一是自小以来,她对我的提议总是条件反射般地反对,这是一种说不清道不明的习惯;另外她认为大过年的,家里不能没有人。我对此已经习惯,我们永远在两个世界。

爸爸觉得我的提议自有深意,便说服妈妈。妈妈是个没有主见的妇女,她的特点就是很容易被外人说服但难以被家里人说服,但这次爸爸轻轻训斥她一顿,她便骂骂咧咧地接受了。这样加上妹妹,我们一行四人坐车进入市区。在车上我想起这是第一次和父母出去玩儿,内心有一种崭新的喜悦,好像自己是个刚出生的婴儿。

到市区的南际公园走走,也就是看看热闹。爸爸由于支气管炎引起的哮喘,走几步就歇息一下,跟我聊天,看看周围洋溢着节日气氛的小孩,当然,最主要的是晒太阳。

"今天的太阳能治病。"爸爸坐在一块石头上说。

"出来真是对了。"我说。

我买了几个气球,放在手上玩,气球是个神奇的东西,它会让我很清晰地找到小时候的气息,历历在目,特别是那股塑料味。后来我把气球放了出去,在空中越飞越高,不知所向。

"前一段我出去了一趟,到乐山。"我对爸爸聊道。

"是单位派你去的?"他问。

"不是,是去玩。"

"那外面很远吧?"他把自己所在的地儿称为里面,其他地方都是叫外面。

"在四川,挺远的。"我说,"那里的大佛有一座山那么高。"

"好地方。"爸爸发出由衷的赞叹。

妈妈一直担心家里有客人来,心不在焉,唠叨着回去,一点没有玩的兴致,我们这样待了一个多小时,便往回走了。平平淡淡的晒太阳的一天,却扭转了我不快的心情。

初五的时候,小潘联系到我,邀我一起去唱歌。他回到老家,家里有不少叔伯兄弟什么的,自然热闹得很。在卡拉OK厅里,有小潘、他的堂弟以及当地部队的两个同行,小潘不善唱歌,我也没有什么心情,便跟大家喝了几杯,能唱的尽情唱,不能唱的有点索然,便缩在沙发上聊天。歌厅里闹,我们必须坐得很近才能听得清楚。他问我回家过年有哪些活动,我说主要在家待着。

由于包厢里都是雄赳赳气昂昂的男子,气氛颇为怪异,我借着抽烟的机会,走了出来,在稍微安静的角落满腹惆怅。越是热闹的地方越容易滋生愁绪,做人就是这么贱。

片刻小潘跟了出来,带着歉意道:"是不是很没意思?我想叫女孩来陪你,结果找不到一个,我在这方面真是一无所长。"

"不是那个意思,我还不至于如此好色。"我说,"只是我的心情不适合歌唱而已。"

"对了,我还想问你,写情书应该怎么写,是不是跟平常写信一个格式?"

"情书无一定之规,想怎么写就怎么写,有时候写不足以表达,我甚至还画。"我条件反射般侃侃而谈,蓦地心中似乎着了一根刺,道,"哎哟,一说情书我就心痛。"

"那……我大概知道了,就是不知如何下笔。"小潘又是抱歉又是充满求知欲。

269

"你开始恋爱了？"

"不不不。"小潘连忙否认，"我妈要给我介绍女孩，见了面，我也不知道怎么跟她聊，我想互相通信或许更好。"

"喜欢她吗？"

"说不上喜欢不喜欢。"

"什么感觉？"

"没有感觉，就跟见一普通朋友一样。"

"没有感觉又何必谈下去，那样只不过误人误己。"

"我也是这么想，又想不搭理她呢，不礼貌，怕我妈整天唠叨——你对女孩有感觉吗？"

"太有感觉了，求之若渴。"

"我和你之间怎么差异如此之大？"

"文科生与理科生的区别？"

"也不尽然，原来我们宿舍恋爱的大有人在。"

"总之在你对女人无感的时候，不要去动女人，暴殄天物会遭雷劈的，当然也会毁了你的人生。"我宛如人生导师，其实也许是嫉妒。

"可是我妈老是撮合，我又不想惹她生气——对了，我考研怎么样？"

"逃避的好办法。"

我把小潘的相亲成果毁坏之后，心情好多了，进了包厢与小潘开怀畅饮。

"有一天你对女生有感觉之后，你的人生才叫开始。"我乘着醉意训导道。

"不太懂，你说说。"

"只有了解女人，才会了解世事，只有懂得爱女人，才会懂得爱世界。"我说，"否则，你干的全是无知与残忍的事。"

"这句话是哪个名人说的吗？"

"不用哪个名人,就我说的,绝对是真理。"

"这方面以后要多跟你学习。"小潘谦逊道。

"等你开窍之后,便无师自通了。"我说,"不过在你没开窍之前,对好色的人要宽容一点。"

"此话怎讲?"

"好色并非一个人的缺陷,它是一个人的一技之长而已。我们民族长期有对好色的人歧视的习统,八十年代我的一个老乡就因为偷看了女人屁股而被枪毙,想起来毛骨悚然。而你将来指定是军政人物,我得提前提醒,否则历史重演。"

"你想得真多。"

"习惯了忧国忧民。"

由于我和小潘找到了共同语言,不免觉得亲近许多。当地的部队干部给他安排了宾馆,我便和他一起入住,关于女人、爱情、历史、道德,聊了大半夜。主要是我讲,他听。这次见面,小潘给我的印象是,他对这些话题感兴趣了,像个学生一样研习探讨。他的发育正在深入,本来我对他颇为失望,道不同不相为谋,这下觉得有成为至交的可能性。

小潘问我何时回福州,如果初七的话,有他的顺风车。我本来可以再待数日,但是突然发觉待在家里也没什么意思,被一种家长里短的气氛围绕着,颇为憋气。我觉得在家中待上一周最为适应,再长了就不适应了。便跟着小潘顺风车到单位,似乎在喧嚣的汤里滚过一遍,再回到孤寂清新的生活中来。过完年,不免又跟诸友见了面,薛婷婷更加成熟些,符绝响长胖了一些,其他朋友,年复一年,天增岁月,许久不见,多了几分亲近,交流了近况,然后各自散去,各归其位。

一个新的变动就是,老余突然宣布要调动到晚报社。这消息让我吃惊,报社的福利比我们这里要好,自然是一件好事。但老余是调到校对部门,总而言之比当编辑要吃力很多,特别是他眼神不好,不是什么好差使。我们都觉得老余脑子里缺了根弦,但是老余常常不按常理出招,这就是他的常理。

过了数日,我才反应过来,猛然发觉老余是个有爱之人。他爱得坚定、执着,像小草一样不动声色。

我也意识到,我是他的另一极端,热情、懦弱、犹疑、自卑,随时准备投降、放弃、逃跑。究其原因,我是否根本就没有爱过?我爱过左堤吗?我只不过是叶公好龙?

想了一个晚上,想破头也得不到一个究竟。还好过了一个年,我的情绪平静不少,心想,罢了,我做不到老余,就做我自己吧,把老余当成偶像便可以了。既然内心如此敏感而毫无向前探究的勇气,何不就做一个不勇敢之人:忘记吧,从头开始吧。

逃避者最拿手的武器就是忘记。

我出去找了个兼职,是一家初创的移民公司,在三角井,我每天下午过去,编辑《移民手册》。老板是从政府部门下海的,踌躇满志,对我颇为信任,脑子也大条,我工作不久后,就忘了我是兼职的,连上午都叫我过去。

自从年前查税事件之后,陈丽娜知道我心不在焉,也不堪大用,工作的事便疏离了。我也乐得其成,有空去做一个兼职。当然,后面的情况也是她自己搞定,刚好有一个散文作者,也是我们的朋友,在外地税务局当局长,陈丽娜将此事征询他,他给本地的局长打了一个电话,了解缘由:原来这个干事是一个临时工,以公权谋私的事件不止一件。被局长知晓后,该干事便来道歉,往日骄奢跋扈的嘴脸全然不见,孙子一样地讨饶道歉,面目可憎,不做细表。

做兼职在于,我隐约觉得需要一笔钱,要不然寸步难行,只能在幻想与渴望之中度日。

我不想毁掉这一份兼职,有时候上午去点卯完毕,过一会儿便去移民公司。有时候陈丽娜传呼我,问我干什么去了。我疲于编造各种理由,相当费脑,有时候不得不从移民公司再赶回单位。推搪的理由编了一个,便要再编一个,比我自己写小说要难得多。最后只好如实告知陈丽娜,在外兼职。

"老余刚走,你又出去兼职,你们想整死我呀。"陈丽娜忍不住咆哮。她长年累月一直保持涵养,现在看来实在是窝火了。

她气得胸脯起伏,真是生动极了。我喜欢看她真情流露的时候,相反,她那种精于业务与人际关系的样子,着实一点都不可爱。

我当然有点害怕,女人是老虎此言不虚,但她发怒的时间极其难得,我不得不忍着恐惧默默欣赏。

"怎么,你还觉得有道理了?"陈丽娜道。

"工资实在吃紧,想赚点儿外快。"

"其他年轻人不也一样的嘛,就你特殊?"陈丽娜声色俱厉。

我无法割舍,又维持了几日,左右为难。只好跟陈丽娜商量,等我拿到兼职的工资,便辞职吧,陈丽娜恨恨地不说话,我在她眼里讨厌极了。老余调动之后,究竟谁来填补这个职位,极为慎重,一时半会儿也不能到位,我的编稿任务加重。忍着陈丽娜的白眼,我终于拿到一千五百元的薪水,结束了短暂的兼职生涯,心中不无遗憾。

这次纠结的经历给我一个启示:一切都可以重新开始。

大约辞职后的两天,也就是四月的一天,我心情比较放松,坐在走廊上一把红色的半旧椅子上挠痒痒。每到春意暗涌的时日,小腿总是发痒,有时候会蔓延到大腿,或者腹部,一块一块的。一边挠痒一边观赏楼下的人群,那是再好不过的消遣,就像一边拉屎一边看报一样,有双重的乐趣。挠着挠着就发红,艳若桃花,若是不小心挠破皮肤,那可就得疼上几天。曾经有次在家里挠的时候被妈妈看见,她说这是湿疹,需要用一种草药熬汤清洗数日,可以断根。我断然拒绝,一是嫌麻烦,二是这种小毛病在我身上简直不算病,而且挠痒痒是一件舒服的事,如果细细体会,也是其乐无穷,何必斩尽杀绝。当然,也可以看成是皮肤细胞的一次发情。问题是,现在痒得厉害,即便把皮挠破了它还是痒,我下楼去买了一盒地塞米松软膏,决定上楼把火辣辣的部位涂个爽快。

刚到六楼,招待所的小陈见我,表情有点奇怪地叫道:"有人找你呢。"

"哦。"我点了点头,快步走回宿舍,快到宿舍门口时,我的脑袋像被闷了一棍,"嗡"的一声,回声在脑海中飘荡不散,眩晕感一圈一圈荡漾开去。

"你,怎么在这儿?"我问。

"我来看你呀。"左堤微笑道。

"哦,我是说,你怎么来的?"我语无伦次。

"坐车呀,我还能双腿走来不成!"

"我以为你从天而降。"

"哈哈,你还是那么幽默。"

"哈哈哈,哈哈哈哈……"

我笑了起来,然后一波能量从心底冒出来,继续笑,笑得中气更足了,能量波又源源不断地上来,强有力地冲撞着笑的神经。笑声一波接一波,越来越大,声音瓷实爽朗,越来越豪放,根本停不下来。笑的能量浑厚,包含着感叹、抒发与述说,我能感受到蕴意无穷。体内堆积的乌云沉渣随着笑声喷射飞散,自有一种排泄的快感。

左堤也跟着笑,越笑越开心,也是储备了多年的笑的能量。

小马从房间里出来,他以为发生了什么,狐疑的眼神在我们身上打量一遍,确定我们只是在笑,并无其他大碍,悻悻回房间。

眼泪也出来凑热闹,在眼眶四溢,大概沾了灰尘,眼睛咸涩,这才使得笑声稍歇。

"笑够了吗?"左堤为我们的大笑而觉得好笑。

"再笑下去,恐怕腮骨要骨折了。"我揉着自己的腮帮,腮帮子又酸又痛,连腹部都有酸麻之感。

"那还不快给我点东西吃,我可饿了一天了。"

被笑冲昏的头脑这才反应过来。

左堤比我前次见面要瘦一圈,但是比学校里要胖些,浑身上下多了一些人间烟火的气息,也多了一份亲切。她上身穿一件袖子有蕾丝的白衬衫,桃花色外套搭在旅行箱的拉杆上,下身穿一件黑色的紧身裤,把白衬衫扎进去,一身的活力毕现,跟我在大学里感受的不差分毫——还是那种让人心中一动的气息。她笑起来的时候,嘴角的弧形纹路荡漾着,啊,美不胜收的感觉。那是什么呢,大概是所有回忆的精华吧。

"我带你下去吃饭。"我说。

"用不着。"她说,"跟家做点什么吃,不浪费。"

"我没怎么开火,这里只有方便面什么的。"

"方便面,挺好的,我已经好多年没吃了。"

"那不成呀,大老远过来吃方便面,这叫什么事。"

"不,其实是我想吃你做的东西。"她释然笑道,"你会做方便面吧。"

"从中学以来,烹调方面就这门手艺最精。"

"太好了,这个让我想起大学时光——快去做吧。"

"要吃硬的还是吃软的。"

"怎么说?"

"硬的呢就是稍微烫一下,口感如卷发;软的呢就是煮烂,相当入味。"

"我吃软不吃硬。"

我依言给她煮了面条,她吃得很开心,简直像吃到世上绝少的美味,令我颇为诧异。我在瞬间十分后悔,觉得我们的见面如此廉价,但她已经把面条欢实地吃下去了。

在宿舍隔壁的招待所,给她开了一个房间。房间相当简陋,是四个单人床位,只有她一个人住。我为如此的寒碜感到不安,左堤一直强调,她过来主要是看我的,其他从简从省,活生生一个过日子的行家里手。

这是一个怎样美妙的夜晚。招待所房间的日光灯不算亮,但能把墙壁和天花板上残存灰尘与蜘蛛网看得清楚,颇让人觉得心安——似乎这房间一年到头也不会有人打扰。楼道里安静,安静到显得荒凉,使得我们的每声呼吸都清晰可闻。陈旧、静谧、陌生,就是这样的气息。

左堤把自己的衣服拿起来,挂在衣架上,避免过多的折痕,一举一动彰显日常生活的痕迹,看看也有沉醉之感。我把左手手指夹在门缝之间,轻轻关门去夹住手指,在力度中把握疼痛感。

"你在干什么?"左堤问道。

"曾经我做梦,在梦中我怀疑自己是在做梦,便掐自己,证明自己是否在梦中,结果是不是在梦中,这说明即便在梦中你怀疑自己是在梦中,也未必能得到确证。"

"你把我说糊涂了,你怀疑此刻是在梦中?"

"正是。"

"无所谓,梦中也挺好。哎哟,我这两腿酸的,跟被谁揍了一顿似的。"她伸了伸懒腰,叫了起来。

"打点热水给你洗脚?"

"这个主意不错,没想到你照顾人这么拿手,哪儿学来的?"

"纯属灵感。"

我把开水与凉水匀好,温度在温暖与热烈之间。左堤坐在椅子上,把脚伸进来,试探一下,叫道:"你怎么能把水温调得这么舒服,真是天才。"

她的脚浑圆的,略鼓起,似乎在飞天的壁画上见过那一种,并非凡间俗物。

"我有一个构思。"我说。

"请讲。"

"我有替你洗脚的冲动,不可遏制,能否成全?"

"悉听尊便。"

我在水里揉着她的脚,像抚弄两条活鱼,妙不可言。又将她每一寸皮肤细细揉过,把脚趾间的缝隙细细清洗。两只热乎乎的脚,浑如两个圆乎乎的梦。

"你的脚指甲可以剪了。"我建议道。

"你会剪吗?"

"无所不能。"

我飞速跑到房间,找了锃亮的指甲剪。把她两脚擦干了,放在我膝盖上,用指头感知指甲长度,慢慢裁剪。咔嚓,咔嚓,细碎的声音一次次响动,如火花在黑暗中闪耀。

"委屈你了。"她说。

"荣幸之至。"我说,"没想到剪指甲能让人如此陶醉。"

"真的吗?"

"千真万确。"

"你以前给别人剪过指甲吗?"

"没有。有人给你剪过指甲吗?"

"小时候我爸爸应该给我剪过,除此之外别无记忆。"

"可惜呀。"

"可惜什么?"

"可惜只有十个脚趾,你要是有千手千脚该多好。"

"怎么好?"

"我就可以一直剪下去,日夜不停地剪。"

"剪指甲有这么美妙吗?"

"是呀,我也刚刚发现,把你的脚捧在怀里,捏着你的指头,一点点地剪,简直不可能有比这更亲密的事。"

剪完脚指甲,又给她剪了手指甲。手指与心更为接近,又能表

277

情达意,自然更为亲密。上帝在制造手指的时候,埋下了通往心脏的神经。

"身上还有什么值得一剪的地方吗?"

"恐怕没有了。"

她的脚还搭在我的大腿上,我把它捧起来,温热、红润,我用嘴唇亲吻她的脚趾。

"脏呀。"她说,把脚缩回去,我把它重新拨过来。

"一点都不。"

"你想吻的话,其实可以……"

"不,我只配吻你的脚。"

我吮吸她一个个脚趾,相当于用我的口水再清洗一遍。她痒得咯咯笑了起来。

"舒服吗?"

"舒服是舒服,但我不明白你为何喜欢这样。"

"唯其如此,才能恰如其分表达我对你的感情。"

"这样呀。"她说,"你真是好玩极了。"

我打了个喷嚏,然后又打了一个。

"感冒了吗?"她问道。

"不,是因为你的头发扫到我的鼻子了。"

她的头发长而黑,发梢不时撩到我面部,若细微的触摸,那是神经末梢的交流吧。

"我的头发太长了,但一直舍不得剪掉。"她说。

"很好,跟大学时一模一样,你知道吗,上公共课的时候,我有时坐在你后面,摩挲你的头发,我想这是最让人无法觉察的亲密举动了。"

"哈哈,恰恰相反,我全都知道。"

"真的?有何感想?"

"我想,你为何老是摩挲我头发,何不来吻我一下。"

"真的这么想过?"

"当然,我的想象力可猛了。"

"真是看不出来。"

"想象力哪能让你看出来。我还记得你坐在后面,眼光老是看着我,热辣辣的,像一束光,你知道吗,我脸颊上是有感觉的,痒痒的,我想,这个傻瓜,为什么不过来亲吻一下呢,多么浪漫。然后我就自艾自怨,真不幸,喜欢我的是一个胆小鬼。"

"难以想象,你的想象力与外表差距如此之大。"

"所以你是胆小鬼,你太在乎别人的感受,而把自己的感觉藏得很深。我想,每个女孩都希望对方不顾一切地来征服吧,即便不喜欢,也会被征服感陶醉的。"

"你对感情的理解比我深得多。"

"并非如此,这只是一个女人的角度而已,你不是女人当然不知,不过我现在知道你为什么不来吻我的脸了。"

"哦?"

"原来你只是喜欢吻我的脚,哈哈哈。"

她笑得开心极了,似乎发现了一个笑话,也发现了一个真相。

"并非如此,我觉得我不配吻你的脸,吻你的唇,那样的话,我们就是平等了——但是长期以来在我心目中,你我根本无法平等,你是神一样的存在。否则,我会觉得虚无的。"

之前的左堤,在我印象中是神秘、内敛,现在她吐露心扉,就如昙花在黑夜绽放,层层叠叠次第展露。

"真讨厌。"左堤蹙眉道,"没想到你跟别的男人一样喜欢骗人。"

"此话怎讲?"

"小时候,爸爸老把我当成一个小公主宠,公主长公主短的,好似我可以恣意妄为,后来还不是要听命于他,他把我当成公主,把他自己当成皇帝的,你说可笑不可笑。"

"我可没骗你。"

"我可不知道,你把我当成神,有没有把自己当成上帝——大多数男人都会把自己当成上帝,认为世界为他而生,即便你,也应当是一个胆小的上帝吧?"

"这个,我可没想过——没想到你对男人研究这么深。"

"不算研究啦,一点点生活的悟性还是有的——我好想吃一个棒棒糖。"

"这个好办。"我放下她的脚,一溜烟出门去,趁着楼下的小卖部还没关张,我很快买了一大把上来,气喘吁吁地放在她面前。

"哈哈哈。"她笑得更开心了,"你真是个傻瓜。"

"啊?"

"我又不是小女生,怎么会喜欢吃棒棒糖,我只不过跟你开个玩笑而已。"

她笑得花枝乱颤。

"你开的玩笑可真是出其不意。"我有点莫名其妙,"就算我配合你开个玩笑,你也不用笑得那么开心呀。"

"好久没这么开心了。"她说,"开心真难呀。"

"我倒是从未听过你说这么多话,比之前所有的话都多。"

整个晚上,我反复亲吻她的脚趾,一边闲聊美好的感受。我们极有分寸与默契,从不触及不愉快或者有伤气氛的话题。后来她累了,嘟哝了一句什么便睡着了。我也累了,轻轻关门,便回自己宿舍,倒在床上,脑子一片空白,嘴里留着她脚趾的馨香气息。

次日我很早就醒来,到左堤的房间打探一下,她似乎还没有醒来。我又回来躺了片刻,不觉又睡着。醒来后她已经起床,正在房间里梳头,长发稍显凌乱,眼睛惺忪。

"你会结辫子吗?"她问。

"应该会。"

"不得了。"她说，站到我身前，把一头长发对着我，"还有什么你不会的？"

"为女人而做的诸如此类，似乎无所不通。"

"哪里学的？"

"无师自通。"

我把左堤的头发分成三股，结了一条不算完美的辫子。

左堤照了照镜子，夸道："不错，哪个女人嫁给你，可真有福气。我真的怀疑你给别的女人也打过辫子。"

这玩意儿确实没有干过，也许小时候有看过，总而言之，对于不属于男子汉大丈夫所为的事，我似乎更擅长。

"你不信我也没办法——只能这么说，对于伺候女人的事，比如洗脚呀，装扮呀，哄女孩子开心呀，我觉得自己应该天生就会，我也热衷此道。"

"你的才能似乎跟那个谁颇为相似，小贾。"

"这么一说我倒是找到了同类——除了出身有别，我跟他的志趣可是臭味相投。"

眼看过了上班的点，我匆匆下楼。老余调走之后，办公室气氛也随之变化——小萧的背影对着大门，陈丽娜的一张脸更显冷冰——一股更加萧条之气弥漫。陈丽娜抬头看了一眼我，没有任何情感色彩。

"我想请个假。"我说。

陈丽娜抬起头，她冰冷的脸对我增加了一股厌恶之气。连我自己都觉得自己很讨厌，一直在给工作找麻烦。

"我知道你很不满意，但这次情况特殊，即便你开除我，我也要请假——我女朋友来了，我必须陪她。"

陈丽娜的脸上变换了几种表情，她是个理智与情感融合的女人，对此事自然有多种想法，我知道她已经开始从我的角度着想了。

"为了爱情,什么都可以不顾,你不也是这么想吗?"我说。

有种羞涩的意味在她眼神一闪而过,随之嘴角泛起一丝冷笑。

"说得对呀,爱情王子。"她意味深长道,"你不是看见人家已经结婚生孩子了吗?几个意思?"

我心中针刺般一紧,茫然地摇摇头。

"你没问?"显然陈丽娜脑子比我更清晰,对此事的求知欲比我更强。

"没敢开口。"我诚恳道。

"最好问清楚再来请假,稀里糊涂的假条也不好写。"她不无揶揄道。

我感觉在一个女人面前说起另一个女人,是一件再危险不过的事。

不管左堤此行何意,我也必须带她出去逛逛。福州这个城市,说起来有山有水,有福之州,却相当平庸。山呢,市区有乌山、于山等鸡巴一般的几个小山,可以赏玩却不足以攀登;唯其可攀也就是鼓山。水呢,虽然闽江穿城而过,也没有什么值得游玩的风景。

我带着左堤,准备先坐一趟公交车,到五一广场,五一广场有前往鼓山的中巴。我们走到杨桥路的公交站,我的感觉好极了。在春风和煦的上午,阳光很亮但并不强烈,空气正在渐渐升温,让你越来越觉得整个世界如子宫一样温暖而柔软。

阳光照在左堤的脸上,使得她脸上明暗更加分明,还能瞧见光晕一般的绒毛,俏丽得不得了。

"我已经很久没有这种感觉了。"我说。

"你说什么?"

"我已经很久没有这种温暖到融化的感觉,甚至,可能从来就没有过。"我进一步解释。

"我们要在这里坐公交车吗?"她皱着眉头问道。

"是呀,坐在公交车上,和一群陌生人在一起,而我们却心心相知,不觉得富于诗意吗?"

"我的腿都酸了,你还让我坐公交车,一点都不心疼我。"她突然幽怨道。

我的脑子跟不上她的节奏,简直措手不及。

"啊,我真不知道你这么想的。"

"不够体贴吧,嘴上一套行动一套。"她怅然道。

我毫不犹豫在路上拦了一辆出租车。坐出租车到鼓山需要三四十块,而坐公交车只是两块的事。

"怎么啦,心疼是吗?"我们并排坐在出租车后排,左堤见我沉默,问道。

"不,为你付出,一点都不心疼。"

"这话说的,太感动了。"她突然在我右脸颊亲了一口,我吓了一跳,"可是你为什么一脸不高兴的样子。"

"没有不高兴,我只是有一点疑惑。"

"什么疑惑?"

"你。"

"我怎么啦?"

"你让我越来越不了解,简直是一个谜团。"

"你喜欢谜一样的女人吗?"

"喜欢,魅力无穷。"

"那你越疑惑我岂不是魅力越大?"

"正是。"

"那你爱不爱我?"

"爱字都不足以表达。"

"嗯,那我就来对了。"她脑子跳跃很快,情绪倏尔变化,突然叹了一声,"其实,其实你知道吗,我昨晚一个晚上都没睡觉,想起很多往事。"

"不对吧,我见你睡着呢。"

"躺是躺着呢,眼睛也闭上了,就是脑子清醒得很,想起我们以前,好多快乐的时光,你都记得吗?"

"恕我直言,我觉得我们之间共处的快乐时光真是不多,但是煎熬的时光倒是无穷无尽。"

"我想起有一次你大半夜在女生宿舍楼下叫我,你记得吗?"

"刻骨铭心。"

"当时我什么感觉你知道吗?我觉得幸福充溢全身,我像个气球快要飞出去,和你的声音一起飘荡在夜空——那种被爱的感觉妙不可言。"

"可是,你完全是很讨厌的反应。"

"是吗?不,那是有一点害羞。你想想,你的声音那么大,简直整个宿舍楼都听得见,我是又幸福又害羞的感觉。"

车穿过五四路,到了六一路,我有点昏昏欲睡,晕车的后遗症一直在,左堤却精神振奋,我只好闭着眼睛与之交谈。

"你不愿和我聊天?"她问。

"愿意,只不过一上车脑子就晕乎乎的,好像一堆棉花在里头打架。"

"怎么会这样?"

"身体大不如前,实不相瞒,我觉得是手淫的后遗症。"

"天哪,你怎么会干这么龌龊的事?"

"异地恋带来的副作用吧。"

"可怜的人,我觉得好对不起你。"她附着我耳朵悄悄道,"不过好事多磨,你说是吗?"

我点了点头:"古人的话总是很有道理,我觉得快被磨成粉末了。"

她轻轻吻我的耳垂,叮咛道:"你没有感到甜蜜的时候?"

我的心就要融化了。

"有,给你写信的时候,我的灵魂都烙进去了。"

她也闭上眼睛,头靠在我肩上,呼吸撩拨着我的脖子。她感觉我凝视她,微微睁眼,对我调皮一笑,妩媚至极。

"笑什么?"我问。

"被爱的感觉,太好了。"她轻轻哼一句,像猫一样偎依着我。

"我从未想过你有像一只猫的时刻。"

"像什么?"

"像一只我养了很多年的猫,可以跟我一起晒太阳。"

"啊,多好的比喻,我就是猫。"她满足地闭上眼,有一瞬间,窗外的阳光掠过她的脸庞,她呈现出少女般的慵懒——似乎灵光闪现。

鼓山脚下,她牵着我的手,我们拾级而上。从阳光走在树荫里,风景变成了深色,而她的脚步声在石阶上清晰可闻,嘀嗒,嘀嗒——时光在绿荫下一步步行走。这样的情景似曾相识。我默默地感受这清凉的苦意。

"我们上次这么登山,记得吗?"她脑子一刻也不停地跳跃。

"我们?"

"对呀,我们登香山,你没忘记吧,香山没这么茂密的树,但我们当时一样开心。"

"我记得当时你跟别人这么牵手的。"

"哦,不对,是跟你吧?"

"你的记忆出现问题——当时我屁颠屁颠地跟在你们后面,对了,我还给你提鞋。"

"也可能是你的记忆出现问题。我想赤脚走着,你给我提鞋吧?"

"正有此意。"

左堤把鞋子脱了,袜子也脱了,赤脚在石板上试了一下,似乎冰冷的脚底带来灵感,雀跃不已。石阶上上上下下的多是本地人,有的是每天来爬山的,操着福州五区八县的土著方言,极像野鸟啼叫,与左堤的蹦蹦跳跳相映成趣,看起来她开心极了。

"如果有一双翅膀,你就是一只小鸟了。"我紧跟在她后面,喘气儿道。

"我一会儿是一只猫,一会儿是一只鸟,都是你喜欢的小东西。"她与我颇为通气连理,不愧混过同一个大学课堂的。

"当然,小时候我喜欢养鸟,总是希望在笼子里养一只鸟,但可以把笼子打开让它去玩,等它玩够了,又回到笼子里,但这样的鸟始终没有养成;猫倒是不错,不论跑多远都懂得回来。不过,我最喜欢的却是狗。"

"为什么?"

"狗能与我心意相通。"

"你不会觉得我也像狗吧?"

"不,你越来越难以捉摸,也许我从未真正了解过你。"

鼓山不高,又没有水,它之所以闻名就是因为周边的山比它更无趣。好在山上有一名刹涌泉寺,历史悠久,吸引不少香客,康熙御书的"涌泉寺"泥金匾额,高悬天王殿寺门之上。在殿宇辉煌、法相庄严之中,我感到内心的宁静,宁静的深处却又泉眼涌动,欲罢不能。

"我去点香。"我说。

"你信佛?"

"我相信一切不现实的,否则不知如何扛过现实。"

左堤点了点头:"我就在外面走走。"

我随着香客,虔诚拜佛,只觉得每个佛像都在面含微笑,洞察我心。我有心事,想想问佛吧。我心中默念,抽了一签。取了签解,去问闲坐桌后的解签居士。

居士问我:"你是问何事?"

我拿捏不定,踌躇片刻,道:"爱情。"

"是问姻缘。"居士念道,"诗曰,出入营谋大昌吉,似玉无瑕石里藏,若得贵人来指引,斯时得宝喜风光。一般的解释,凡事称心大吉,是上签。而依我来解签,却是眼前不乐观的。"

"请说。"

"此签的典故乃是隋炀帝扬州看琼花,动用民工开凿运河,那琼花有灵,知道昏君要来,自先凋谢,你说是好还是不好?"

"我知道了。"我淡然道,"跟我想的一样。"

"其实又不尽然。"居士高深莫测道,"不好中又有好。"

"请指教。"

"看此签,只以隋炀帝来自比,是第一层,能看到这一层的,已是了不得。我看呢,此签还有第二层,看李世民,看的是远景,隋炀帝派李世民先行查看运河,却无意看到琼花,日后朝代更迭而登基,是有此缘。"

"你是说我的缘分?"

"眼前不成,但日后必成。"

"日后?还是她吗?"

"是不是她,但皆与她有关,或是脱胎换骨的她,或不是她而似她,姻缘之妙,不能言说。"

我付出香火钱,走出寺外,却已不见左堤。左右叫唤,一只大鸟扑棱棱从树林间飞过,从未见过这样的大鸟,只觉得它不像是鸟,倒像人变的。

涌泉寺前为香炉峰,后依白云峰,进山不见寺,进寺不见山,意味颇浓。天王殿后的大天井,左右两厢有钟鼓楼,钟楼上有巨钟,钟身刻《金刚般若经》,六千多字,我凝视良久,未得其解。终于见到左堤进来了,我从钟楼上下来。

"你到底要骗我到什么时候?"我咆哮道。

"骗你?"

"我在产房看到你抱着婴儿,难道你没有看见我?我把苦自个儿咽下来,我放逐自己直到把绝望消化完毕,把你忘记,你又突然出现——是老天派你来折磨我吗?我的心已经裂了一千遍又合上的,已经坏得不能再坏了,如果你要,就直接挖走好不好!"我几乎歇斯底里,举着燃香的香客被我惊动,惊诧地看了看我,口念阿弥陀佛。

左堤表情由愕然到委屈,脸上的肌肉缓慢蠕动,终于哽咽道:"你怎么这样对我?"

滚烫的眼泪从她闭着的眼缝中渗出,随后在脸上肆无忌惮地纵横。她尽情而畅快地哭,哭声中有一种肆意的快感。我轻轻拥着她,让她头伏在我肩上,这样眼泪可以自然流动,我的肩膀也被打湿了。她的眼泪可真丰富,像亚马孙流域的雨季,源源不绝。

她终于哭够了,哭声变成抽泣。

"对不起。"我说,"我太世故了。"

"那你以后还会这样问我吗?"她断续道。

"不会了。"

"你刚才的表情太可怕了。"

"是呀,我也没想到自己是这样可怕的一个人。"

"陪我去林间看看好吗,我只觉得这儿好漂亮。"

"嗯,你想怎么玩都成。"

我们从低落的情绪中抽身而出,欢乐像喷薄的日出冉冉而上。没有想到,一场咆哮与痛苦之后,快乐成倍地涌出,我们在林间石板路上嬉笑,像两个刚出生的婴儿看到了惊喜世界。

从鼓山下来,我们又在东街口吃了福州的小吃,大抵是鱼丸、肉燕之类。左堤说小吃是不错,但没有一种吃得爽的。然后逛了很久的百货,但什么也没买。回来的时候,腿脚实在是软成泥了。因玩了一天颇为劳累,左堤回来,就躺倒在床。我也精力不济,想回宿舍去睡一觉。

"别走,陪陪我。"左堤道。

"你不是累了吗,先睡会儿。"

"不,我是腿脚累了,精神好得很。"左堤道,"你走了我好无聊。"

我洗了把脸,让自己精神点儿。说句实话,我内心里也是不愿离开她的。

"有什么能为你效劳吗?"我问。

"给我剪脚指甲吧。"左堤闭着眼睛,躺着,好像在梦中跟我说话。

"看来你脑子有点不对。"我附着她耳朵轻声说道,"昨天刚给你剪的,再剪就剪到肉了。"

"不嘛,我就是喜欢你给我剪。"左堤转头,用嘴唇咬住我的耳朵,嘟哝道,"再说了昨天剪的今天也该长出来了。"

"你的想象力可真让我不得不佩服。"

我脱下她的袜子,一股淡淡的湿热气味扑鼻,沁人心脾。我发现她的脚指甲竟然长出许多。

"天哪,居然真的长这么快。"我握住她神奇的双脚道。

"喜欢,它就会长出来。"左堤淡淡地说。

我再一次为她剪脚指甲,这一次动作要更细致,才能剪下少许,有如雕花。左堤轻轻叹道:"以前我只觉得剪脚指甲是一件不体面的事,匆匆而就,没想到这么美。"

"不体面的事往往其乐无穷。"我说,"可惜这样的情景只如梦中花水中月。"

左堤突然睁开眼睛,斜靠在被子和枕头上,道:"今天我脑子清醒,就说说我的事吧,否则换了一个时间,便是想说也记不得。你想听哪样?"

"从我们毕业的那一刻。"

左堤的叙述断断续续,有的地方说得简略,需要我追问才得以说清楚。以下是我整理的左堤的叙述。

　　最后的那个晚上,大概是我四年中最疯狂的一个夜晚吧,但我不知道对不对。回来后我想了一个晚上,我觉得不管对与不对,总归是次日我们便要分道扬镳。我着实难以承受我们在月台上相别的那一幕,所以,我决定,我先走了。

　　我知道你会失望。但我没有想到你失望的感觉会在我的心里渐渐膨胀,消之不去。我想象你站在女生楼门口,一双无助的眼睛,肯定还有对我失约的怨恨吧,我无法平静。

　　好在回家之后,忙于入职手续等等,新的环境下便心态渐渐平复。主要是,回家之后与爸爸的相聚,对我俩来说,都是一个恢复创伤的机会。妈妈走后,爸爸一直处于难以释怀之中,他无数次告诉我梦见妈妈怎样怎样,并信以为真。在以往印象中,爸爸是一个随和的人,妈妈走后,我才发觉他是一个对爱有痴心的人。我回家后,他经常买些菜,说这是妈妈爱吃的,然后在桌子上放了一双筷子,好像是我们三人聚餐的样子。那样子真是又伤心又温馨。

　　爸爸只过两年便要退休,其实在单位里也是闲职了,整副精力都花在我身上。他有时候怔怔地看着我,我都觉得可怕,然后他说,我的眼睛很像妈妈,又说我的笑容很像妈妈。他每天都要知道我的行踪,没上班的日子,我去逛个街,他也会不停联系,催我回去。失去了我妈妈,他形成了一种恐惧症,对我的安全极度担忧。

　　有一天,他跟我说,你姑姑给你介绍了一个男孩,我见过了,觉得不错,你去相亲吧。可以说,除了工作,我对生活一片茫然。对于相亲,我是无感的,但爸爸的话我也不能拒绝。他叫贾松,比我们早一年出来,在司法局工作。我们在一个公园见面,边走边聊了一个多小时。回来后爸爸问我,感觉如何。我没有什么感觉,但也没什么坏印象,关键是也不能说人家不好什么的,就回答还可以。

过了几天,爸爸就催我去领证。我说别这么着急吧,我还没考虑好呢。爸爸给我说了三个理由:第一,贾松是一个各方面都公认的有为青年,想找他的女孩多得是,过了这个村就没有这个店了。第二,跟贾松领证之后,贾松就可以从单位分到最后一批福利房,虽然是个旧的宿舍楼,但以后再分进来的大学生,可就没有这个份了。第三,这是妈妈的心愿,她要爸爸亲手给我选个婆家,而对爸爸而言,把我托付给另一个男人,他就不会对我各种不放心了。

第三个理由说服了我。我想跟爸爸在一起,我也是过得极为不自由,换一种环境未尝不可。我们领证之后,选了一个好日子,办了酒席结婚,搬进了新房,爸爸非常高兴。一切合情合理了无波澜。

领证那天,我突然想起你,因为心中有种惜别的感情,我想必须跟你说一点什么,至少听听你的声音,知道你的状况,这样会各觉心安。我找出你单位的号码,拨出去的时候心慌慌的,结果一个女孩说你不在,我便如释重负地放下。之后,我觉得脑子疲惫至极,无法再次拿起电话。

结婚不久,孕期翩然而至。我先是一种喜悦,接着是一阵恐慌:一切来得太快,我好像还来不及恋爱,马上就进入为人母的阶段,过上了我父母那样的生活。是的,潜意识中我一直在期待一场可以与青春媲美的酣畅的恋爱,突然就忽略而过了,真的措手不及。

说实话,贾松是一个不错的人,是父母理想中的那种乖孩子,读的是法律,做事规规矩矩,对我呵护有加。但他给我的印象,就是替父亲来照顾我,和我一起生活的。我终于知道爸爸为什么喜欢他了,他就是理想的爸爸的接班人。当然有时候他会有一点点小滑头,比如说晚上出去下围棋或者打牌,会骗我说在加班。这是他仅有的乐趣,我并不责怪他,反而觉得这是他身上唯一的浪漫之处。除此之外,他规矩、平淡、按部就班,即便是看电视也只看《新闻联播》,不看娱乐节目,像程序一样早就设计好的。我在无聊中的恐慌越来越强烈,觉得我在替妈妈完成她没有完成的生活。有时候我真希望贾松打我一顿,但这绝对不可能。

在孕期的第一个月,我反应强烈,时常无聊而绝望。我忍不住再次给你电话,听到你的声音,然后就像种子来到了春天,万物自然生长。真的,那一刻我就像又活了过来,生命似乎冰封之后重新开始。若要说饮鸩止渴的话,也是可以的——使我忘记了现实。

你的信陪我整个孕期,让我开心,充实,我所期望的生活重新开始。有时候我恍然觉得肚里的孩子就是你的,对,是我们的爱情的结晶。我就是这么认为的,那只是贾松替你完成了某个程序而已,我的身心全是你的——这从给你的信中可以知晓。

我并不讨厌贾松,只不过,我们为了一套福利房而草草领证,这个举动是人生的误会。

我不知道未来会怎样,但我只知道,我离不开爱——你的每个字都让我心生甜蜜,即便是那些令我羞得脸红的字眼。

我不能对你再透露任何不良信息,我伤害你的次数已经够多了。

但是你自己闯了进来。当你出现在产房时,我并没有惊愕,好像我觉得你一定会来。但是你消失不见,我就慌了,我怀疑你不要我了。我和你一样渴望爱。

我一定要来告诉你,不管发生了什么,我们的爱是不变的,我们一定要在一起。

左堤说到最后,已经疲惫,语无伦次,意识也处于恍惚状态。

我的心像在浪尖上颠簸的船只,努力使自己不被撕裂。左堤像婴儿般睡着了。我给她盖上被子,熄灭了灯,走出房间。外面下了看不见的毛毛细雨,如果不是风把雨丝吹到脸上,有沁凉之感,你便感觉不到空气中是有雨的。我走出文联的大门,在夜里一直往东走,路上人影匆匆,灯光迷离,各怀心事忙碌。这世界到底藏着多少心事,使得人间熙熙攘攘,喜忧参半。我来回走了一个多小时,想把黑夜穿透,却只把心掏空,回到房间,冲了一个冷水澡,卧倒就睡。

小马裸着上身,钻进被窝,本来准备休息了,见我回来这么一折腾,便伸出两只雪白的胳膊,点上烟。一边狠吸一边长吁短叹几声后,突然道:"晚上怎么不陪朋友?"

他大体知道端由,也颇为好奇,昨日里就曲线打探。

"她睡了。"我说。

"我是说,既然是女朋友,怎么不住在一起,你也不是那么保守的人吧。"

"这种爱,身体接触都是多余的。"

小马悻悻地听着,似懂非懂,不停地吐纳。

"你们,算是破镜重圆?"他斟酌了片刻,咬文嚼字道。

"从未破过,也无法圆。"

次日上午,我不得不上班。陈丽娜对我没有什么好脸色,不过她还是按捺不住好奇,问我关于左堤的孩子是怎么回事。我只是淡淡回答,是我误会了。

我魂不守舍,看了一会儿稿子,便上楼,正看见左堤站在走廊上,既不是远眺,也非怡然欣赏,而是怔怔地盯着下面发呆。

"你干吗呢?"我问。

"我刚才很想往下跳,真的很想。"

我大吃一惊,一把抱住她:"你说的是真的?"

"是呀。"她说,"你为什么这时候上来,你迟点来我就成了。"

我一阵毛骨悚然,冷风嗖嗖往脑洞里窜。

"为什么会这么想?"

"我觉得每个人都想害我,活着也无益。"她语气迟缓,目光呆滞,只一夜,好像变了另一个人。

"你怎么会这么想的,能举个例子吗?"

她并不在意我的提问,恍然道:"对了,我们毕业的时候你是不是故意跟我发生关系?"

"这,此话怎讲?"

"你故意和我发生关系,然后我结婚时不是处女,然后我老公就耿耿于怀,一直想害我,这是你设计的,别不承认。"

"你这是怎么啦?"

"一定是的,要不你们就是合伙来害我,我才会这么难受。"

我不知所措,苦苦劝说,她徘徊在自己的情绪里不能自拔——像一个在暴雨中躲闪的女子,欲求庇护而不得。

我无法面对这样的局面,对我来说,这从未经历。我一步也不敢离开她,而她越来越古怪,情绪好的时候就跟我聊天,聊一些极小的事。比如,说她班上一个学生有一天突然叫错了,喊她妈妈,她居然有一种很满足的感觉,她很想知道自己像不像他妈妈。又比如说,有一次她在同事家打麻将,打完后一个朋友开车送她回家,送到家门口,他握了一下她的手道别,握手的瞬间他微微用力,现在想来似乎别有深意。她说,他肯定是喜欢我是吧。我真有点受不了,这种针尖芝麻大的事,毫无逻辑,与我们之间毫无关系,种子一样从她脑子里破土而出,让她兴致勃勃娓娓道来,并且有了自己强加的结论,真是匪夷所思。能说话还好,不说话的时候就目光呆滞地沉浸在遐想之中,我害怕她脑海中有一个地狱,然后她跳进了地狱。

为了改变她的情绪,傍晚陪她出去走走。工业路两旁的羊蹄甲开得正艳,粉红色一串串,颇为让人情绪活跃。这颇能缓解她的情绪。溜了一圈,谈了莫名其妙的话题,回到宿舍,我问她:"还有想跳楼的念头吗?"

"嗯,时时想。"

我彻底崩溃。

我给她服下一片安眠药。在她入睡之后,我跑到楼下给陈丽娜打了电话。面对无法收拾的乱局,我放声痛哭,一五一十地将情形告诉她。陈丽娜静静听了听,最后道:"她一定是病了。"

14.

在六一路,从静安河的桥上下到河边路,路上车马少了许多,又是柳树和杨树分列河边,喧嚣之声小了不少。沿河走了不到三百米,又有一条岔路,是泥土路,将将够两辆车交错而行,又比河边更加幽静。进去,先是经过一家司法机构,走到土路尽头,才是一个铁门,正是医院的正门,非常不起眼。

我和左堤像两只走出森林的浣熊,走进院门,四周悄悄看了一下。院子空旷安静,围墙边上树木林立,将声音与视野与外面相隔,一种说不出的氛围,就像世界之外的世界。正中间的主楼是门诊楼,我们在走进的过程中,在左边一座陈旧的楼上,顺着水泥的墙面看到三楼有一处窗户,用铁条拦着,里面一个病人朝我们挥舞双手,像某个电影中的画面。

"你不会是要把我关到那里去吧?"左堤突然问道。

"怎么可能。"

"绝对是的,要不然你带我来这里干什么?"

"我只是让你来看看医生,然后回去。"

"可是我没有病。"

左堤转身就走,一副不信任我的样子。我跟在后面,怎么劝也劝不住。

"不管你有没有病,可是你已经不是从前的你了。"我突然悲从心起,"是什么让你变成这样呢?"

我浑身无力,坐在门口的台阶上,左堤就像一件破裂的瓷器,她又是如此地不自知。我看看她会不会停下来等我。遗憾的是她径直而去,只留一个背影给我,罔顾我的存在。

恰似宿命般的场景。

贾松来了。本来我是打电话给她爸爸,希望他赶紧来一趟,但来的是贾松。这也是情有可原的。贾松长得中规中矩,算是稳重之人,比我更像一个有担当的男人。他的到来让我松了一口气。

左堤和贾松坐在床沿,贾松拉着左堤的手。我坐在椅子上,心情之复杂难以言表。

我们没有过多言语,我只是把左堤在这里的状况告诉他,包括我带她上医院未遂之事。左堤怔怔的,似乎在听我的话,似乎沉浸在自己的思维之中。贾松非常放松,边听边拍着左堤的手背,似乎一切尽在掌握。他的样子令我惭愧。虽然我们年龄差不多,但我觉得在为人处世之上,他是一个成人,我才是一个小孩。

贾松听罢,淡然点了点头,他在左堤耳边轻声抚慰了几句,然后和我一起走到走廊上。他掏出一包烟,取了一根给我,我摆了摆手。他问:"没抽?"我点头。他把烟放进口袋,道:"我以前抽,但是左堤怀孕之后就没抽了。"

"抽得凶吗?"

"很凶,一天要一两包吧。我没什么爱好,就是下棋或者打牌,都是烟不离手的消遣。"

"听说戒烟很难?"

"是很难,但是可以牺牲掉的乐趣。"贾松说,"我采取突然式的戒法,一根不抽,也没有替代物过渡,全靠意志。"

"了不起,回归正题。左堤的情况明天我们一块儿去看医生?"

"不必了,我们回去再说,本来她就是一个挺情绪化的人,也许你们学中文的都比较感性。"

"不是感性这样简单。"我焦急道,"真的是病,看到她病成这样,我真的是难过。"

"我知道。"贾松压低声音道,"是有点产后抑郁,我清楚得很。"

"也不仅仅如此。我跟她聊天,她说在刚刚怀孕期间,脑子里乱得很,有一天突然'嘣'的一声,脑子像一颗鸡蛋碎成蛋花……"

他打住我的话,道:"我感谢你的担心,她的事我清楚,我会找最好的医生。"

既然如此,我也不再勉强。这个男人一出现,我的位置就让出来了,我没有理由没有条件跟他竞争,虽然心有不甘。我们一时陷入无语的尴尬。

"要不,给我抽支烟。"我说。

"怎么?"

"不知道,手上有支烟就好像有个朋友一样。"

"没抽烟的习惯最好别抽。"他给我点上一支烟,"有了想戒就难了。"

"你爱左堤吗?"我吐出一口烟,眼睛看着远处问道。

"爱。"

"什么样的爱?"

"这个问题,我没明白。"

"爱有各种各样的,深的、浅的、大众的、独有的、痛苦的、欢乐的,诸如此类。"

"没有想过,就是普通的过日子的爱呀,慢慢爱,总之,我不太能表达出来。"

"左堤似乎不喜欢这种平淡的生活,像她父母一样的生活。"

"呵呵,生活本来就是这样,还要如何惊心动魄,你们看小说脑子看坏了吧?"贾松突然口气强烈起来。

"也许吧。"我悻悻道。

贾松来的时候,就已经在车站买了次日的票,他是一个计划严谨之人。我过了一个寡淡的夜晚,次日送他们去车站。我坐在出租车副驾驶,想对他们说什么,朝后看了一眼,张了张嘴巴,却无话可说。左堤,她还是我朝思暮想的样子,只要一看到她嘴角的弧线,我就能瞬间把四年的时光浓缩成一滴酒,从喉管滚下去,甜苦参半。可是她的眼神茫然,好像沉浸在一个无比阴郁的世界。车在二环路与五四路的十字路口等左转红灯,我突然心中默念:就让时光这样停止吧。

在月台上,我握了握左堤的手,并不想多说一句话。我想她的话在她脑子清醒的时候,早已说出来了。而感人的离别场面于人生也是无益。在他们进入车厢的瞬间,我突然拉住贾松,对他说:"有句话我必须告诉你。"

"嗯?"

"左堤一直是爱我的。"

贾松愣了片刻,冷静道:"你们学校里的那些事,我大概知道些,很多人都有这样的经历,该过去的就过去了。"

"她现在还是爱我的。"

"她现在情绪不稳定,胡言乱语是有可能的,你别当回事。"

"不,是真的,她亲口说的,我能感觉到,要不然她不会千里迢迢来看我的。"

"你究竟想说什么?"

"如果可以的话,让我照顾她的生活,我指的是未来。"

贾松推了我一把,突然不耐烦道:"你们中文系出来的,都他妈神经有问题。"

他看了我一眼,径直进入车厢。我显然激怒了他,但并非我本意。

我没有再看车厢里的他们,而是躲在一边,等着火车启动,哐当哐当由慢而快离去。

文联大楼西侧有一块空地,空地上有一排水泥的小平房,原来不知道是干什么用的,单位将它们改造成"鸳鸯房",就是一个单间加一个厨房一个卫生间,大概有四五套,分给单身的年轻人。鸳鸯房,听起来好温馨,顾名思义就是如果你有女朋友,就可以作为一个温馨的巢穴,多少既掩盖了其小的缺点,又多了领导关怀你私人生活之意,真是一个好创意。最早听说能分到鸳鸯房子,我心中一荡漾,温馨四溢。具体而言,一层的鸳鸯房是已经名花有主,分给比我先来的单身青年以及外地调来的干部,领导准备在第一层基础上再建一层,第二层就一定有我的名额了。这是一个工作以后少有的好消息,在这个单位里,我还没能够享受过舒舒服服无所忌惮地睡一觉呢。

希望在半个月后很快落空。鸳鸯房的西面,也就是围墙外面是一溜民房,民房居民认为,如果此处建起二层小楼,势必影响他们的采光,过来抗议,如果继续修建,他们便翻墙武力阻止,于是计划流产。

这一喜一忧无疑加大了年轻人的情绪,在询问领导的时候各种诉苦,以期领导重视我们的住宿问题。领导在备感压力之下开了几次会,居然给我们几个紧急需要住房的解决了问题,在主楼后面的宿舍里,给我和小马找到了两套单身宿舍。我没有想到住房这种问题,像奶水一样挤一挤也是有的——这使我蓦然间领悟到一些单位生存的秘密。会哭的孩子就会有奶吃,如果你不哭不闹做个好孩子,领导永远对你的需求视而不见。单身宿舍比鸳鸯房条件差一点,一个房间,房间外一个阳台,而卫生间却与房间对门,也就是说晚上你光溜溜地起床小便,就得先打开门溜一眼,耳朵听一听,看看走廊里有没有他人路过,但总归比合住要强。

独立的空间使我耳目一新,使我在万籁俱寂之时头脑更为清澈。有时候在夜里,很想有一人在此清谈,但是谁呢?有的中午赤身裸体,晃着老二在房间里走来走去,有别样感觉。

陆续请了一些人来我的房间聊天,符绝响之类,倾吐了独居的自由,特别是灵魂上的无拘无束。不堪请他们在饭店吃饭,便在阳台上炒菜,阳台上摆开一张小桌子,自有乐趣。

隔壁住着一个大胡子作家,颇有才气,晚上八九点的时候听见他大发脾气,斥责年轻的女友。这堵墙的隔音效果真是太差。女友先是抽泣,然后大胡子就动手了,女友的声音大了一点,一阵一阵尖叫起来。已经离过一次婚的大胡子身体不太好,所以脾气跟身体一样差,教训了一阵后就体力不支,在屋内泡茶解渴。女友的抽泣声悠长,委屈而无助。我侧耳倾听,有如虫子在心里钻呀钻。接着,这一场虐待引发了他们的情欲,十一点左右,便响起做爱的哼唧。女友的声音与原来的抽泣如出一辙,但包含的意趣大相径庭。我一般在他们的声音平息许久才能睡着。到了早上,大胡子出去上班,在门口与女友告别,叫道:"宝贝,在家好好等我。"

女友道:"宝贝,吻我再走。"

他们深情地接吻之后,再甜言蜜语道别。我第一次听见的时候目瞪口呆,后来我想,生活真是深不可测的玩意儿。

给左堤的办公室打过一个电话,说她在请长假。这个结果在我预料之中。彷徨良久,后来又给左堤的家中打过一个电话,是贾松接的。我听到贾松肃然的声音,便不说话,停了片刻,直接把电话挂了。

想起她木然的样子,便觉揪心,也不知道未来何去何从。在心中默默做减法,最后想:爱便是给予自由。

等她病好,能走心的时候,她自然会做出选择。我怀着深深的卑微的希冀,静候电话便是。

夏天的时候,师弟沈博天给我来信,说他毕业了,分在一家出版社,不过准备出去做报纸。原来是托了关系,把户口落在出版社,但并不在那里上班。做报纸比做杂志要见多识广,令我艳羡。当即回信祝贺并鼓励。

过几天便问小萧,最近有没有女的打电话找我。小萧总是道:"不会给你漏掉的,如果是那个声音我会记得。"还特意小小取笑我一下,这是小萧仅有的有笑容的时候,其他时间,她基本上保持严肃,随时准备执行陈丽娜的命令。下午陈丽娜没来上班时,我在办公室电脑上写点小说,然后会跟小萧开些玩笑。每个人都有她的可爱之处,小萧在长久的严肃之后露出开心一笑的瞬间,也是极好看的。

"哪天如果你帮我接到左堤的电话,我该请你吃饭的。"我说。

"有这么便宜的事,太好了。"小萧道,"只可惜恐怕没有机会了。"

"怎么?"

"我马上要走了。"

"噢,这么突然。"

小萧在这里没有编制,属于临时工,工资又不高,有好的地方高就便说走就走。我脑子里这么一想,问道:"要去哪里呢?"

"也不知呀,在家里休息一阵再说。"

离别终究是令人伤感的事。

"那我现在请你吃个饭。"我说。

"不用了,又不是什么开心的事。"

"虽然不开心,但散伙饭总是要吃的。"

小萧最终拗不过,我们下班后就在附近找了个小饭馆。小萧知我经济拮据,盯着菜谱点了三个相当经济的菜,喝了两瓶啤酒。其间,小萧喝了两杯后,脸色通红,粉刺熠熠发光,似乎壮大了胆子,少有大胆地问道:"你说我这样的女孩,是不是不会有男人喜欢?"

"那怎么可能。"我说。

"比如你呢?"她涨红脸问道。

"我吗,这个不好说。"我支吾道,"但是每个人都有自己喜欢的人,它需要冥冥之中的缘分。"

"缘分是给好看的女人的。"

"也可以这么说。"我沉思道,"但这仅仅是个表象,生活的本质往往不是如此。"

"不好意思,我给你出难题了。"她突然带着歉意微笑道,"不过这样的问题不问,以后也没有机会问了。"

"我的答案你应该明白。"我说,"喜欢你的那个人一定在茫茫人海之中等候召唤。"

"已经有了。"她不好意思道,"我已经有男朋友了。"

"嘿——对你好吧。"

"好得不得了,好得我都有点怀疑,我到底是哪一点吸引他了,总之,确实有点不耐烦。"

"那你刚才是和我开玩笑吧?"

"不,我是认真的。我一直在想,像我这样平常的女子,到底这个世界上只有那么一个人会喜欢我,还是有更多的人也喜欢我。"

"女人真是贪心的动物。"

"可不是吗。"她说,"你的那个左堤,在这方面就很幸运。"

"大概每个女人都有令人艳羡之处,而实质上这恰恰是她最不幸的一面。总而言之,在你离职之时,有个男朋友陪着你,我可是放心不少。"

小萧收拾简单的东西,几乎就悄无声息地离开了。

她离开的次日,就有另一个编务来上班了,叫郑玉仙,大概三十来岁,身材高大,皮肤白皙,身上有略微的狐臭。大多数时间懂得用香水掩饰。大概是工作环境还不太熟,话语系统也不太接洽,与我们沟通总会迟钝一点,但她领会意思之后,就会一板一眼地执行,显然是一个理性的人士。虽然我很惊奇接洽的时间这么准,但并不以为意,这些事跟我没有什么关系。

郑女士入职,手续还挺烦琐的,她是正式的事业编制,所以刚来上班的几天,总是忙来忙去,进进出出,高大的身影从我身边来来去去,疾风掠过,有不适之感。

我跟她交流比较困难,比如我说一句有关编辑的事务,她必须再沟通一遍,方可领悟;倘若说句有趣的笑话,她又当真,着实处于迷惑之中。当然,相处多了之后,渐渐能融洽一些。

"如果有人电话找我,我不在的话,你一定要问清楚是哪里的电话,最好能问清名字。"我一字一句地交代她。

这句话略长,她理解了片刻,点点头道:"明白,一定要问清楚,我会写下来的。"

"那再好不过。"我说,"当然性别也要搞清楚。"

"性别,听声音就知道了吧。"

"那是,怕你听不清楚呢。"

"一定可以听清楚的。"她信誓旦旦地保证。

其实我的电话很少,因我交往极为有限。我没有把自己当成一个成人世界里的人,去认识各种各样的人,寻找各种机会。即便有在饭桌上换过名片的人,性情与我不同,也没有业务往来,自然也就是擦肩而过,因此我朋友的增长速度极缓慢。而仅有的那几个朋友,有事也只会打我传呼。郑女士因为我如此郑重托付,而为她并不能帮到我的忙略显失落,终于有一天她接到我的电话时,特别兴奋,声音都变尖而高亢,叫道:"小李——你的电话!"这一声尖锐的叫喊足足把我和陈丽娜吓了一跳。

"喂,哪位?"我握着话筒压低声音道。

"我是贾松。"他的声音低而冷。

我对他的声音印象很深,一秒钟便可以识别:"你好。"

"左堤走了。"他停了片刻道,"跳楼的,我想还是跟你说一声。如果想来见最后一面的话就联系我,不过……"

后面的话我几乎没有听见,只直觉眼前和耳边都一片空白。

那年夏天太阳白得耀眼,我相当虚弱,整日关在幽暗的房间里冥思苦想,想到脑子一片空白。买了一些盗版的电影碟片,在电脑里看。现实过于戏剧,而看片则能逃到电影的世界里去。

胆子变得特别小,怕黑,最初的几天,熄灯睡觉后各种恐惧就在眼前晃动,只好重新开灯。小时候是怕黑的,大概大学的时候克服了,现在这种恐惧重新袭来。听到一些特别的声音,或者某个人的吆喝,便感觉心肝儿颤。

这种心惊的感觉,似曾相识,想起小时候也是有过的。在打电话回去的时候,妈妈问我近况如何,我说心惊得厉害。妈妈颇知土方药理,因无法给我吃受惊的草药,便吩咐我找个银戒指,放在碗里清炖鸡蛋,把鸡蛋连汤喝下去。我已无主张,便依言照办,只是没有银戒指,便问陈丽娜借。陈丽娜摇了摇头,道:"亏你还是个大学毕业生。"她没有银戒指,但有一个银手镯,按照药理,当然比戒指更好了。吃了几次,觉得渐渐心能笃定,且恐惧慢慢消失。

当然,以我一贯的作风,我也没有勇气过去一趟与左堤告别。死了便是死了,仪式能寄托什么?我实在是不需要任何仪式的。

我的仪式都在脑海里。

我的衰弱、失神人所共知。有限的几个朋友过来陪我喝茶、喝酒、谈人生、谈生死,这些可以使我情绪暂时缓解。朋友就是这样,他不能改变你什么,但他在你迷迷糊糊即将掉进悬崖的那一刻拉你一把,这已足够。朋友的呵护是平常的,但也是不可或缺的。

符绝响带来了发表我们诗歌的民刊。以文字取暖,互相烛见精神,这亦是欣慰之事,特别是在一个闭塞的环境里,宛如井外天光。

"我能不能给你提个意见?"符绝响道。

"有何不可。"

"你的诗语言过于平直,诗意不够,我觉得应该在这方面锤炼加强。"

"哦,不过我一直不能确定诗意是什么。"

"应该是语言的复杂性,玄妙感与象征意味。"

"可是有的诗平白简单,也是趣味无穷,所以诗意这玩意儿,未必一定要复杂与玄奥吧。"

符绝响的诗一向注重语言的玄奥、抽象,读起来感觉意味盎然,但实在也有点不知所云。我一直走具象的路线,对抽象的词语组合心里没底。符绝响出道比我早,十分热心,很想让我的写作风格与之靠近。

"伟大的诗歌都是复杂的。"符绝响道。

"我只觉得过于玄奥会让自己十分心虚,至于伟大,离我太远,还是写点力所能及的小诗吧。"

他想改变我的风格,我内心颇为不悦。

"写诗这东西,还是要有点伟大的目标的。"符绝响慷慨道,"不过有一件事情,我一直觉得有必要告诉你,当然,总觉得告诉你又不妥,特别是在你情绪不好的时候,便犹豫着,又觉得咱们是好朋友,应该无所不知……"

"请直说。"

"简单而言,就是我要结婚了。"

"你多想了。虽然我你境遇如同冰火,但总不至于因你的喜事我就会有妒忌,相反,我为你高兴,祝贺你。"

"那就太好了,具体而言,是我要跟薛婷婷结婚。"

"你是——开玩笑吧?"

"绝对不开。"

"你他妈的怎么能做出这种事?"

"你刚才可说过为我而高兴的。"

"我是为你高兴,可是也快要疯了,你不觉得此事多么令人抓狂吗?"

"哎,我就知道你会这样,才犹豫着不说嘛——你可是说过,你跟薛婷婷不来电,没有那种关系,我才……"

"你才动手的?"

"可以这么说。"

"我并非怪你动手,而是这种事你不能生米早成熟饭了才告诉我。我最讨厌朋友这样骗我,我一路被骗着长大,然后还在继续,我该每次都接受这种游戏吗?"

"话虽有理,但这事如果我一早告诉你,你觉得我还有戏吗?"

符绝响低头垂眉,像个做错事的孩子,让人心生怜悯。但我知道只要我说句妥协的话,他一秒钟便精神抖擞。

我无言以对,心中妒意弥漫,但也不完全是妒忌,还夹杂着莫名的后悔与遗憾——这一杯苦酒不算最苦但是挠心。

"看来我说错话题了。"符绝响迟疑道,"要不,我们继续谈诗歌。"

"谈个鸡巴。"

我从床上拿起一本外国诗集,不声不响地看着。我的床靠墙的一半对着常看的书,另一半才是睡觉的,可以说是一种习惯,也可以说是对抗孤枕难眠的办法。上床之前我会随便抄起一本,看个几分钟眼皮渐渐疲倦,堪比安眠药的功能。

> 波西米亚的民谣
> 多么令我感动
> 它悄悄钻进心头
> 叫人感到沉重

一个孩子为土豆拔草
一面拔草一面轻唱
到了深夜的梦里
他的歌还在为你歌唱

你可能出了远门
离开了国境
多少年后它还一再
回响到你的心

我默默读了一遍里尔克的《民谣》,情绪略微平静。我的房间阴暗且不大,被床和一张书桌占据后,只剩下一个狭窄的通道,符绝响正坐在通道的椅子上,进退不得。

"要不我们喝酒去,以酒浇愁怎么样?"他又提议道。

"我真没有什么心思,满心落寞,不过我也没有指责你的权利。"我的目光还盯着一行行诗歌,"不过我很奇怪,薛婷婷小女孩,完全不懂情感的事,又何以会跟你发生感情?"

"不怕你生气,你太低估了她,其实哪有女孩不懂感情的,你是没有发现那个门道。"符绝响语气诚恳,停了片刻,又解释道,"我说这个并非贬低你,纯属学术交流。"

我捋了捋思路,觉得也对。符绝响在这方便浸淫颇深,不论是涉猎的广度还是深度,都非我能及。

"不,我已经不生气了,诗歌已经化解了我的嫉恨——现在纯属学术交流,你如实回答。"

"你这么说我就放心了,你记得有一天,你陪我爸一起吃饭吗?"

"怎么不记得,那天我才知道你是个少年嫖客。"

"那天是薛婷婷的生日,我去买礼物给她庆祝生日,她就感动了,我们确定关系。"

"什么礼物?"

"爱立信手机。"

"靠,多少钱?"

"两千六百八。"

我嘘了一口凉气,叹道:"算你狠。"

手机对我来说,是可望而不可即的。当时我们单位里面,也只有领导有手机用,大抵是用公款置办的,当然,我们书记用的手机是别人送的。

"我这人比较重感情,真爱呢,就一定要送贵重的礼物,你说是吧。"

"滚,我要写诗了。"

符绝响无聊而去,我感觉一片茫然,而心结并不能释怀,但亦无可奈何。我出门去福州大学边上吃了一碗菜面。这家面馆的面条极合我胃口,只不过在河边,而河水发绿,周边的生活污水全在里面,自然有难闻的气味随风而来,不得不忍着鼻息饕餮一番。在校园里漫无目的地逛了一圈,浏览了学生三三两两,别有感慨。有一瞬间我突然意识到:我从校园里出来,进入了一个比校园更小的空间,外面的世界,都如井外之天,遥不可及。

回来读了一夜的诗,并试图写诗描述心境,并不能成诗。

次日早晨,打了个电话跟符绝响致歉。

15.

我们单位的书记,有两个女儿,大女儿大概是得了软骨症之类,要用钢板护身,坐轮椅。从小到大,由一个保姆照顾。这个保姆大概初中文化,来的时候还是个姑娘,尽心伺候,也算是书记的家人。人皆有情,书记也把她当成自己的家人,其结婚生子,也将她当成自己女儿看待。当然,人也不可能一辈子就伺候下去,终究也得替人家前程考虑。书记自有方法,其间让该女子去学了财会专业,弄了电大的文凭,最终替她安排了一个职位。

这个女子便是郑女士,目前是我们的编务兼出纳,事业单位编制。

但凡一个单位,总有风言风语,郑女士进来不久,我就知道这些来龙去脉。有一天,我突然想通了:小萧的离职,并非其主动离职,而是被迫辞职的。

有一股气在我体内乱窜,越积郁越强烈,使我绝望。

之后的日子无可记叙,只记得我特别懒散,时光像大便一样每日里排出,随随便便,我也不会珍惜,只让它自然而然地过。倒是频繁地写了一些随笔和小说,也发表了一些,让我对跻身作家行列生出一点期望,也是生活中唯一而渺茫的希望之光。我攒了稿费,再拼凑工资,买了一部爱立信768手机,蓝色的,颇为精致。要联系的人极少,十分少用,揣在腰间,偶尔拿出来赏玩。有一天夜里,睡到八九点,突然楼房晃动起来。接着楼上很多人匆匆忙忙下去,叫道:"地震了地震了。"小马从六楼单身公寓下来,经过我的房门时猛敲几下,我从床上翻起开门。小马道:"地震了,出去避一避吧。"我说:"你先走吧。"

在办公楼和鸳鸯房之间的空地上,集中了不少人。我真是害怕人群,也懒得动,便把阳台的铁门打开,把手机立在床上。我想,如果手机被震倒了,便是强震,我便可以从阳台跳到鸳鸯房的楼顶。手机在随之而来的余震中微微摇晃,但始终没有倒下。楼下的人群有的散到楼里,有的继续待着聊天。

次日是周六,满城的人都在议论昨天的地震。其实夜里新闻就出来了,是台湾花莲地震的余震。

接到小潘的电话,已经许久没见了,声音显得如此亲切。

"昨天受惊了吗?"他关切问道。

"一点也没有。"我说,"倒是觉得挺刺激的。"

"我们出来聚聚吧,他们都说你不出来。"

他们指的是大学里同一届的老乡,不同系的,毕业后分在福州。我们便去武警指挥学校,哲学系的小罗在学校里当教员。小罗的武警系统,也得益于小潘爸爸老潘的指引推荐,跟小潘关系是极好的。小罗本来性格直板,在此当了政治教员之后,更加有板有眼,一点小事都必须有原则有立场。小罗住有一小套宿舍,可以在宿舍里煎炸炒炖,为了表达盛大的热情,亲自下厨,每做一样菜都叫我们亲自品尝一下,直到满意为止。可以说,除了菜肴味道平庸之外,一切都是美轮美奂的。

小罗对自己的生活十分满意,美中不足的是学校在郊区,也因职业所限,交往有限,找女朋友一直是个难题。这一点上小罗倒不含糊,大大咧咧地向我和小潘提出要求介绍。我和小潘面面相觑。小罗在此强调:"我要求不高,真的,就是找一个普通的女孩子,爱着我,喜欢吃我做的菜,就可以了。"我说:"这个还比较难,等待时机吧。"

席间,小罗叫来两个同事,也是指挥学校的教员,其中一个姓伍。聊天当中,才得知伍教员和我单位的小马是大学同学。世界很小,大家就更亲近了。伍教员问道:"小马还好吧。"

"可以呀,就是有点怪怪的,一直无法捉摸。"

"那是必然,又找新女朋友了吗?"

"什么意思,他原来就没有女朋友呀?"

"原来在大学里有一个,轰轰烈烈的爱情,闹了很大的风声,你们一个宿舍,他没告诉你?"

"他口风很严,似乎一点也不想提及,我倒是分毫不知。"

伍教员叹了口气道："看来他受的伤害还没有褪去,真是一个痴情的人儿。"

"到底是一场怎样的爱情,可说来听听?"

"他跟一个师姐好上,师姐比他高一级,也不知道怎么回事,师姐毕业了就不联系了,好像是跟一个已婚男好上,他就……哎,不说了,既然他自己不愿意说,必定是有苦衷,只知道他受伤颇深,不要去触敏感问题就是。"

既然如此,我也不便八卦下去,只是心中暗暗惭愧。

后来我再见到小马时,便会仔细看他的眼神,发现眼里有一层淡淡的雾,使他迷惘与对现实反应很慢——爱的伤害如此深切而长久。

沿海高速正在如火如荼地修建,飞鸾岭隧道竣工的时候,公路局宣传科组织一批作家进行采风,我和陈丽娜都在其中。飞鸾岭隧道开通之后,从宁德到福州两个半小时的国道车程缩短为一个小时的高速车程,对晕车一族来说,是个福音。

一行人马,六七个作家,由公路局宣传科领导带队。科长是个三十来岁的女士,应该是跟陈丽娜差不多的年龄,精明能干,穿着黑色西式女装,矮矮的个子,敏捷地晃来晃去,为作家们介绍各种关于工程的问题。很显然,这个工程是如此的巨大与艰难,不写文章歌颂一番,简直说不过去,陈科长把希望寄托在我们身上。对于作家们来说,这是小菜一碟,因为写散文是最不严谨的事,可以有感而发,也可以拼凑文字,总而言之,养起来的文人大概就是这等功能。

途中,大伙儿说笑之间,便混得颇为熟悉。我们在还没有通车的高速上眺望海滩,三三两两查看风物,陈科长在我旁边,恭维道:"小李,我们这次宣传你可要多费心思——你这么有才华,如果我科里有你这样的人才就好了。"他们宣传科确实需要一些会舞文弄墨的家伙,可惜两个女下属,在这方面比较薄弱,其中一个还有抑郁症,也难怪令陈科长焦头烂额,事事躬亲。

"那你要我吗?"我问。

"求之不得。"她说。

"你是玩笑还是真的?"

"真的。"陈科长低声道,"我现在的人都不够用,你要是能来就好了。"

"有编制吗?"

"没有编制怎么敢叫你来。虚位以待,你这样的人来马上就能上手,我可轻松多了。考虑一下。"

我早已动心,但脑子里仍是一片糊涂:到底是什么驱使我对调动工作如此热心?

陈科长见我犹豫,道:"我就给你兜个底,我们的工资也不高,基本工资也就一两千,但是我们有房子分。"

"啊,有这么好的事?"

"有呀,白马河那边还空着几套,不过不是新房,你如果进来,选一套没问题。"

"我很愿意。"

"那就采风结束后你到我单位来谈谈。"

晚上,采风队伍到达宁德,我老家的城市,住在东方大酒店。我很想回乡下老家去看看,但是吃完饭已经很晚,而且没有车回乡下,况且第二天一早就回去,便罢了。采风之行想不到有意外收获,也很想把这个消息告诉父母。但告诉他们以后会怎样?爸爸估计会说:"噢。"妈妈听了则无感,根本没上心,只会忙她的活。脑补了他们的反应之后,回家的欲望就减弱了许多。

采风结束后,我很快写了一篇应景文章交差,以示我的能力。我到公路局去了一趟,看了看工作环境,表示对此事的正式认可。陈科长表示我回来把关系理顺,便可以递交调动报告。

突如其来的生活转机使我神清气爽,甚至解一个小便也雀跃不已,把弧线甩得摇曳多姿,帅气得不得了。我吹着口哨出来,刚好碰见从女卫生间出来的陈丽娜,我的神气活现吓了她一大跳。

"上班期间用不着这么兴奋吧。"她忍不住揶揄,然后压低声音狠狠道,"人家以为你吃屎了。"

"比吃屎还开心。"我说,"正要找你一聊呢。"

我不能确定陈丽娜是否明白我调动的意向,她肯定有所觉察,不管如何,总归要跟她说个清楚的。

"不会有什么好事吧。"她边走边道。

"看对谁而言。"我带着歉意道,"我准备调到公路局。"

"还当真了?"

"本来就是真的。"

"那个单位有什么好的,你可得深思熟虑。"

我们停在走廊的转弯处,认真对待谈话。

"我确实也不太了解,总归想换个环境。"我迟疑道,"再说了,他们单位有套房。"

"有套房子就把你吸引过去啦,你不像这么务实的人。"她显然不爽,略带讽刺。

"终归不用在野外做爱了。"我低声说。

"臭流氓!"

她用眼睛狠狠地盯了我一眼,扭头就走。

我与陈丽娜的关系,始终处于一种不确定的状态,说是上下级又不似,我时常以忤逆打破这种模式;与她没有什么情感纠葛了有时又不免心生柔情,时而讨厌鄙视,时而又觉得她如此甜美。这种关系使我不安,但久而久之,我突然顿悟:正是与她的变幻关系,才使得生活不至于如一潭死水。

她与和尚的关系到底如何,我虽然好奇,但总是不想开口问的。只想到要问,心中便隐隐作痛。

因到年底了,每个单位都忙得不亦乐乎,公路局的人事处建议我年后启动调动程序,我自然没有什么意见。这也算是好兆头吧。

这个年过得颇为开心。大概我没有与人分享快乐的习惯,此事我一回来并没有与父母沟通,直到大年三十的时候,气氛正好,母亲也闲了一点了,吃罢年夜饭,我觉得正是时候。

"我呢,过完年后可能要调动工作,调到公路局。"我平静地说,因我很少宣布什么事情,因而爸爸妈妈都少有地凝神听着。

我说罢,外面一阵鞭炮声哗啦啦响过。待鞭炮声落定,我看见爸爸妈妈表情凝重,依然没有反应,似乎在等待我的下文。

"你们没有什么意见吗?"我问。

"这个,"爸爸迟疑着开口道,"到底是好事还是不好的事情呢?"

"应该是好事吧。"

"哦,那就好。"爸爸舒了一口气,道,"只要不是犯错误就好。"

妈妈看见爸爸的神情,也知道不是什么坏事,便起身洗碗去了。

我有点失落,但也在预料之中,终归是与他们通气一下,免得以后吃惊了。

奇怪的是,此事说了出去,心中便不踏实起来。毕竟此事还没有办成,如今放出口风,好似陡然给自己增添压力。这样年过得也忐忑,心中愈发焦躁起来,过了年初五,便赶回福州,只想按照既定的计划把手续办了。

我再次往公路局的人事处。那个处长本来就对我的调动不太支持,年前第一次交流时,他就极力贬低他自己的单位,要我审慎,我也不知何故。现在他的态度倒是亲和了,给我泡了杯茶,轻描淡写道:"现在省里面已经人事冻结了,暂时不能做任何调动工作。"

不祥的预感如天上飘下的气球,顺利着陆。

其时国务院总理朱镕基正在实行精简政府机构的人事改革,

以此举克服党政机构臃肿、官僚主义和人浮于事的作风。这个改革是自上而下的,也就是说,此时已经完成了中央机构的裁员,目前正开始省一级精简,先行工作是做好人事冻结,国策也。

"那么,什么时候可以解冻?"我问。

"这就不知道了。"他轻松道。

"那我该怎么办?"

"等吧。"

此后将近一个月时间,我过得坐立不安,日渐消瘦。在我二十余年的历程中,生活赐予我的礼物就是:等。

沈博天每期寄给我报纸,这份文化图书类的报纸报道了每周的文化热点。符绝响对此也颇感兴趣,文化圈的事件都足以让我们眼前发亮,心有灵犀。

"当初你怎么不留在北京呢?"符绝响问道。

"没想过,觉得太远。"我想了想道,"对了,可能我的成绩也争取不到留京名额吧。"

"可惜了。"

"没什么可惜,我随时可以去的。"

"真的吗?"

"你没想过,我在此处过得比较沉闷,但我为什么一直能撑过来?"

"为什么?"

"因为我总觉得,未来必有非比寻常的生活,我在此只是必要的修炼而已。"

"如何非比寻常?"

"非比寻常到不可想象——能想象出来的生活皆不足道哉。"

"哦。"符绝响手拿着报纸,陷入沉思。

"对了,你去年不是说要结婚了吗?"我问道。

"快了。"

"这话你已经说过三遍了。"

"真的快了。"

在不安的日子里,我既不爱与人交往,又渴望朋友的交流,符绝响是我唯一可信赖的。我们喝酒,无所不聊,我觉得跟一个男人在一起生活也未尝不可——如果没有女人,一起谈谈女人也是可以望梅止渴的。

大概三月末的一天,我在符绝响那里喝酒,到了十二点多回来,单位大铁门早已关闭,连小门也关了。我叫了老半天,明明瞅见值班门卫在里面看电视,却总是不出来。我气急败坏,拉着小铁门,发出哐当哐当响。

门卫出来了,是个瘦子,三十来岁,新来不久的,冲着我喊道:"你干什么,想坐牢呀。"

"我叫门你为什么不开?"

"你叫我开我就开吗,我知道你是什么人?"

"我是住在里面的员工,有你这么守门的?"

"你怎么证明你是住在这里的,给我证件瞧瞧。"

"你……你还不如一只狗。"

"你敢骂我,我告诉你,我不让你进来你就别想进来。"他恨恨地说着,又跑进去看电视。

那个门卫倔得很,掌管着钥匙,不管不顾的。我吼了一阵,狂怒之后深感无奈。诸事不顺,我不知如何理解这个世界,或者如何打开这个世界的大门。

我失败了,骑着车又回到符绝响的家,在他的沙发上度过一夜。那一夜,其实也就是半夜,我想了很多,想到泪水满面,想到梦境斑驳,眼前会出现一个神朝我狞笑。次日是周六,我去了一趟火车站回来,恰好经过薛婷婷的家,我觉得有必要跟她见一面,虽然自从符绝响宣布与她的关系后,我绝少再想见她。

我打了她的手机,她还在睡懒觉,让我上楼去找她。我不好意思去她家里,觉得拜访与寒暄是一件太麻烦的事,便请她下楼,说是要与之道别。

她披着棉质睡衣下来,摇晃着脚步,似乎还在梦境之中。

"你连睡觉都不卸妆呀?"我问道。

"昨天打麻将晚了,倒头就睡。"她说。

"你准备结婚了?"

"你想干吗?"她惊愕问道。

"没啥,就想祝贺你。"

"没想过。"她淡淡地说,"再说了,我结婚不结婚,不关你事。"

"我知道,不过,我提醒一句,对于符绝响,你可要了解清楚三思而后行。"

"你以为我是傻子?"

"不不不,我觉得你挺聪明的,只是对感情方面的事一窍不通,很容易被人利用。"

"你认为我是感情白痴?"

"差不离。"

"你个混蛋。"她莫名其妙就发怒了,转头就走,到了楼道门口突然转身朝我恨恨道,"我恨你。"

我心中咣当一声,像被鼓槌敲了一下。

四月一日早晨,我提了一个拉杆箱,趁着人们还没有上班,悄悄离开单位。经过火车站门口的嘈杂之后,我终于登上了K46次列车,恍然觉得从火海中逃生,松了一口气。在惊魂中坐定,用手机给沈博天打了个电话:"我到车上了,后天早上到。"

"北京欢迎你。"他说。

火车开出市区,逆着闽江往上走,青山、碧水、桥梁、村落,次第出现,两年多来我绝少看见如此秀丽的山水,在雨后所有的草木都在蓬勃而起。

绝望给予人的好处就是一切都可以抛弃,你可以重新拥有未知的人生。

在雀跃的心中，数张面孔浮上我的眼前，我取出笔，不禁在颠簸的车上写下这样关于爱的诗句：

>　　我爱春天新芽上的露滴
>　　我爱夏天薄衫下的肉
>　　我爱秋天屁股大的菊花
>　　我爱冬天枯枝上的寒鸦
>
>　　我不能同时抱住它们
>　　我把它们储存起来
>　　在不同的年华里
>　　不停地爱呀爱
>
>　　在泪中看到
>　　那爱就是我的命

2015/6/25第一稿
2015/12/9定稿

后记：人间最美，不过小情小欲

对于"中文系"系列，我的定位是爱情小说。在我对爱情有新的感悟时，便写一本。

写爱情有多难？很难。几乎你能想得到的爱情模式都被人写过，《梁祝》，《泰坦尼克号》，乃至不伦的《洛丽塔》，《钢琴教师》。那么，还有什么值得写的？我想，有的，就是贴近自己的生命体验。因此，这部小说的文字，几乎紧贴自己的发肤、情欲、孤独、绝望与梦幻，我认为这是爱情最细微的组成部分。"下流而不俗的品位"，这是我所追求的。我希望读者能感受到带着体味的呼吸。我希望近乎赤裸的真诚能不被误解到道德的尺度。

而谈到小说，我认为最重要的是现代性，就是说，你并非以陈旧的经典美学来关照自己的生活，应该有前瞻性、人性与永恒性。这是由作者的三观与学识来决定的。这一点上，我不由想起经典的爱情小说《红楼梦》，它确实是充满现代性的。曹雪芹用贾宝玉的价值观来表现自己的三观。《红楼梦》中，用秦可卿和袭人完成了贾宝玉在情欲上的成人礼，而后洋洋洒洒表现宝玉的情爱世界，意淫人生。在曹雪芹看来，情欲一关乃是人生必修之课，但不值得大书特书；而与姐妹们的谈情说爱，小情小怨，才是人生最宝贵的。至于荣华富贵，光宗耀祖，这种等而下之的事，则由贾政等俗人们折腾吧。由此，《红楼梦》跳出才子佳人洞房金榜的通俗，跳出了时下艳情的流行，塑造了一代情痴情贪贾宝玉——什么爱我都想要，终成绝唱。贾宝玉的爱情世界多彩多姿：林妹妹代表天人之爱；薛宝钗代表世俗之爱；金陵各钗，自有不同的分工。曹雪芹是一个有现代性与永恒性的作家,思想永不过时,中国的新旧小说,只此一家。

在大观园的莺莺燕燕世界里,贾宝玉以情立世。倘若我们塑造一个现代彷徨青年,女人对他爱理不理的,却以宝玉之范来写,必定是东施效颦——名著是用来理解的,而不是用来模仿的。说了这么多,意即让读者了解"中文系"世界里男女,每一个女性与男主的关系,都是男主在情、欲、爱的世界里不同的一扇窗口。在我看来,爱情并非忠贞不渝白头偕老两情相悦诸如此类的概念,爱情是一点一滴,如露如电。与你厮守一生的,那未必是爱情,也许只是苟且;与你擦肩而过永不再见的,也许有爱的真谛。这一点,务必请读者悉心体会,勿入流俗。

之所以说了这么多,画蛇添足,在于一部长篇的写作,用心的部分,期盼能被读者洞悉。因为这是一个被道德与不道德、正能量与负能量等概念覆盖的社会,这种境况对艺术、对人性而言,是极具遮蔽性的。"中文系"系列是只写一点点小情小欲的小说,不励志,不完美,主人公性格有缺陷,如一棵长歪的树,我要的只是这一点残缺之美。我希望这点小爱在读者眼中不被流俗遮蔽,自有它小小的光芒。

另外,在《中文系》发表之后,热心而莽撞的读者纷纷来打听,左堤现在怎么样了?我相信,《非比寻常:中文系2》莫不如是。因此,我再强调一遍,小说是一门虚构的艺术,但可能立足于真实的背景,请勿对号入座,应是基本知识。具体而言,这本书是以我工作生活过的单位为背景,但是人物,请相信,那一定是我想象力的冒险,虽然极端的虚构,有可能有现实的蛛丝马迹引发的塑造基础。特别是,小说中的"李师江",并非鄙人李师江。

2015年12月10日